燕赵秀林丛书·文学

皮与草之歌

张敦 著

河北出版传媒集团
河北教育出版社

张敦

原名张东旭,河北枣强人,河北文学院签约作家。获第三届孙犁文学奖和首届贾大山文学奖,被评为第三届河北十佳青年作家。作品发表于多家文学期刊,出版小说集《兽性大发的兔子》。

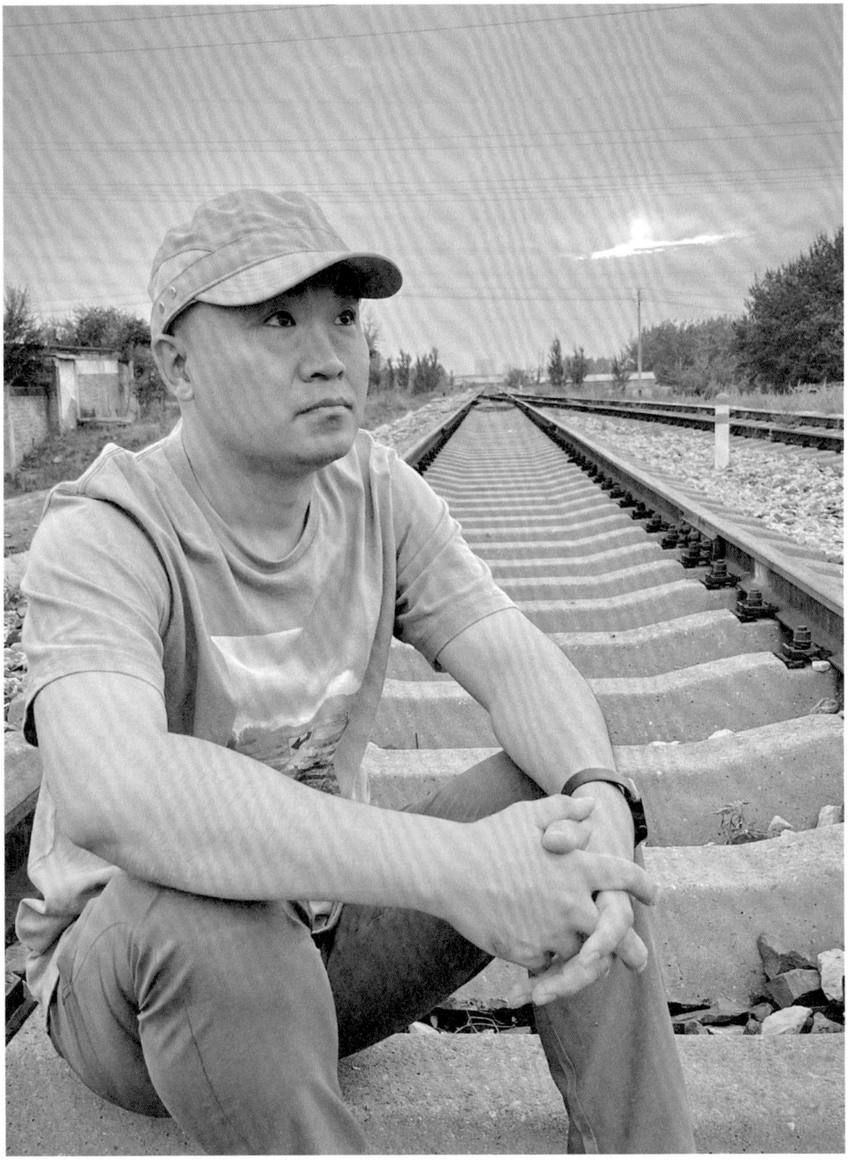

燕赵秀林丛书·文学

编委会

主　任

王振儒　高　天　史建伟　丁　伟

副主任

刘建东　孙　雷　董素山　郝建国

编　委

王志新　刘若松　李　彬　汪雅瑛
杜卓晁　郭家仪

序言

人才兴则事业兴、人才强则国家强，人是事业发展最关键的因素。文艺事业要实现繁荣发展，就必须培养人才、发现人才、珍惜人才、凝聚人才，培育造就大批德艺双馨的文学艺术家和规模宏大的文化文艺人才队伍，构建出成果和出人才相结合的工作格局。

为了进一步推动文艺人才培养和队伍建设，打造一支德艺双馨的文艺冀军，河北省坚持以习近平文化思想为指导，组织实施了文艺名家推出工程、中青年文艺人才"秀林计划"、文艺后备人才"春苗行动"、文艺名家情系河北"故乡创作计划"，构建起文艺人才培养的四梁八柱，形成了老中青梯次衔接、省内外交相辉映的文艺人才格局。在各界共同努力下，河北的文艺人才如雨后春笋般不断涌现，全省文艺事业呈现出蓬勃发展的繁荣景象。

作为中青年文艺人才"秀林计划"的重要内容，省委宣传部会同省文联、省作协开展了"燕赵秀林丛书"的编辑出版工作，将按照"一人一书"或者"一类一书"的原则，为我省优秀中青年人才出版代表性作品，并配套开展作品研讨、专场演出、展览展示和媒体宣传等活动，形成文艺人才培养、宣传、使用一体化格局，努力推动更多优秀中青年人才脱颖而出，在新时代的文艺道路上挑大梁、当主角。首批图书，将为11位青年作家各出版一部文学作品选集，并从戏剧、音乐、美术、曲艺、舞蹈、民间文艺、摄影、书法、杂技、影视、文艺评论等11个艺术门类中各遴选中青年艺术家代表，分别出版一部优秀作品合集。

青年是事业的未来。只有青年文艺工作者强起来，文艺事业才能形成长江后浪推前浪的生动局面。希望此次入选的中青年优秀人才，能以出版"燕赵秀林丛书"为新的起点，再接再厉、接续奋斗，立足河北丰厚的历史文化资源，聚焦中国式现代化在河北可视可感可行的火热实践，创作推出更多充满时代气息、具有河北特色的精品力作。也希望全省的作家、艺术家们，既秉持学习前人的礼敬之心，更树立超越前人的竞胜之心，增强自我突破的勇气，迈向更加广阔的创作天地，努力攀登新时代文艺新高峰！

丛书编委会
2024年9月

目录

月光大道 / 1

骑士 / 17

吉祥三傻 / 42

傻子不宜离家出走 / 68

爹回来了 / 84

哭声 / 103

皮与草之歌 / 160

影子伙伴 / 210

月光大道

  天黑下来，我们全家看电视。十四英寸的黑白电视演的是《封神榜》，妖魔鬼怪很有意思，可我和姐姐心不在焉，看两眼电视，瞟一眼座钟。直到座钟的时针指向九点，爹才说："走吧。"我和姐姐火速奔向院子，姐姐推起自行车，随时准备冲到门外。作为大人的爹娘，则显得从容不迫，慢条斯理地牵牛套车。那头老黄牛更是拖慢节奏，还打着哈欠。爹终于甩响鞭子，牛车开动。街上已经有人，也在赶车，手电的光柱撞来撞去。大家点头示意，默不作声，就连牲口也不吭气。大人赶车，小孩有的坐在车上，有的骑着车子。我是步行，拿着手电，用一道白光跟住姐姐，她在车流中穿行，尽显高超车技，让我羡慕不已。我正学骑车，但还没学会，不知何时能像姐姐一样自在飞驰。我用手电照了一下天，天上有一个大大的月亮。

  我们往村北走，那里有一条正在修建的马路。施工队要给路面镶一道边，拉来很多砖，堆放在路边。我们要把那些崭新的砖块装到车上，拉回家，随便垒个什么东西。我爹想垒个鸡窝，家里的鸡挺惨的，没有像样的栖身之所，夜晚睡在枣树上。本来爹不知道这事，白天撅着屁股铲皮时，听二祥说起，才得知有一个大便宜从天而降，不占白不占，而胆大之人早已先下手为强。二祥和大禄哥俩忙活半宿，几千块砖到手，倘若再去干半宿，就能把盖偏房的砖凑齐。爹问："那么多砖，没人看

1

着？"二祥说："听说有俩人，可路线太长，看见有人来，也不敢言语，咱们人多啊，一人一砖头，能把他们砸死。"爹说："那好，晚上我也去，够垒个鸡窝的就行。"二祥说："大伙儿约好九点出发，谁早去谁不是人做的。"

我在月光下奔跑，跑到新修的马路上，路面已经轧得平如镜面，泛着青光，只等铺上水泥沥青，变为电视里说的致富之路，或者小康之路。以前这是一条普通的土道，坑洼遍地，路边荒草茂密。西边村子有位大能人，在省城做大买卖，挣了大钱，大能人出资修路，把他的村子和省道连接起来。我们村就在这条路的旁边，可谓近水楼台。

这是1991年的夏天，我九岁，姐姐十三岁。我家里有一辆飞鸽二八自行车，是爹的坐骑。路不好，爹骑车又猛，车子被颠得松松垮垮，到处乱响。明年姐姐要去镇上读书，必须骑车，爹计划冬天卖掉家养的黑猪，买辆新自行车，旧的让姐姐骑。

这条路是去镇上的必经之路，姐姐盼着它早日修好，沥青路面多么平坦，即使是旧车子，骑在上面也不会乱响。我盼的是看见小汽车，我喜欢小汽车，别说坐，见也很少见，可就是喜欢。

月朗星稀。姐姐见大人们迟迟未到，又兴致勃勃地骑上车子，我趁机跳上后座。相比村里那坑坑洼洼的路面，这条马路无比平坦，姐姐快意横生，两条细腿猛蹬。没蹬多远，前面出现了一个黑影，那是一辆轧路机，驾驶室开着门，里面空空的，好像马上会有人坐进去。我问："将来这条路上会跑小汽车吗？"姐姐说："会的。"我说："咱们骑到大路上去，那里有小汽车。"姐姐说："今天不行。"

姐姐往回骑，沿路找寻我家的牛车。牲口车一辆挨着一辆，人们搬着砖，一声不吭地码放车上。所有人都在干活儿，只有我俩游手好闲，让人无地自容。好不容易找到爹娘，在爹的斥责声中，我俩赶紧投入劳作。崭新的砖，几块摞起来，发出悦耳的脆响。装满一车，爹娘要运回家，把这些砖卸到院子里。我和姐姐留下，看守这块地方，以防被别人占据。

我看着月光下的大道，请求姐姐让我骑会儿车子。姐姐说："骑车子？你会骑吗？"我说："快了。"她说："你去吧，我在这儿看着。"我兴冲冲推起自行车，站在马路中央，我有一种预感，在这么好的路上，我一定能学会骑车。我左脚踩着脚蹬子，右脚连续蹬地，让车子溜起来，溜上一段后，右脚踩到另一只脚蹬子上。动作一变，平衡被打破，车子开始斜着前进，我摔倒在地。我毫不气馁，扶起车子继续跑，再次蹬上去，又摔在地上。没关系，再来。转眼间，那个硕大的黑影出现在眼前。突然，黑影被镶上一圈银边，一团明亮的光从远方赶来，我心里一阵恐惧，再次失去平衡，摔倒在地。我听到小汽车发动机的声音，越来越近。我慌忙扶起车子，溜几下，蹬上去，用最快的频率，半圈半圈地蹬着。那团光从身后追来，照亮我前方的道路，路面上光芒万丈，映得我眯起眼睛。我努力加速，死命向前，要冲出这片光，躲到黑暗里去。

我竟然没有摔倒，车子似乎已被驯服，我感觉自己的生命仿佛迈上新的台阶。我的身体挂在车子上，两只脚奋力蹬着半圈，我相信，我很快就能蹬上圆满的一圈，继而可以翻身坐到大梁上。坐到车座上，不敢想，我的两条腿还不够长。

我听到发动机声音越来越近，快速回头望一眼。凭我此时的车技，回头有风险，稍有不慎，就可能摔倒在地。只见前后两辆车迅速逼近，车顶警灯闪耀。我以为，这两辆小汽车会把我轧死在路上，但它们并没有超过我，而是放慢车速，一直在我身后。我一边骑一边喊："来人啦，来人啦！"不用我喊，他们早已看见灯光，人荒马乱。人们在明亮的灯光下，拽着牲口，慌不择路。我前进的道路险象环生，很可能撞上人或者装满砖的车。我左躲右闪，大喊着："姐姐，姐姐！"她冲过来。我说："快上车！"她说："你会骑啦？"我说："学会啦，快上车！"她说："你刚学会，还是我带你吧。"我说："来不及，你快上来吧！"她只好跳上后座，车子一扭，险些撞上旁边的车，幸好我已做足准备，及时稳住车把。姐姐说："小汽车停下啦。"她可以回头看，我不行。警笛声大作，像一阵冰雹，敲在我的头上。我发狠劲儿闷头蹬车，一个个大人和孩子的黑影，不断从我们身边跑过，他们撒开了腿，跑得比我骑车子还快。最慢的是牛车和驴车，被我一辆辆抛在身后。不管那汽车有没有追来，我都不会停下，等蹬到我家的大门口，姐姐突然跳下车，我猛然失去平衡，前功尽弃地摔倒在地。

爹看着那一堆砖说，还不够垒鸡窝的。抬头看去，鸡高卧于枣树之上，错落有致，倒也安然自得。牛不卸套，停在枣树下待命，爹走出家门去打探消息。不大一会儿，他大踏步走回来，挥鞭赶车。爹说，警察根本没下车，警察是不会抓人的，马路沿途各村子都在抢砖，就连大能人的村子也在抢，法不责众，要抓人的话，只抓一两个怎么行，得把所有人都抓起来，派出所装不下，公安局也装不下。

我们再次出发，这次骑自行车的是我，姐姐坐在牛车上。爹娘分别走在牛的两侧，和同行的人大声说话。人们都在谈论刚才那惊险的一幕。据说住在村东的老耐在听到警笛的第一时间，放弃驴车，率领全家跑回家中。有人把老耐的驴车赶回来，院子里不见人，进屋一看，发现老耐正换裤子。这件事在我们村成为典故。"老耐"，是吓尿裤子的代称。从此，我们小孩是这样说话的："哎呀，老师一来我也吓够呛，差点儿'老耐'！"

我刚学会骑车，还不敢在牲口与车辆之间穿行，便昂首阔步地推着自行车。与上次不同，紧张严肃的氛围荡然无存，大家开怀玩闹，欢声笑语此起彼伏。路过老耐家门，老耐家大门紧紧关闭，大家敲门，要老耐同去。老耐在门里喊："不去，不去，你们去吧！"有人喊："老耐，你有几条裤子？"老耐问："什么几条裤子？"那人说："如果裤子多，就不怕尿，尿湿一条换一条，一泡尿换一车砖，值！"大家哈哈大笑，一致要求老耐同去，别说尿裤子，就是拉裤子里，这买卖也值。老耐说什么也不出来，大门紧闭。

突然一阵轰鸣，三牛开着拖拉机冲出胡同。全村只有两辆拖拉机，一辆属于村东的铁生，一辆属于三牛。铁生家不光有拖拉机，还有一头驴，他是赶着驴车来拉砖的。爹说，这表明铁生懂事——拖拉机声音太大，容易暴露目标，更重要的是，别人家都用牲口，你开一辆拖拉机，一次拉那么多，众人难免心生嫉恨。三牛的名字中虽有一个"牛"字，可惜他家没有牛，驴也没有。他排行老三，二十多岁，还年轻，不够懂事。

拖拉机的加入让队伍显得更加浩荡。大家怨声载道："你三牛这么做很过分啊，咱们这是去偷砖，不是去赶集，牲口都摘下铃铛，恨不得将蹄子包上棉花，你可倒好，直接开拖拉机去偷，声音传出好几里地，灯还那么亮，你贼胆很大啊。"于是有人拦住我家的牛车，要求我爹去阻止三牛。我爹是三队队长，全村分三个队，三牛属于三队。

爹喊住我，抢过车子，骑上去，穿过牲口和车辆的队伍，来到三牛家的拖拉机前。我跟在爹身后，寸步不离心爱的车子。爹把车子推给我，翻身跳上拖拉机，坐在三牛的身边，机器声太大，爹扯着嗓子喊："三牛，你开拖拉机去干什么？"三牛扯着嗓子喊："拉砖。"爹喊："拉砖干什么？"三牛喊："盖个茅房。"爹喊："你野心够大的，我只想盖个鸡窝。"三牛喊："你们家都有茅房，我家还没有，拉屎还得蹲在猪圈沿上。"爹喊："大伙儿都用板车，你开拖拉机，这像话吗？"三牛沉默无语。坐在车斗里的三牛媳妇喊："有什么不像话的？你们家都有牲口，我们家没有。"爹喊："没牲口就用人拉！"

爹跳下拖拉机，挡住道路，三牛只好停下。这是队伍的末尾，后面没车，倒是方便拖拉机调头。三牛敢怒不敢言，他媳妇嘟囔两句，也不再说什么，拖拉机缓慢地改变方向，冒着赌气的黑烟。

我骑到爹跟前，说："上来吧。"上来的是一只手，拍在我的后脑勺儿上。我滚鞍落马，爹骑上车子，扬长而去。我爬起来，猛追几步，跳到后座上。我爹生得虎背熊腰，两臂一晃有千斤之力，身为皮匠，整日操练皮活儿，直练得手背上青筋暴起，好似一把钢爪。他这样的人，我肯定驮不动。

拉砖的人、牲口和板车，沿着路边绵延无尽，离村口近的砖所剩无几。爹感慨说，真是人多力量大啊。我们往西走，离村子远一些的地方，还有更多的砖。爹回忆起当年挖河的盛况，所谓的河，其实是一条水渠，在村子东边，三里地远。当年全乡所有精壮劳力会聚一起，挥锹抡锄，犹如一场大战。爹一直认为自己精壮的体格得益于那次充满革命热情的劳动。

路边的砖一堆接一堆，间距相等，每堆都被占领。我们往西走，迟迟找不到空余的砖堆。爹埋怨娘赶车太慢，落在队伍末尾。娘埋怨爹爱管闲事，说："三牛开拖拉机跟你有什么关系？要不是等你，咱能被他们落下？"爹说："你他娘的等我干什么,赶车往前冲啊!"娘说:"冲你娘啊!"爹正要回骂,突然看见前面红根一家刚装好车,正驱赶着驴往回走,那堆砖被拉走一半,还剩一半。爹兴冲冲地一指:"就那里吧。"娘把牛车赶过去。

我们还没来得及装车,红根一家又折返回来。赶车的红根大喊:"你们不能装!"爹说:"怎么不能装?"红根说:"这是我家的。"爹说:"凭什么?"红根说:"先到先得,规矩。"爹说:"你拉完我拉,互不干涉,这才是规矩。"红根不再说话,带着一家人站在路边憋气。他和我爹都是皮匠,平日里带着两拨人铲皮,算是皮匠中的两股势力,有点儿水火不容的意思。红根虽生得瘦小枯干,但兄弟众多,打起架来,一呼百应,也能做到战无不胜。爹不再理会红根,闷头装车。我们终于把砖全部装到车上,要往家走。

红根拦住我家的牛车,说:"这砖是我家的,你拉到我家去。"爹说:"你放屁!"红根一笑,往东边一指,一支队伍正快速移动过来,走近后看清楚,是红根的两家兄弟,为首的分别是红正和红苗,这弟兄三人联手作战已是惯例。

爹喊:"二祥——大禄——"

这两兄弟是爹的左膀右臂,统领着十多个皮匠,他们的对头,自然是红根三兄弟。前几日,双方打过一架,红根三兄弟略吃小亏,这次突然发难,也算合情合理。

爹喊过几声,无人答应。红根三兄弟哈哈大笑。爹对我说:"你快骑车子找他们来!"我心领神会,想到一场大战即将打响,不由得热血沸腾。一旦干起来,我的对手是大顺,与其父亲红根一样,大顺不大,生得又瘦又小,战斗力不值一提,可是他再拉上几个叔伯兄弟,恐另当别论。

我骑上自行车,向村庄的方向飞驰,因为刚学会骑车,还不熟练，总担心摔倒，路上车又多，可谓危险重重。我大呼小叫，他们吓得够呛，不住地问："警察又来啦？"我喊："没来，我爹要打红根！"他们说："打就打吧，打死这个王八蛋。"我说："还有红正和红苗呢。"他们说："那你爹够呛。"

我来到二祥家，二祥正卸车，经过两个晚上的努力，他家的砖已经堆积如山。二祥听完我的话，豪迈地挥手说："你先去叫我哥，我马上就去。"我又来到大禄家，大禄和他媳妇也正卸车，他家的砖更多。大禄听完我的话，同样让我先走。我临出门时，又被大禄叫住，他说："你爹打架没兵器怎么行，你回家拿铲吧。"

我认为大禄所言极是，如果没有兵器，爹肯定会一败涂地。我又往家骑，大门开着，爹的铲就放在屋檐下。这铲是爹干活儿的工具，整日拿在手中，几乎成为身体的一部分。钢铲天天磨，利刃吹毛可断。爹说过，我长大后，也会有一把这样的铲。说实话，我长大后不想当皮匠，可看样子不想当也得当，这是命。

兵贵神速，我意识到已耽误太多时间，十分着急。路上车流滚滚，节奏明显加快，近处的砖越来越少，竞争激烈。我被车流裹挟，想骑快些，可技术不行。刚到村口，突然前方大乱，人喊马嘶，车都停下，又像遭遇顶头大风，全都转回头，像潮水一样涌回来。我躲在路边，让他们过去，转眼间，大路上空空荡荡。在汹涌而过的人流中，我没看见爹娘，他们应该还在原地。我骑上车子，快速冲到那条新修的马路上，不断高喊着："爹，铲来啦！"我拐向西，只见两辆小汽车的车灯交相辉映，警察站着，我爹等人都抱头蹲在地上。

一个警察拦下我，接过我的车子，把我推入人群。爹娘和姐姐脸上都带着伤，旁边的红根三兄弟也都挂彩，最惨的是红根，满脸是血。警察拎着爹的钢铲说："这武器不错啊！"他用力一掷，钢铲飞向装满砖的车，噌啷一声脆响，吓得牛魂不附体，头也不回，向西奔去。爹喊："牛！"警察说："牛什么牛？"爹说："牛跑啦！"警察说："跑就跑吧，你老实点儿！"

　　警察拿着手铐，分别给我爹和红根三兄弟铐上。本来我是不紧张的，可一看爹被铐上，我的腿猛地变软，当场"老耐"，裤裆先是一热，而后又湿又凉。四个戴着手铐的男人拼命呐喊："不能只抓我们！"警察也是四个，正好一对一，一个按住一个，爹和三兄弟哑口无言，乖乖地钻进小汽车。我竟生出一丝羡慕之情，想像他们那样，也坐进小汽车里去。

　　娘向西跑去，要把牛追回来，小汽车向东开走，我和姐姐留在原地，不知所措。不一会儿，那些人和牲口卷土重来，再次会聚在这条铺满月光的马路上，从容不迫地向西而行，那里应该还有砖。

　　二祥和大禄来到我们面前，问怎么回事。姐姐说："墩子刚走没一会儿，红根三兄弟就动起手来，爹一个打仨，打不过，我和娘上阵，人家也有女的，也有小孩，娘对付仨女的，我对付仨小孩，都打不过⋯⋯得亏有警察，要不然我们非让人家活活打死。"

　　姐姐一边说一边打哆嗦，吓掉魂的样子。两兄弟弄清楚事情的来龙去脉，表示无能为力，让我们先回家去，他们还得去拉砖。红根三兄弟的女人们回过神来，重整旗鼓，仗着人多，仍然显得很有气势。三个妯娌大声商量——男人被抓，可女人不能闲着，砖还得拉，要是不拉，损失更大。

　　我找到爹的钢铲，对着月亮看，雪亮的刃口竟然完好无损。

9

姐姐问："你拿它干什么？"我说："把他们脑袋铲下来！"姐姐吓得一激灵。眼下战事平息，钢铲显得毫无用处。我跑到一棵杨树下，挖一个浅坑，将钢铲埋进土里。

我和姐姐没有回家，混在人群中，往西走，去找娘。姐姐一直流眼泪，她一哭，我就更加垂头丧气。周围全是人，看着我俩笑。我骑上车子，让姐姐跳上来，冲出人群，沿着被月光照亮的大道，向西而行。正走着，迎面碰见三牛和他媳妇，三牛拉着车，他媳妇在后面推。我问他有没有看见我娘。他说："先是你家的牛拉着车跑过去，后来你娘又跑过去。"我问："他们跑去哪里？"他说："西边，刘庄。"

我和姐姐总算离开村人的包围，路面显得亮一些。这是两座村庄之间的无人地带，没走多远，看见邻村拉砖的人，忙碌的景象与我们村一模一样，只是一个也不认识。有人喊："嘿，小孩，哪个村的？"我不理，心里想着，狗日的刘庄没一个好东西。他们刘庄与我们张庄，两边孩子经常开战，隔着一条道沟，互投坷垃，远距离投射不够过瘾，拎起棍棒，短兵相接，直到有人被打破脑袋，哇哇大哭起来，才肯罢休。

前面终于出现娘的背影，她边走边打听牛的下落，刘庄的人都摇头，表示没看见。一辆无人驱赶的牛车，从这大马路上过去，怎么会没人看见呢？娘不信。她看见我和姐姐，哇的一声哭起来。我停下，姐姐跳下车子，拽住娘的胳膊，让她不要哭。姐姐说："牛会找到的。"娘说："我不是哭牛，是哭你爹。"姐姐说："我爹没死。"娘说："当年为生你弟，我偷着怀孕，藏到你大姨家，干部来咱家抓我找不到人，只好把你爹抓走，几天后他被放回来，蔫头耷脑的，一个月没怎么说话，跟傻子一样。"姐姐说："为什么不说话？"娘说："被揍的。"姐姐说："这事爹没说过，我也不记得。"娘说："把你弟生出来后，人家要罚款，咱们交不起，交不起就拉粮食，拉完粮食就拆房，幸好村支书是个好人，没拆咱家北房，拆的是鸡窝，把砖拉到学校，垒成讲台。"姐姐说："怪不得我上课时老闻到一股臭味儿。"娘破涕为笑。

姐姐指着前面喊："咱家的牛！"果然，我家的牛独自从对面走来，牛是黄的，身披月光，像一坨行走的金子。我们欣喜若狂，迎上去，牛沉默不语，板车上的砖一块不剩。娘没有生气，反而连声赞美刘庄人的高尚品德，人家没有连牛带车一起留下，已算仁至义尽。

我气不过，高声喝骂："刘庄人都是小偷！"这句骂声惹来众怒，那些在路边忙活的刘庄人回骂道："小兔崽子，你张庄的吧，你们都是贼！"他们人多，我不敢还嘴。娘连声说："对，对，都是贼，都是贼。"

我们往回走，走到那段两村的空白地带，娘一拉缰绳，牛停下来，这里的砖格外喜人。隐约听见村人的声音，他们进度很快，正向这边迅速推进。相比之下，刘庄的速度慢一些，毕竟他们村是小村，人少。娘说："反正要回去，不如再拉上一车砖，好够你爹垒鸡窝的。"我和姐姐同意，只是干劲儿明显不足，娘也是无精打采的。牛嚼着嘴巴，任凭我们有气无力地把砖摞在车上。

没有爹，我们干活儿的效率就是不高。爹力气大，七八块砖，两手一夹就走。我一开始每次搬四块，后来减少到两块。姐姐更是不行，一次一块。娘体格单薄，但她毫不气馁，努力为子女做着榜样。

两边村人的速度比我想象的快，有人赶车过来，牲口和人一路小跑，仿佛在比赛。更没想到的是，三牛拉着板车，奔跑着，一骑绝尘，冲到我们近前。我和姐姐十分诧异——三牛拉

11

砖的效率，简直不可思议。他注意到我们惊奇的表情，解释说："傻子才把砖拉回家，卸到自家地头不挺好吗？多近！"娘说："还是三牛聪明啊！"三牛说："今晚的事全耽误在这板车上，要是开拖拉机，这些砖我一家全包。"

我们终于把牛车装满，加上家里那一车，我们一共有两车砖。这成绩不值一提，说出去恐怕遭人耻笑，更何况，我爹因此身陷囹圄，可谓得不偿失。可有这两车砖，我爹完全可以实现建造鸡窝的蓝图，也算聊以自慰。站在马路上，观望这拉砖的盛景，我突然生出参与某种大事的自豪感。

我们正要撤，突然传来争吵声，是二祥的声音，他与刘庄的人发生争执，对骂起来。那堆砖，到底是在张庄地界，还是在刘庄地界，谁也说不准，总之，正处于交界的地方，二祥说是我们张庄的，人家说是刘庄的，分歧很大，纠缠不清。大禄飞跑过去，一砖头拍下去，对方脑袋流出血来。

刘庄的人抱团，一人受伤，其余人都拎着砖聚拢过来。二祥和大禄一看不妙，忙向东逃窜，边走边喊，刘庄人来抢砖啦！我们张庄人也不是吃素的，抬头一看，果然有一群人正气势汹汹地冲过来，于是举砖迎上去。两边人相距十多米远，突然停下，不知谁的手没控制住，砖头飞了出去，砸在一个倒霉蛋的头上。这一下，仿佛触碰到开关，砖头纷纷飞上天空，又落下来，犹如一场砖雨，走在前面的人一个个抱着脑袋蹲下，走在后面的人没被砸到，冲到前面，又把砖扔出去，这下子，该砸到的都被砸到，刹那间哀鸿遍野。

第二天，我们很晚才起床，爹还没回来。日近中天，娘在做饭，不知道算是早饭，还是午饭。我和姐姐决定逃学一天。昨晚的事情很大，想必老师早已听说，我们不去，也不能怪罪。

院子里有两堆新鲜的砖，鸡走来走去，还有两只站在砖堆上，拉两泡屎，又走下去。

我们吃着饭，忽听得大门一响，都以为是爹，没承想是红根三兄弟的媳妇们。这三个女人排成一列纵队，走在最前面的，是红根媳妇，脸上带笑，不像是来打架的。

红根媳妇看着我家的砖堆说："你家这么少？"娘说："不少，够垒个鸡窝的。"红根媳妇说："他们冤啊。"娘说："我看活该。"红正媳妇说："村里谁没偷？"娘说："咱们光顾着打架，没顾上跑。"红苗媳妇说："不行，咱们一块儿去派出所说理去，要抓就抓全村人！"娘说："不去，关他们一阵也好。"

这时，大门口传来咳嗽声，透着威严与自信，一个人披着中山装，摇晃着走进来。这人是我们张庄的支书，他热衷于大喇叭广播，每天喂喂来喂喂去，大家都管他叫"老喂喂"。

老喂喂说："喂喂，几个老娘儿们在商量什么？"

娘连忙站起，把老喂喂让进屋来，顾不上回话，忙去拿烟，又吩咐姐姐端茶倒水。红根媳妇说："我们要去派出所讲理。"老喂喂说："讲什么理？你们有理吗？警察一来，咱就跑，给人家面子，你们倒好，视而不见，该抓！几个老娘儿们，去派出所说什么？让警察来抓全村人？你们还想混吗？"娘说："他们还没回来，怎么办？"老喂喂说："派出所刚给村部打来电话，人家说，盗窃罪，关十天，不关也行，交罚款，一人一千，你们交吗？"娘说："不交，关着吧，不关不老实。"红根媳妇说："不交。"老喂喂说："那好，十天后人就回来，你们都给我老实点儿，别乱放屁！"

几个老娘儿们都点头，老喂喂满意地晃出门去。她们长出一口气，开始咒骂老喂喂，说他一辈子作恶多端，光生女孩，

13

不生男孩，违反计划生育政策，天理难容，家族香火难以为继，就是报应。骂痛快后，她们又跟娘嘻嘻哈哈，一点儿不像刚打过架的样子。

她们走后，娘若有所思地说："一千块十天，一天一百，你爹是个皮匠，铲一天皮，最多挣三十，赶上没活儿，屁也挣不到，所以说，还是不交合算。"我说："爹关上十天，出来后至少仨月不说话。"娘说："那不挺好吗？"

我推车走出门去，练习骑车子。昨晚的事恍然如梦，我有点儿怀疑自己，是不是真的已经会骑自行车。碰见的人都带着伤，大多头上缠着白色的绷带，仿佛戴孝的孝子贤孙。拖拉机咆哮着开过来，驾驶员三牛不但头缠绷带，脖子上还吊着一只胳膊，身残志坚的样子让人肃然起敬。车斗里满载砖块，上面坐着他媳妇。有人说："三牛真厉害，伤成这样都能开拖拉机。"三牛说："砖扔在地头，不放心，我只要还有一口气，就得拉回来，这下我家有茅房啦。"

还好，我没受伤，可以自由自在地骑车子。在大街上一试，我是真的会骑，技术还不错。我一直往前骑，骑到那条新修的马路上。阳光下，这条路显出本来面目，不再光滑如镜，路上布满各种花纹的车辙，甚至被碾出沟沟坎坎。路两边空空荡荡，只剩零星的砖块。我向东骑，右腿试着翻过大梁，如有神助，竟然成功，整个人坐在大梁上，再也不用像个猴子那样斜挂在车子上。

绕过那台轧路机，只见一辆小汽车从远处飞驰而来。我停下车子，站在路边盯着，小汽车越来越大，黑色车身映着日光，很是耀眼，尘埃扬起，腾云驾雾一般。没想到，小汽车竟在我跟前停下，钻出三个人，其中一个年纪大些，披着大衣，很有派头。他问："小孩，你是哪个村的？"我指指村子的方向。

他说:"哦,张庄,就数你们村偷得多。"他走到马路下面的草丛里,解开腰带,一股尿柱砸在半块砖上,四下飞溅。他系上西裤,走到我面前,说:"你家偷得多吗?"我说:"不多。"他问:"不多是多少?"我说:"刚够垒个鸡窝的。"他指着南边的村子说:"你们村就是个大鸡窝。"他又指着脚下的路说:"这条道该什么样就什么样,他们不配走好道。"

看对方缺乏善意,我落荒而逃,跨上车子,可就在这一瞬间,骑车的技术全数尽失,左摇右晃,碰到一个坑,整个人被颠得飞出去,一口啃在地上,又差点儿"老耐"。

十天后,爹回到家,瘦得像仇家红根,饿鬼一样猛吃猛喝。正如我所说,他果然一言不发,酒足饭饱后,默默地在院子里盖鸡窝。到晚上,鸡无视新居,仍然睡在枣树上。爹昂头看半天,突然蹲下哭起来。我们围住他,想知道他为什么哭。作为家里最强壮的人、一家之主,他是最不应该哭的。可他不管不顾,哭得酣畅淋漓,抬起淌满眼泪和鼻涕的脸,四下搜寻。

爹说:"我的铲呢,快给我,我要磨快点儿,把那几个狗日的脑袋削下来!"

娘问:"你要削谁的脑袋?红根的还是警察的?"

爹说:"不是红根的,也不是警察的,是跟我关一起的那几个的,他们四个打我一个,还不让我吃饭!"

娘说:"他们在哪里?"

爹说:"还在看守所关着呢。"

娘说:"你要闯进看守所杀人?"

爹说:"看守所我是不想再进去了,等以后有机会……"

我一下子想起,那柄钢铲还埋在村外的地里。爹让我去找回来,我一个人不敢去,请姐姐陪同。我对自己骑车的技术深感怀疑,不敢再驮姐姐,只能让姐姐驮着我。

15

那条路依然是土路，据说再也不会变成沥青水泥路。仅仅十天的时间，路面变得坑洼不平，没有月光的映照，黑漆漆一片。我们好不容易找到那棵杨树，挖来挖去，怎么也挖不到爹的钢铲，明明埋在这里的，怎么会不翼而飞？

四下漆黑，无人可问。

骑士

◦ 一 ◦

我对娘说，买火车票根本用不着跑到衡水去，手机上就能买。她不信，认为手机上买的票肯定是假的。我只好演示给她看，指尖在手机屏幕上戳戳点点。有一辆直达车，晚上八点半发车，运行三十多个小时后，到达成都站。就坐这一趟吧，除此之外，别无选择。选定后，进入购买环节。我先把娘添加进联系人中，再去选票，却发现娘的名字是灰色的，无法选中。联系人中只有两个名字，张家根和王丽珍。张家根是我，王丽珍是我娘。这两个名字一黑一灰，好像来自两个世界。

"真能买？"娘问。我说："买不了。"她又追问为什么买不了。这是因为她的信息正在后台审核，审核通过后才能买票。如此解释，她一定听不懂。我也不知道怎样解释她才能听懂，摸着手机屏幕，不知所措，情形颇为尴尬。"去衡水买吧。"她说。

能跑趟衡水，我当然愿意。刚才一时兴起，玩什么网络购票，差点儿断送一次进城逛逛的机会。之所以想用手机买票，无非是为了向她证明，我的手机也是可以干正事的。我又想到，即使在手机上购票成功，娘也不会相信，她必须见到实体票。村里人说她精，其实对她不够了解，他们把娘的多疑当成了精。

她连我都不相信，我想去北京打工，她不但怀疑我能挣到钱，而且还认定我会一去不回，最终客死他乡。

我活到二十三岁，从没坐过火车。娘坐过一次，那时还没我，她刚满十八岁，从四川一直坐到河北，嫁给我爹。我就是这么来的——一对相隔千里的男女，通过火车的运输，得以靠近，结合在一起，繁殖出后代。当然，事情并不像我说的这么简单。爹娘的缘分来自媒人，但他们至今不清楚那媒人叫什么名字，也不知道人家是哪个地方的人。

娘说过，媒人有两个，一男一女，仿佛是对夫妻。女的嘴说个不停，好像一不说话就会死，即使在沉默的间隙，嘴也是半张着的；男的一言不发，像个哑巴，耳朵却非常好使，一有风吹草动，马上把目光投过去。娘是在小镇街边遇见他们的。那是下午，小镇的集市刚刚散去，娘因为丢了卖药材的钱，坐在街边哭。女人问娘怎么不回家。娘说钱丢了，不敢回家。女人说："那你跟我走吧，去成都，挣钱。"

女人说的是普通话，听起来好像收音机里的人。娘最爱听收音机，相信里面传出的每一句话。当时她已在街边哭了一个小时，如果再没有人带她走，她觉得自己只能去跳崖了。她爹，也就是我姥爷，为人挺狠的，断然不会饶恕她，硬生生地回家，也是死路一条。所以，她只能选择相信眼前的女人。有那么一瞬间，她真以为自己遇到了救苦救难的观音菩萨。如果菩萨降世，肯定是说普通话的。她无法想象救她脱离苦海的菩萨会说一口四川话。她和女人离开小镇，旁边突然出现那个男人。她以为，此人乃菩萨的护法，遇到一些乱七八糟的事，总不能让菩萨亲自动手吧。菩萨很会说话，不停地描述成都的繁华景象，就像在向她布道。说完成都，她又说重庆。当他们坐上班车的时候，女人的嘴里依次滑过了武汉、南京和上海，正天花乱坠地谈论北京。

他们到达县城，准备换乘更大的班车，娘有点儿慌了，想回家。女人说，接着走吧，一块儿去成都。娘转身要跑，被男人一把抓住，同时甩了一个大耳光。女人把娘搂在怀里，连声安慰，并大声责备男人不该动粗。娘被打蒙了，与她爹相比，男人打出的耳光更结实，手硬得像块铁。她的脸肿了，心也死下来，回家不也是这样挨耳光吗？现在身边至少还有一个菩萨一样的女人。她娘，也就是我姥姥，在生下第五个孩子后，得病死掉了。她是老四，下面还有个老五，是个来之不易的男孩。我姥姥连生四个女孩，几近绝望，最后把命搭上，好歹生了个儿子，也算死而无憾。我娘觉得女人像她的娘，下定决心跟她走。

班车在夜里开进宜宾市。他们找到火车站，买了去成都的火车票。成都是很大的城市，娘从小就听人说过，她最远只到过县城。在娘眼里，宜宾已经很大了，大得让她感觉不到自己的存在。坐在候车厅，她好像比身边那俩人还着急。早晨背着药材出门的时候，她可没想到自己会跑这么远，一下子就走出这辈子最远的路，再往前走，每一步都是一个新的最远记录。更要命的是，她马上就要坐上火车了，火车的速度难以想象，人坐在里面动也不动，却能日走千里，夜行八百，说是飞也不为过。

在火车上，女人与男人一边一个，把娘紧紧夹在中间。女人的嘴始终没闲着，无边无际的话语，伴随着火车轮子与铁轨的摩擦声，让娘昏昏欲睡。半睡半醒之间，娘突然感觉女人谈话对象转移到男人那边。男人终于开口，说的并非普通话，也不是四川话，但娘能听懂，应该是北方方言的一种。女人也暂时搁下了普通话，操练起与男人一样的方言。二人平静地交谈着，好像在探讨学术问题。娘假睡，专心听了一会儿，终于听

19

出点儿眉目，原来他们在讨论娘的长相。男人说娘长得太丑，估计没人要。女人说好不容易碰见个傻的，丑点儿就丑点儿吧，光棍汉也不嫌的。

娘心里有点儿生气，想抬起头来说几句，自己丑自己知道，用不着你们说。她却怎么也醒不过来，身体像沉入了水底，被水草缠住，无法上升。多年之后，娘终于想明白，自己之所以一上火车就睡觉，是因为喝了女人的水。女人随身带一个大玻璃瓶，里面装着水，不时让娘喝两口，她自己却从来不喝。

火车到达成都后，娘勉强醒来。他们并没有离开火车站，真正走进这座更大的城市。男人又买了三张火车票。女人说，成都工作不好找，最好去北京，那才是真正的大城市。娘没什么意见，反正已经离家很远了。他们坐上另一列火车，一直向东，又折向北，跨越万水千山，轰隆隆地向我爹靠近。

◦ 二 ◦

此刻，我怀揣两张身份证，坐在开往衡水的班车上，车窗外是平淡无奇的华北平原。从小就听娘讲，她的家乡与这里截然不同，那里山连着山，全是山，村子有的建在山腰，有的建在山谷，房子高高低低，都由石头垒成，田没有大片的，这一小块，那一小块，星星点点，干起活儿来翻山越岭，跑断双腿。

我活到二十三岁，还没见过大山。每当站在村子西头，看见太阳压住地平线，我就想，他们都管这景象叫太阳落山，但山在哪里？太阳根本无山可落。目之所及，只能看到另一个村子，屋顶和树木勾画出高低起伏的地平线。村子与村子之间，是大片的田地，每一个让人烦躁的春天，风吹麦浪，一波又一波，让我想到大海。我没见过海，就连湖也没见过，据说邻县有个衡水湖,我从没去过。村里人没有游山玩水的兴致,如果我对他们说想去看看大山和大湖,他们会笑话我,认为我是个神经病,甚至给我起外号,叫我傻根。

在他们眼里,傻子有两种,一种是智力低下之人,先天发育不良,长得嘴歪眼斜;另一种是不合群的人,智力方面绝对没问题,但特立独行,让人难以理解。我爹就属于后一种人,他叫张远翔,人称傻翔。

爹十五岁那年,父母双双离世,得的都是哮喘病。爹还有个哥哥,已经另立门户,结婚生子。哥哥有意把弟弟接到自家家里,一起生活,其实方便得很,也就是添双筷子的事。嫂子是个爽快人,同意小叔子来家吃饭,但睡觉要回老宅。爹就开始吃嫂子做的饭,过得还算快活。不知不觉十年过去,爹长成一个沉默寡言的光棍。嫂子为他着急,但毫无办法,没有姑娘嫁给一个家里穷得只有一铺炕和一床被子的人。为彰显自己还算有点儿钱,爹买回一辆摩托车,那是全村第一辆摩托车,是爹十年的辛苦钱。

据说,爹曾身穿黑色棉猴,胯下一辆鲜红的幸福250摩托车,呼啸着从村西窜到村东,再来一个潇洒的转弯,冲上村外那条宽阔的省级公路。他是村里的第一代骑士,这代骑士除他之外,再无旁人。直到我出生之后,买摩托车的人家多起来,第二代骑士才如雨后春笋般冒出来。不得不说,爹买摩托车是个壮举,几乎倾家荡产。他少年时手巧,在队上的皮组做工。皮组解散后,他与伙伴们搭伙做皮草加工,苦于本钱太少,干一阵歇一阵,挣得也不多。他买了摩托车,再无做皮草生意的本钱,只好去给人家打工。最看不惯他的是嫂子,十年的饭钱,算算也够买辆摩托车的,这小叔子却不给她一分钱。哥哥是个本分人,以忠厚老实著称于世,不理解弟弟为什么要买一辆毫无用处的摩托车，难道自行车还不够你骑的吗？这样的弟弟不管也罢！哥哥家不再管饭，爹只好自己做饭吃，不太会做，连自己都不爱吃，越发面黄肌瘦。他骑着摩托车去相亲，人家姑娘都嫌他太瘦，而且不会过日子，花钱大手大脚，买摩托车就是例证。

意识到自己将孤独终老之后，爹骑上摩托车，进行了一次远游。现在看来，其实也没多远，目的地正是邻县的衡水湖。当时人们都骑自行车，从村里骑到衡水湖，得花大半天的时间，而且没人有那个闲情逸致。爹仰仗先进的交通工具，如一道闪电，降临在衡水湖畔。他策马扬鞭，面对浩渺的大水，不由得心生感叹，认为自己不虚此行。爹花了两天时间，沿衡水湖走了一圈，因为摩托车太过扎眼，身后总尾随一帮光屁股的小孩。回到村里后，爹一改往日寡言少语的习性，逢人便讲述远方的见闻。听者最初很有兴致，能耐心听他讲完，后来发现他的讲述千篇一律，都是衡水湖那点儿破事，渐渐就没人听他的，开始暗地里叫他傻翔。爹赌气般打点行装，要去更远的地方。

整整一天，我家老宅上空炊烟袅袅，那是爹在蒸馒头，作为路上的干粮。第二天，他将馒头、咸菜和被褥绑在摩托车上，又气势汹汹地从村西窜到村东。村人纷纷观看，目光交错，织成一张大网，只见骑士戴着红色头盔，像一只红眼的苍蝇，一头撞出网去，飞上公路，不知所终。

爹对我说过，他第二次远游的目的地是大山。山在哪里，他不知道，身上没有地图，全凭直觉前进。他相信，只要自己跑得足够远，就一定能看到山。他一路向南，信马由缰，走得并不快。中午，他蹲在路边啃馒头，就着一块黑乎乎的老咸菜。口渴，拐进村子，走进一户人家，讨口水喝。他穿着破烂，犹如一位历尽沧桑的流浪汉。人家看到他的摩托车，不由得肃然起敬，以为此人不同凡响。爹饮罢一瓢凉水，跨上摩托车绝尘而去，留给村子一个潇洒的传说。当然，这只是他一厢情愿的臆想。其实，他们都认为，这人只不过是个有辆摩托车的二流子罢了。

太阳西坠，爹看见前方出现一抹暗影，看那安然而豪迈的气势，应该就是山了。他加足马力，终于到达山脚下。他忽然感到，其实山离家乡并不算远，如果加紧赶路，半天的时间就能到。他沿山路前行，晚上找到一个村子，村中央有座戏台。摩托车停在戏台下，他抱着被褥登台，睡在舞台中央。

早晨醒来，他看到舞台的一角靠墙睡着三个人，一男两女，其中那个年轻的女子，就是我娘，她也从远方赶来，累得不成样子。

◦ 三 ◦

在衡水火车站的售票大厅，我排在队伍末尾，手里拿着两张身份证。这是我做梦都想来的地方，买一张票，坐上火车，有多远就走多远。手机上的购票软件我早就会用，一次次给自己买票，就像玩游戏，付费的环节犹如游戏的最后一关，我从未打过通关。直到有一天，一起长大的伙伴家福找到我，请我在手机上为他买一张去杭州的火车票。虽然他的手机比我的贵，但他不太会用——就连这样的笨蛋也要出门打工了。我对娘说，我要跟家福同去。娘不同意，让我老老实实在家待着，好歹饿不死。

给家福买票那次非常顺利，他的名字一直黑着，没有像娘的名字那样变灰，想必后台审核这一环节是后来才有的。我终于打过那最后一关，全身通畅，随后无比沮丧，心中充满愤恨，恶狠狠地把家福的名字删除，购票软件的联系人中，依旧只有我一人。

终于排到我，我把身份证塞过去，对售票员说："买两张去成都的火车票。"我说的是普通话，不经常说，应该挺生硬的。售票员问："哪天的？"我想想说："两天后吧。"售票员又问："硬座还是卧铺？"我想了想，说："卧铺吧，坐硬座会不会太累？"售票员说："三十多个小时呢，坐硬座肯定累得不行。"我说："那就卧铺吧。"两张卧铺，把娘给我的钱几乎全部花光。

拿着车票站在火车站广场，心中升起一股莫名的离愁，上初中时，我读唐诗，最喜欢那些讲离愁的诗，什么"挥手自兹去，萧萧班马鸣"，还有"落日五湖游，烟波处处愁"，我无数次在心中表演那种陌生的情绪，这次终于派上用场，马上要来真的了。

我端详衡水火车站的候车厅，人来人往，每个人都面无表情，看不出他们在想什么。我又跑到出站口，观察刚从火车上下来的人，同样都是面无表情。当年娘从这里走出来的时候，脸上什么表情？大概和他们一样吧。

当时，她喝了很多掺着安眠药的水，脑子昏昏沉沉，女人说什么，她就听什么，即使不愿意，也无从反抗。女人说先在衡水下车吧，去见一个亲戚。她和男人一边一个，架着我娘，走下火车，来到衡水火车站的广场上。旁边是汽车站，男人买了票，仨人又坐上一辆去往邢台的汽车。

多年以后，娘对自己的遭遇并不隐讳，事无巨细地讲给我听。除对事实进行陈述之外，她不时加入自己的分析及感悟。经过多年的思考，她已完全理清整件事情的来龙去脉。她说，那俩人干拐卖妇女的勾当，有周密的计划安排。他们先在邢台山区找到买主，然后前往四川，当年四川乃是中国第一人口大省，最不缺人；找到人后，骗到邢台，交给渴望成家立业的光棍汉，俩人能得一千多块钱。那时，对一户农民来说，一千多块钱，几乎是一笔巨款。

按照上面的计划，娘的命运应该是嫁给邢台山区的某个农民光棍，而不是华北平原上的我爹。娘的相貌改变了她的命运。俗话说，儿不嫌母丑，狗不嫌家贫。我作为娘的儿子，不该对她的长相说三道四。现在，故事发展到这一步，娘的长相成为推动情节发展的因素，我不得不向读者交代清楚。客观来讲，娘长得很丑，像历史课本里的北京猿人。

邢台山沟里的农民光棍没见过世面，看见娘后，惊为天人，一句话也说不出来。憋了半天，这位朴实的农民终于开口："太丑，不行。"买卖黄了，那对男女带着娘没地方住，只好寻到村中央的戏台，打算将就一夜，明天再去别的村子转转。娘还纳闷儿，为什么亲戚不留人住宿，未免太不近人情，看来河北人远不如四川人好客啊。

人生如戏，我爹娘的第一次相见就是在戏台上。朦胧的晨光中，娘看上去没那么丑。爹起来收拾东西，男人和女人也醒来，连忙与爹搭讪。言来语去中，他们对爹的情况了然于胸，不由得眼前一亮。女人把爹拉到戏台一角，悄声说："大兄弟，你看那个年轻姑娘，是我表妹，家里人都没了，就剩她自己，怪可怜的。"爹说："是怪可怜的。"女人说："你要是真觉得她可怜，就娶她做老婆吧。"爹脸上一红，说："这怎么行，咱不能趁火打劫。"女人说："她能嫁给你，也算上辈子修来的福分，你要是犹豫，我们就给她另找婆家了。"爹说："你让我想一下。"女人说："你别想了，过了这个村，就没这个店了！"

爹终于做出决定，点点头。女人拍手称快，说："你的大摩托不错啊，想必一千五百块的聘礼对你来说也不是难事。"爹说："什么，还要聘礼？"女人说："对啊，谁家娶老婆不出聘礼？"爹想了想，咬着牙答应下来。最后，爹决定马上回村筹钱，他给女人留下了地址和几个馒头。

跨上摩托车，临走那一刻，爹扭头看了娘一眼，娘刚醒来，也正看他。爹脸红心跳，油门拧得有点儿大，摩托车向前蹿了一下，差点儿熄火。他按了下喇叭，算是道别。此刻，他既依依不舍，又归心似箭。回去的路并没有花太长时间，但爹觉得无比漫长，如此看来，大山离家真的好远。

回到村里后，爹马不停蹄地找人借钱，把钱借到手之前，必须讲清楚，为什么要借这笔钱。爹先来到哥哥家，对哥哥讲了自己的山中奇遇。嫂子在一旁听得明白，马上一针见血地指出："翔啊，你这是碰见人贩子了。"哥哥不置可否。爹说："就算是人贩子，又有什么关系？"哥哥说："对啊，只要能娶到媳妇，人贩子也无所谓。"嫂子仔细一想，真是这个道理。爹顺利借到四百块，这是哥嫂一家的全部积蓄。

爹又拜访了十多家关系还算不错的，把山里的故事讲了一遍又一遍，多则一百块，少则几十块，爹总算凑够一千五百块。第二天，哥嫂陪他站在村口的马路边等人来。客车一辆接着一辆，但过尽千帆皆不是，哥嫂不免有些失望，认为爹在说谎。就在哥嫂意兴阑珊，即将离去之时，又开来一辆客车，下来仨人，中间那位，正是我娘。

四

我离开火车站，又去百货大楼转了转，这里是衡水市的繁华所在。每次进城，我都会走进这家商场，从一楼转到五楼，站在大玻璃窗前，看看四周的风景。下面是城市的街道，汽车来回奔跑，人们来回走动，远处是楼，更远处还是楼，好像也没什么可看的。在家时，我经常爬到屋顶上，眺望远方，其实也看不到什么新鲜东西，只能看到大片的屋顶，和朦胧的地平线。我从未在百货大楼里花过一分钱，东西太贵，看一眼标签，就恨不得放一把火。走出商场，我又走进新华书店。那里面有很多书，我随意抽取翻看，没人管，可以看个痛快。每次进城，我都会买本书，这也是他们叫我傻根的原因之一。

回到家里，娘看了眼火车票，马上发出惊呼："怎么这么贵？"我说："这是卧铺，可以躺着睡觉的。"她说："坐着跟躺着不一样能到四川吗？"我说："是啊，一样能到，但躺着更舒服啊，三十多个小时，你想想，坐着多累！"她说："咱去四川干什么？去给你找媳妇，不是去旅游，要把钱花在刀刃上，你马上去给我换成坐票。"我说："不去，要换你自己去换。"每次吵架吵到高潮，四川话就会从娘的嘴里喷出来，我听不懂，从她扭曲的表情推测，肯定是骂人的脏话。我不再还嘴，低着头，任由她说。

其实，买这卧铺票的钱也不算什么。我初中毕业后开始做皮匠，每年都能攒下一两万，从十六岁干到二十三岁，七年的时间，怎么也有十多万吧，除去给爹看病花的七八万，还剩下好几万呢。当然，家里到底有多少钱我并不清楚，钱都在娘的手里，她最清楚，有一点可以肯定，她说我们坐不起卧铺，绝对是夸张。我不理她，躲进自己屋里看书。她终于偃旗息鼓，不再瞎叨叨，闷头做饭去了。

三天后出发，说是一晃就到，但我觉得无比漫长，有点儿后悔，不如买明天或后天的票。看得出来，娘在精心准备。她烙了几张饼，去商店买了火腿肠和榨菜，她还买了几瓶衡水老白干，作为礼物，她爹爱喝酒。就在前几天，她跟老家联系上，知道她爹还活着，老头子特意关照，回去时别忘了带几瓶当地的好酒。

爹娘结婚二十多年，娘从未给老家写过信，一是根本不想家，二是怕爹不高兴。邻村也有几个四川的媳妇，大多跑掉了，过得长久的寥寥无几。爹问娘："你怎么不跑？"娘说："跑个屁，跑回去也是挨打。"她无比智慧地断言，那些跑掉的女人没准儿会跑回来的。果真没错，还真有回来的，原因跟娘想的一样——跑回四川的女人并不受家里人待见，一是因为两手空空，没给家里带回财富，二是因为失身他乡，败坏了门风。二罪归一，当然打得特别狠。

在我看来，娘没有逃回四川也有两个原因：一是因为家庭结构相对简单，爹无父无母，光棍一人，娘无须面对难搞的公婆关系；二是因为爹性格随和，遇事无主见，家庭的大权慢慢转移到娘的手里，她成了这家的主人，才不想跑呢。

公正地讲，娘是个会过日子的好女人，在持家方面，比爹强百倍。我出生后，娘封存了爹的摩托车，说那玩意儿太费油，加一箱油的钱，够家里吃半个月的。依娘的意思，这摩托车就该卖掉。爹死活不同意，说："这摩托车就是我的命，你卖卖试试。"娘不再说什么。其实，在结婚之初，她也挺喜欢这摩托车的，爹带她去过一次衡水湖，她坐在摩托车后座上，体会到新婚的快乐，这大概是他们少有的甜蜜时光。

娘是四川人，爱吃辣椒。而辣椒这种植物，对我们村的人来说是陌生的，炒菜从来不放，地里也从来不种，仅有的辣椒还是青椒，或者叫甜椒，个头儿挺大，吃起来一点儿辣味没有。在娘看来，河北饭菜寡然无味，简直难以下咽。爹照顾她的口味,去集市上找辣椒,好不容易买到。娘炒的菜变得辣味十足,她一做饭,邻居家人都能闻到。每次吃饭,爹都被辣得眼泪汪汪,好像一个爱得深沉的诗人。

辣椒吃进娘的身体,转化为惊人的力气。她像男人一样挑水,抡镢头,甚至扛大包。干起活儿来,她如狼似虎,让村人叹为观止,这很大程度上抵消了相貌的丑陋,为她赢得了好名声。爹天生身子弱,与健壮的妻子相比,可谓手无缚鸡之力。他自觉地把庄稼地里的活儿都交给娘,只给她打打下手。娘对土地的热情始终不减,她说,这地比四川可好种多了,干起活儿来真痛快!

地只有那几亩,种来种去,温饱问题能解决,也就仅此而已。爹是老皮匠,给人家打零工做皮活儿,能挣一点儿钱,过了整三年,终于把外债还清。人们惊奇地发现,自从娶了媳妇,我爹就变成了正常人,那辆摩托车再没有出现在大街上,他改骑自行车,更多时候缓慢地步行。如此一来,再称呼他为傻翔就不合适了。爹面相老成,脸上的皮肤比较松弛,皱纹较同龄人多一些,所以被人改叫老翔,猛地听起来,还有点儿尊敬的意思。

◦ 五 ◦

出发的头一天,娘和我去买新衣服。尽管是个年轻人,但我对穿衣没什么讲究,不像家福他们,总穿着一身奇装异服干皮活儿。作为皮匠,穿什么都白搭,没有任何衣服能抵挡那股腥臭味。我不打算买衣服,只考虑要不要换个新手机。娘一听就火了,说:"你的手机又没坏,换新的干吗?"我说:"去四川不需要拍照吗,应该换个拍照好的手机。"娘思考半天,终于同意，她要在买新衣服的基础上，再斥资两千多块，给我买个新手机。她说："你穿着新衣服，拿着新手机，不怕四川妹子相不中。"旧手机也不浪费，她拿来用，虽然不会用，装装样子也挺好。

转过天来，到了启程的日子，也不用急着走，火车是晚上八点多的。行李不多，只有两个大包，除了换洗衣服、路上的吃食，还有给姥爷、舅舅等人的礼物。吃午饭时，娘给爹盛了一大碗米饭，盖上饱含辣椒的菜，放在爹的遗像前。

爹是前年死掉的，哮喘，据说是家族遗传，现在我大爷也咳起来了，看着挺危险。我，还有那两个堂兄弟，恐怕难逃厄运，迟早也会咳起来。这是我找不到对象的原因之一，谁会愿意嫁给一个天生有病的男人？死之前，爹咳了十多年，整日气喘如牛。身为皮匠，得哮喘病实属不该，你在一堆皮子中间不停地弯腰（仿佛在向被剥了皮的动物鞠躬谢罪），空气中满是绒毛和皮屑，有一个结实的好肺，才能呼吸顺畅，从容自若。截至目前，我的哮喘病尚未发作，呼吸还算平稳正常。这让娘甚为欣慰，认定我主要是随她，而不随我爹。她的身体十分健康，甚至可以用健壮来形容，我真要随她，就好了。对于自己这副皮囊，我比她了解，夜半时分，我经常憋醒，睁眼看着漆黑的屋顶，大口喘气，好一会儿才能平复下来。由此可见，我也不适合干皮匠。上学时，我成绩很好，是所谓的好苗子。只是我爹太不争气，咳来咳去，把家底咳得一干二净。我勉强上到初中毕业，迫不及待地加入皮匠的行列，挣钱维持老翔日益艰难的呼吸。

那辆红色的幸福牌摩托车在沉睡多年之后，又被我骑在胯下。这是爹的心爱之物，勤加擦拭，不时打火运转，保养得非常好。在去外村干活儿的路上，我和家福他们结伴而行，每人骑一辆摩托车。车队中，我的摩托车凭借老旧的外观与巨大的声响总能吸引路人的目光。家福他们知道，这是村里的第一辆摩托车，是其他摩托车的长辈，所以从没有嘲笑，有时还兴致勃勃地要跟我换着骑。通过比较，我发现若论马力，爹的摩托车首屈一指，稍加油门，你就会感觉胯下生出澎湃的动力，心中难免泛起老骥伏枥，志在千里的豪迈之情。

爹死了，我和娘都松了一口气。他整天喘啊喘的，看得我们也很憋气。他终于放弃呼吸，高枕无忧地睡去，放心地做几个好梦，不用担心被自己的咳嗽惊醒。娘很难过，也非常生气，埋怨我爹死得太早。她刚四十岁，因为长得丑，很难另嫁他人，她完全没有经验做一个寡妇。

爹死的那年，我的伙伴们纷纷结婚了。家福的媳妇是邻村的，长得很秀气。家福能娶到这样的女人，得益于富裕的家庭，他爹做皮草加工，每年有三分之一的时间，我给他家打工。自家活儿干完后，家福和我一起去外村找活儿干。他结婚后，似乎成熟一些，像个真正的大人。这两年皮子不好干，他谋划去南方打工，如今终于成行，他把媳妇扔在家里，怪可怜的。从这一点上，我看到自己跟家福巨大的差距。我死活找不到媳妇，饥渴得要命，而他已厌倦了夫妻生活，把女人看得云淡风轻。

◦ 六 ◦

香炉里插着三根香，烟往上飘。我对着爹的遗像磕头，娘也跪下来，祷告一番。如果她像电视里的人对着流星默默许愿那样，我会舒服很多。娘偏要把愿望说出来："老翔啊，你要保佑家根能找到媳妇。"声音很大，毫无必要，爹作为鬼魂，应该不存在听觉的问题，嚷这么大声，恐怕胡同里的人都能听见。

　　我们锁好家门，走上大街，遇见几个站在街边闲聊的老娘儿们。她们正愁找不到新鲜的谈资，看见这对母子，兴奋得两眼放光，异口同声地问："你娘俩大包小包的，这是要去哪里啊？"娘说："去四川，回娘家。"随后，娘开诚布公，把此行的缘由和盘托出。她要她们知道，此次回老家四川，绝不是乡愁所致，如果想家，她早就回去了，老翔一直对她说，她要是想家就回去看看，但她就是不想，千里迢迢的，想着都累。突然有天灵感突发，何不为家根找个四川媳妇？她前思后想，觉得这个主意绝妙。爹找的是四川媳妇，家族传统由此而生，儿子再找一个，也算是顺理成章，无可厚非。另外，婆婆与儿媳同为四川人，生活习性一脉相承，势必会水乳交融，情同母女。

　　为跟四川老家的人取得联系，娘调动起毕生的聪明才智，先是开启尘封已久的记忆，苦苦翻找，寻到故乡村庄的名字——黑石村，她从小长大的村子，名字里有种占山为王的霸气。她说，以前确实闹过土匪，后来都放下屠刀，立地成了老实巴交的农民。沿着黑石村顺藤摸瓜，她又想起老爹的名字——王金良，年轻时可谓打女儿的一把好手，如今算来已有七十岁的高龄，生死难料，即使还活着，估计也是苟延残喘，不复当年之勇。随后想起来的，还有她三个姐姐和一个弟弟的名字，分别是王丽华、王丽艳、王丽荣和王久发。弟弟的名字看起来独树一帜，实则最是正统，继承家族辈分，他是久字辈——久发，乃长久发家之意，寄托着王金良的无限希望。女孩取名不必遵循族谱，可随意而为，丽字响亮好听，王金良喜欢，给每个闺女都用上，整齐划一，打造出金花四朵。

　　我在娘的指示下，给四川的舅舅写一封信，本来想写给姥爷，怕他已不在人世，而且姥爷是个文盲，不识字。这是我此生写出的第一封信，尽管如此，我依然认为多此一举，远不如直接打个电话来得痛快。娘说："你怎么能查到你舅舅的电话号码？"我说："可以向当地114查询，实在不行，还可以网上求助，请网友帮忙。"娘沉吟半响，最终否定了我的想法。她说："一直想给他们写一封信，想了十多年，再不写，就白想了，写吧，写工整点儿。"我摆好纸笔，问娘怎么写。娘说："你看着写吧。"我说："不能我看着写啊，应该你说一句我写一句。"娘说："不知道说什么，你自己编吧，也不枉你读过那么多书。"

娘不敢打电话，恐怕正是因为不知道说什么，也可能考虑到自己生疏的四川方言，难以自如地说清所遭所遇。初来这个村子时，娘的四川口音给大家带来无穷的快乐。她一开口说话，就有人模仿，不管学得像不像，大家都要抓住机会笑一笑。这笑声并无恶意，相反正是熟络的表现。在大家爽朗的笑声中，娘感觉自己被他们认可并接纳，成为不可或缺的一员。娘刻苦学习当地方言，学得很快，生下我后，已然学成，发音极其标准，已到炉火纯青的境界。

那封信我写得很慢，提笔在手，不知道写什么，茫然四顾，还是不知道，跑去问娘："你到底想对舅舅说什么？"她说："你随便写，怎样都行，最后要问一句，村里可有合适的女孩，介绍给家根。"好吧，我无奈地长叹一声，坐回桌前，终于写下四个字："弟弟你好。"三天后，信终于写成，娘告诉我地址，我跑到镇上，把信挂号寄出。

信寄走后，娘才问我都写了些什么。完稿之时，我曾想念给她听，只是有点儿不好意思。她没有要求，我就没念，想不到她又问我信的内容。我说，写的都是客套话，亲人分别多年的思念之情。娘问："最后提给你介绍对象的事没有？"我说：

"提了，这个没忘。"她说："没忘这个就好。"

回信是一个月后收到的，执笔人不是舅舅，而是舅舅的小女儿，也就是我的小表妹。她先是很有礼貌地自我介绍，而后说爷爷看完信后非常激动。她的爷爷，也就是我娘的爹，还活着，他能看信，并且激动了，小表妹没有描述老头儿的神态，我想，他应该手捂胸口，老泪纵横。小表妹还说："姑姑，爷爷一直非常想念你，请你快来看他一趟吧，另外，表哥相亲的事，绝对没问题，这里有很多急着找婆家的女孩。"

信是我读给娘听的，她安静地听完，并不激动。她点点头，说："还是我们四川女孩多，你的媳妇有着落了。"

◦ 七 ◦

到了车厢里，我才发现，上铺是那么高。当初买到两张上铺，我还以为也就一人高，不存在攀爬的难度，现在看来，以娘的能力，爬到上铺势比登天。她也被上铺的高度所震撼，立在走道上半晌无语。衡水是个小站，上车的人不多，整个车厢里，需要往上爬的，只有我们两个人。我第一次坐火车的激动之情烟消云散，再看一眼娘，感到深深的绝望。娘很胖，这都怪她吃得太多，每顿干掉两碗大米饭。我只吃一碗，这正常的饭量却饱受她的指责，她让我多吃，亲身示范，霎时间又干掉一大碗。娘说，小时候吃不饱，所以一遇到饭就拼命吃。

娘埋怨我买的票不够理想。我鼓励她，说："你爬吧，我在下面推你。"她说："我可爬不上去。"我说："你年轻的时候不是经常爬山吗？"她说："是啊，那时多陡的山坡我都敢爬，现在不行了，多少年不爬，爬不动啦。"我说："这有梯子，应该不难。"她说："梯子这么窄，脚都放不下。"我说：

"你以为自己是大脚马皇后？"她笑了笑，把脚蹬在梯子上，开始向上爬。我站在她的身后，随时准备施以援手。好像比想象的容易，她轻而易举地爬到顶，身体高过上铺。梯子的位置有点儿偏，被车厢的隔断一分为二，供两边上铺人员合用，娘竖直爬上去，需要侧着身体，钻到上铺的床上。她斜着身体，努力把左腿跪到床板上，腿太短，够不到，脑袋已顶到车顶。她肥胖的身体挂在那里，因为吃力而抖动。我双手上举，只能够到她的小腿，用不上劲儿。一时间，娘被困在梯子上，情况危急，她随时会双手脱力，砸到地板上。

　　车厢内的人都在看她，还有人笑出声来。中铺的男人出手相救，他的位置得天独厚，伸手抱住娘的大腿，让娘踩住中铺的边沿，真是个好人，助人为乐，不惜让自己的床单被踩脏。刚才娘不好意思踩，左脚没有着落，无处借力，问题在于她还穿着鞋，刚买没多久的新皮鞋。我脱了鞋，分开双腿，蹬住两边的下铺，向上推她。她终于不负众望，成功爬到上铺。一旦身居高位，娘马上抱怨起床铺的狭小，还说铺板离顶棚太近，起身就会碰到头。我知道她在转移大家的注意力，以化解刚才的尴尬。我让她脱鞋，把鞋递给我，放在下铺的床底下。她不脱，害怕鞋子被偷。我不再强求，自己脱了鞋，蹬上梯子，轻而易举地翻到上铺。娘与我同在高处，近在咫尺。她开始埋怨我买的车票，那么贵，还要费力爬上爬下，我不再争辩，蒙上被子睡觉。

　　第一次坐火车，我哪里睡得着，头在被子里，仔细听火车行进的声音，不知道正往哪个方向开，希望早点儿离开河北，离开这没劲的家乡。打开手机地图，那个小蓝点就是我，正匀速移动，似乎永不停歇。突然，有东西隔着被子砸在我身上。我掀开被子，发现一个鸡蛋，是娘扔过来的，她要和我说话。

娘说:"在四川,你有一个姥爷、一个舅舅,还有三个姨,除此之外,还有家族的人,王姓是村里的大姓,人丁兴旺,你从我这边论,该叫姥爷的叫姥爷,该叫舅舅的叫舅舅,嘴要甜点儿,别怠慢了他们,说不定谁就能给你介绍个对象。我走的那年,村里嫁不掉的姑娘多得很,你说也怪了,那地方的人就爱生丫头,往往生好几个丫头才能换来一个儿子。下地干活儿的,都是女人,男人蹲在家里,抽水烟。你没见过水烟,就是一个大竹筒,装上水,烟从水里过,抽起来呼噜呼噜响。你姥爷就是抽水烟的好手,抽一天也不累,抽两口,吐一口痰,别人看着恶心,但他本人痛快。有一次,他拿水烟筒打我,把那根竹管子打烂了,很心疼,罚我上山砍一根最好的竹子,他要做一根新的水烟筒。我走上山,砍了根竹子回来,你姥爷嫌竹子太细了,让我再去砍一根。我又砍一根回来,他又嫌太粗。我气得不行,真想一刀砍死他。唉,现在想想,都是亲人,这又何必呢?"

"那你后来砍的竹子怎么样,姥爷满意吗?"

"不满意,这老东西很难对付,他又打了我一顿,然后拿起柴刀,自己上山砍了一根。他回来后我一看,他砍的还不如我砍的那两根。对了,你知道我为什么能和你爹过下去吗?"

"因为他不打你。"

"他不但不打我,还什么都听我的。后来我也琢磨透了,你爹缺乏母爱,他把我当成他娘了……"

母爱这样的词语从娘嘴里说出来,让我惊诧莫名,不由得重新审视起她来。只见她把肥大的身体平摊在上铺,大腿的肉挤压着栏杆。她望着伸手就能摸到的车顶,眼神涣散,记忆如同黑洞,把她吸了进去。她开始滔滔不绝地讲述着一个四川女人和一个河北男人的故事。我发现,经过当事人的加工,这个故事变得非常浪漫，美好得像一部瞎编的电视剧。

熄灯后，娘终于闭嘴，发出粗鲁的鼾声，比火车的动静还大。我睡不着，刷手机，几个小时后，眼睛疼，打开地图，发现已经身在河南，火车真快。

◦ 八 ◦

一路向西，我和娘穿越河南和陕西，终于在第三天清晨到达成都。这期间，娘两次从上铺下来，再爬上去，因为有了经验，身手灵活多了，不需旁人协助。她身上有的是力气，在适当时候，总能爆发出来。漫长的时间让她爱上卧铺，改口称赞我英明的决定，并发出感慨，说躺着坐火车简直是一种享受，什么也不用干，只是躺着，睡觉的工夫就到站了。我们坐在过道的窗前，一边看着高山，一边吃着烧饼。那些大山并没有带给我惊喜，仿佛早就相识，相看两不厌。

马不停蹄，我们又坐上前往宜宾的大巴。汽车在平原上奔驰，路很好走，高速公路，天气也不错，蓝天上飘着朵朵白云。后来汽车开进山里，下起雨来。雨中的山顶飘着稀薄的白烟，对我来说，那就是奇观了。路还是那么顺畅，这蜀道，与李白诗里写得截然不同。

雨很快停了，汽车跑得更快。在宜宾汽车站，我们打了一辆出租车，前往黑石村。车钱很贵，要四百块。娘说，这小车一定要让他们看见。车在山沟里跑，绕来绕去，我很快不知身在何方。娘望着窗外，说："变样了，变样了。"

导航显示，我们到了黑石村，村子就在马路边，或者说，马路特意靠村而建。马路边的房子新些，往里走，赫然看见石头垒成的老房子。娘让司机沿不长的小街走了两遭，不断按喇叭，希望招来几个看客。司机说，村里没几个活人，都出门打工了。果真没人走出来，娘和我只好下车。

我问娘："是这里吗？"她来回打量，说："记不清了，应该是吧。"推开一户人家，我大声喊："有人吗？"出来一位老太太，问："你们找哪个？"娘说："找王金良。"老太太问："你是哪个？"娘说："我是王丽珍。"老太太说："哦，丽珍啊，你回来啦，我是你婶子啊。"娘说："婶子好。"

亲戚关系并没有让她们有所激动，只是平淡地相互微笑、端详。婶子说："你咋个回来的？"娘说："先坐火车，又坐班车，最后坐小汽车，小汽车刚走。"婶子说："快回家吧，你爹在家呢。"娘说："我家在哪里？"婶子指了个方向。

我姥爷住的房子看上去非常古老，院墙半人高，大门是两扇栅栏。娘在门外喊："爹！"两声过后，屋门开启，出来一个小女孩，问："是姑姑吧？"娘说："对，信是你写的吧？"女孩说："我是王晓兰，姑姑快进来吧。"我们走进院子，我的表妹晓兰高兴地大喊："爷爷，姑姑回来啦！"

屋里光线昏暗，依稀可见床边坐着一个抽水烟的老头儿，烟雾缭绕，看不清面目。他说："是丽珍回来了？"娘说："爹，是我回来了。"

娘在一张条凳上坐下，离姥爷有点儿远。我说："姥爷好。"他点点头，咕噜咕噜抽起来。他说："该吃晚饭了，你们来得真是时候。"晓兰说："爷爷，我来做饭。"娘说："我来做吧。"

她俩去洗菜淘米，当场只剩下我和姥爷。这老头子抽个不停，释放出大量烟雾，好像要得道升天。我俩没有话说，为打破尴尬，我掏出手机，看今天的新闻。他突然发出声音："你多大了？"他的四川口音让我听起来很吃力。我说：

"二十三。"他问:"你们空手来的?"我说:"没有,还带着俩大包。"

我把包打开,拿出礼物,姥爷的嘴终于离开水烟筒,笑逐颜开。他问:"你能喝多少酒?"我说:"喝一点儿就醉。"他说:"等会儿咱俩喝点儿。"我说:"好,我去看看饭做好没有。"我仓皇离开姥爷,跑进厨房。娘正和晓兰说话,看她的表情,我感到眼前的现实与她的理想大相径庭。

晓兰刚上初中,是个聪明的孩子,据她讲,家里只剩她与王金良俩人,她爹娘在重庆打工,过年时才回来,有时也不回。我写的那封信,邮递员送到村里的小卖部,王金良每日蹲在那里抽水烟,信是寄给他儿子王久发的,他理所当然地拿回家,让晓兰念给他听。回信虽然出自晓兰之手,但每一个字都是先从王金良的嘴里喷出来,然后被晓兰抓住,写到纸上的。在信的末尾,王金良撒下弥天大谎,说什么村子有很多姑娘找不到婆家。晓兰说:"姑姑,村里的年轻人都出去打工了,哪里还有待嫁的姑娘?我也想去打工,重庆是不会去的,爹娘在那边,烦人,我要去北京,真正的大城市。"

家里的菜只有土豆,晓兰带我去小卖部,买了几个肉罐头。路上,我问:"你那三个姑姑呢?"她说:"都在重庆打工,不对,三姑没有在重庆,三姑在成都。"

看得出来,娘深受打击,木然坐在饭桌前。王金良终于放下水烟筒,打开一瓶老白干,要和我一醉方休。晓兰默默地吃饭,一言不发。我客气地问:"姥爷,您的身体还挺结实吧?"他说:"啥子事,凑合活着。"几口酒下肚,他又想起水烟筒,捧在手中,闷头吸起来。屋里安静,只有晓兰的咀嚼声和水烟筒的咕噜声。

"来,你也抽几口。"王金良把水烟筒递给我。娘说:"别让他抽。"王金良说:"抽吧,都二十三了。"娘说:"不行。"我谦卑地说:"这个真抽不了。"

王金良有点儿生气,老脸一紧,把水烟筒让到一边。他说:"丽珍啊,你回家了,很好。"娘说:"你不该写信骗人。"他说:"爹确实想你,这么多年了。"娘说:"唉,好歹见面了。"他说:"是啊,你总算在我活着的时候回来了。"娘说:"我该早点儿写信。"他说:"你们多住几天。"娘说:"不多住了,明天就走。"他说:"给我留点儿钱。"娘说:"你要钱干什么?"他说:"人活着就得花钱。"娘说:"我没带钱。"他说:"你不带钱回来干啥子嘛!"

娘站起来,同时吩咐我提上两个大包,然后头也不回地走出门去。王金良一跃而起,挡住大门,说:"想走,没那么容易,我是你爹,掏钱孝敬你爹天经地义!"娘掀起衣服,露出花白的肚皮,她的腰上系着一条丝袜,里面装着两叠钞票。她解下丝袜,王金良伸手来接。娘将丝袜抡起,砸在她爹的手上。王金良恼羞成怒,回屋去取水烟筒,然后狠狠地砸在娘的头上,水珠飞溅,血从娘的头顶流下来。我心情激荡,抬起一脚,将王金良踹倒在地,晓兰大哭起来。娘一巴掌扇在我脸上,说:"这是你姥爷,你不能打他。"她掏出一沓钞票,放在王金良手里,剩下的一叠,又缠到腰间。这时,王金良老态尽显,呜咽着哭起来。我找出卫生纸,给娘擦血。

黑暗中,我和娘走出黑石村,山风阵阵,吹走我身上的酒气。我问娘疼不疼,她说不疼。姥爷毕竟老了,力气不比当年,没有将竹筒打烂。脚下的山路无比漫长,不知哪里才是尽头,但我觉得身上有的是劲儿,能一直走下去,娘走不动的话,我可以背她走,即使她那么胖,我也背得动。

突然,身后传来一阵飞跑的脚步声。"姑姑,姑姑。"是晓兰的声音。我们停下来，晓兰从黑暗中钻出，喘着气说："姑姑，让我跟你们走吧。"娘说："你回去。"晓兰说："不回去，让我跟你们走吧。"娘说："那好吧，以后就跟你哥去北京打工，要互相帮助。"

我很高兴，娘终于同意我出门啦！我兴奋地看着表妹，她跟在后面，笑容模糊，一口小白牙闪闪发光。月亮从西山升起，照着山路，只见这山路一直向上，仿佛通往山顶。我突然想起李白的诗，"蜀道之难，难于上青天"。如今我们正往天上走，并不很难，远处出现一道光，隐约传来摩托车的马达声，那是一位夜行的骑士。

"家根，看，你爹来接咱们了——"

娘说着，晃动肥胖的身体，向前跑去。

吉祥三傻

○ 一 ○

那一年，刘金宵十八岁，发育良好，尤其那一对大胸，在全村的姑娘中独占鳌头。这里所说的村庄，是她的四川老家——她出生并长大的地方。村子在半山腰，开门见山，见山之后要爬山，庄稼地都在山坡上，或山沟里，高低错落，分布不均。出事那天，她一个人在竹林砍笋。笋有点儿老了，不好砍，所幸她的柴刀够锋利，虎虎生风地挥舞半天，收获颇丰。这片竹林离村子很远，要不然也不会等笋变老后才有人来砍，更不会轮到她砍。

她爹爱喝酒，认为竹笋乃是首屈一指的下酒菜。这个酒鬼生平有两件事引以为傲：一是惊人的酒量，简单点儿说，就是能喝，尤其擅长高度白酒，一斤不醉，如果就着最爱的凉拌竹笋，能喝一斤半；二是超群的繁殖能力，仿佛酒精给他提供了无尽的动力，结婚二十多年，共让老婆怀孕十次，生下八个，两个流产，都怪他酒风不好，喝多后爱打老婆。如果不是国家开始实施计划生育，村长将村里生过孩子的妇女运到计生站，统统做了结扎，她爹还能再生几个。做结扎的，不光是妇女，也有男人，也就是说，夫妻二人必须有一个人做。她爹是一家之主，当然不会去挨刀。对于生孩子这件事，她娘早已厌倦，甚至恐惧，被结扎后，不但没有悲伤，反而满心欢喜，连声感谢国家的政策。

她是老三，肩负给爹采笋的重任。老四是男孩，不用干活儿，老五是女孩，年纪还小，不能跟她一起上山。爹年岁渐长，似乎不如年轻时能喝了，偶尔听说竹笋的养生价值后，对笋的需求更甚往日。她在竹林里干了整整一个春天，所采的笋不但满足爹及全家老小的需求，还有较多的剩余，卖给收笋的贩子，赚一点儿钱。

在竹林半日，所得的笋有几十斤，不用再砍，再多就背负不起，路途较远，如果回去得稍晚，找不到收笋的贩子，这一天就算白折腾。她独坐幽篁里，喝水吃干粮，突然，墨绿的丛林间闪出一个黑影，移动到她面前。她先是吃了一惊，看清楚后，喊了声"强叔"。

来者是村长刘文强，同姓同族，所以她叫他叔。刘文强说："你跑这么远给你爹砍笋啊？"她说："是啊，近的都砍光了。"

刘文强坐下来，点上一根烟，这是要聊一聊的架势，她却不知道他们能聊什么。在她眼里，这位强叔无疑是全村最厉害的人，开着养兔子的场子，挣钱不少。她曾去养兔场看过，在一片汪洋泛滥的小兔子中间，体型庞大的种兔犹如一只恐龙。强叔就是村里的种兔，他又黑又壮，体毛茂盛，嘴巴向前突出，很像历史课本中的北京猿人。他的爱好是漫山遍野转悠，背着枪，自诩为猎人，而非养殖能手。

"过几天，笋就全老了，你还砍什么？"

"那时地里活儿就多了，我下地干活儿。"

"村里的年轻人都出去打工了，你怎么还不去？"

"再过两年，够二十岁，我就去。"

"你今年十八了？好，十八岁就是成年人，看你长这样，哪像十八的？"

"老干活儿，长得面老。"

"老吗，不老，挺水灵的，你想出去打工不，想的话叔给你联系工作，借你路费。"

"那太好了，强叔，我想出去，但得先麻烦你给我爹说，把他说通就行了。"

"今晚回去就找你爹，两瓶酒的事儿。"

"那太感谢叔了。"

"好，你打算怎么谢我？"

"先给你几个笋吧。"

"几个笋就把我打发了？"

他的手爬过来，慢慢攀上她的肩头，用力一搂，将她揽入怀中。虽说刚才谈论的事还未实现，但她觉得已欠下刘文强的人情，故才没有挣扎。还有一点，刘文强身为一村之长，正气凛然，她被这股威严死死压住，几乎难以呼吸。她在村长温暖的怀抱中颤抖起来。

"你别紧张，没事，没事。"

他解开她胸前的扣子。她像一棵笋，被剥去一层，有点儿冷，犹如躺在雨里。青草味和他身上的烟味混合在一起，让她喘不上气……过后，他躺在一旁喘粗气。这时她的神智仿佛获得解放，摸到柴刀，一股热浪涌上心头，想挥刀砍过去，把他的脑袋砍下来。砍笋容易，砍人太难，她下不去手，更何况对方是村长。

"你也把衣服穿上吧。"刘文强提上裤子说。

她坐起来，开始穿衣服，衣服都脏了，沾上不少青草的绿汁，她知道这挺难洗的。那地方又胀又疼，还流了血，兜里有卫生纸，掏出来擦擦，她觉得擦不干净，想不到哪里有水，可以洗一洗。他把两张票子塞进她手里，说："衣服脏了，你去买件新的。"他背起枪，摇晃着身体缓缓离去，继续在山林间搜寻猎物。

她把这二十块钱装进兜里，穿好衣服后，她又躺了一会儿。眼看天色不早，她才勉强爬起来，背着一袋子笋踏上回家的山路，走得慢吞吞的，最终还是晚了，收笋的人已经收摊，她只好把整袋的笋背回家。爹正喝酒，一见她，说："怎么回来得这么晚，害得老子没下酒菜。"他一巴掌抡过来，打得她左摇右晃。

"我想出门打工。"她擦掉嘴角的血说。

二

并未如她所愿，刘文强没有上门动用一村之长的威严，让她实现外出打工的夙愿。她人微言轻，贸然提出请求，只能换来一顿拳打脚踢。娘敢怒不敢言，怕殃及自身，便躲到屋外。她两个姐姐都已嫁人，她作为家里的主要劳力，不可轻易离家。

她挨过一顿打，爹才能消停。等爹喝醉，上床呼呼大睡，她烧水洗澡，下身依然不舒服。在梦里，她被一只黑猩猩压在身下。她曾在一本小人书里看到过黑猩猩的样子，当时她和姐姐去赶集，在卖书的摊前翻到一本讲冒险故事的小人书，她指着其中一页的大猩猩说："姐，看像不像咱村长。"姐姐看了看说："像。"俩人开心地笑起来，暗自佩服画家把村长描绘得如此传神。

第二天，她把笋背出去卖掉，贩子说笋老了，明天不再来收。这意味着她一年一度的采笋工作宣告结束。地里没什么活儿，一时之间不知该干什么。她在家歇了几天，不敢出门，怕

45

遇见刘文强，同时又希望他登门拜访，来找她爹喝顿酒，让他爹放她走。可是他并未出现，好像早已忘了说过的话。

两个月后，她的身体有了不同寻常的反应，恶心呕吐。她大概知道是怎么回事，因为每隔一两年，就会看见娘这样，那说明爹又让她怀上了。难道自己怀孕了？她觉得很有可能，为证实这种可能，她决定偷偷去镇上一趟，找个诊所检查一下，再把积攒多日的钱花掉几块，给弟弟妹妹们买点儿好吃的。来回四十里，凭她的脚程，天黑前回家没问题。她一个人在山路上走，带着柴刀，也不害怕。

在镇上的诊所里，大夫给她一个小盆，让她接点儿尿。她好不容易尿到盆里，挺黄的，不好意思地拿给大夫。大夫把试纸浸入尿中，拿出来等上片刻，然后用懒洋洋的口气告诉她："你怀孕了。"

她走出诊所，去商店买了一斤饼干，给弟弟妹妹们吃，还有两瓶酒，给爹喝。爹看见酒，也许可以原谅她的擅自行动。快到村外，她听见一声枪响，大吃一惊，身体马上紧张起来。果然，刘文强出现在前面的山路上，如不是端着一杆大枪，会误认为那真的是一只黑猩猩。她扭头要跑，却听见刘文强喊："别动，要跑就一枪打死你。"

刘文强走过来，把她拖到路边的树林里，像上次那样，先是按住她的胸，又揭开她上衣的纽扣。这次她并未反抗，平静地接受，任凭这只大猩猩在她身上兽性大发。

"强叔，我怀孕了。"

"哦，等会儿再说，等会儿再说。"

结束之后，他们穿好衣服。她准备好好说下自己怀孕的事，就算今天没遇见，她也会去找他说的。刘文强的双手突然掐住她的脖子，让她喘不上气来。

"我倒不怕你把这事告诉你爹，那个酒鬼，给他俩钱儿就没事了，我就怕你怀孕啊，真是个麻烦事。"

她盯着他的脸，他长得真像黑猩猩啊。她摸到熟悉的柴刀，砍在他的大腿上。柴刀是弯头的，不方便捅进他的肚子，只能砍，俩人离得太近，又砍不到要害部位。这一刀，她已盘算多时，尽管有心理准备，下手力度依然不够，仅仅砍破一层皮肉，并未如想象的那样把他的整条腿卸下来。

突如其来的痛感让刘文强松开手，她得以脱身，后退一步。刘文强低头查看伤势，弯腰抓起大枪，他要用这先进的武器将她解决，没想到的是，他的手指还未碰到扳机，柴刀呼啸而至，正砍在他的脖颈儿上，不疼，反而有一股凉意，血喷出来，又热了。他只好扔掉大枪，捂住伤口，血流不止，捂也捂不住。

她一手拎着柴刀，一手拎着饼干，在山路上跑起来，跑向与村子相反的方向。她想，原来离家的日子就是今天。

◦ 三 ◦

夜路漆黑，山风阵阵，隐约传来鬼哭狼嚎之声。她跌跌撞撞地跑到镇上。镇上只有一条街，没有路灯，青石板路泛着幽光，店铺都关门了，显得空空荡荡。她找了处墙根，靠墙坐下，把柴刀横在胸前，想着，如有人近身，即一刀挥出。她惊魂未定，坐到天亮，才镇静下来。街上飘着薄雾，人影晃动，一个穿着齐整的男人走过来。

"大叔，你是人贩子吗？"

男人站住，看着她，笑着摇头。

"你把我拐走吧。"

"我不是人贩子，我是国家干部，现在政府正打击人贩子，他们都被抓进监狱了。"

"那还有没抓起来的吗？"

"法网恢恢，疏而不漏，没抓起来的也会早晚抓起来。你看现在的火车站，比以前干净多了，以前人贩子多得很，看见外出打工的女孩，就凑上去，骗你说，给你介绍个好工作，让你跟他走，结果就把你拐到大西北，卖给老光棍。"

"能卖给老光棍也好啊！"

太阳出来了，阳光把雾气刺穿，小街像一条被惊到的蛇，摇头摆尾地醒来。人们带着困意，与她擦身而过，没人注意这个陌生的女孩。她拎着一把带血的柴刀跑出唤马镇，再向前跑，每一步都是她到过的最远的地方。

她搭乘一辆进城卖菜的牛车，为表感谢，她把柴刀赠予赶车的老汉。血已发黑，仿佛与刀背的黑锈融为一体。老汉并未看出异样，笑纳了。这把柴刀跟随她多年，怎舍得扔到路边的灌木丛中，任其锈蚀腐烂呢？

到县城后，她向人打听汽车站的位置，有人指给她方向，她快速跑过去，发现那地方并不如自己想象的那样繁华，只是一座平房，前面停着两辆客车，乘客寥寥无几，工作人员无精打采。在萧条的小广场上，她认真打量每个陌生人，希望从他们脸上找出人贩子的痕迹。她找了个显眼的地方，蹲下，一边休息一边等着，看会不会来个人搭讪，说能给她介绍个好工作。

她早就听说过，村里有女孩被拐到外地去，有的是在田间地头，有的是在集市上，很少有人是在车站被拐走的，因为她们不会到这么远的地方来。她又想，人贩子要来这里，终归是要坐车的，车站是他们的必经之地。或者他们要离开时，带着本地的女孩，也会来到这里，到时捎上她，也未尝不可，反正多她一个也不算多。但是，眼前走来走去的陌生人，哪一个才是人贩子？日至中天，人渐渐多起来，有的衣冠楚楚、精神十足，有的破破烂烂、萎靡不振。她看着他们，他们一个也没注意到她，仿佛她只是小广场上的一个石头墩子。

天热，她流汗，转移到阴影处。旁边一个男人蹲着，在抽烟，守着一只黑色的皮包。她打开随身带的饼干袋子，大嚼起来，类似于揉报纸的咀嚼声引起男人的注意，扭头看她一眼。她递过去两块饼干，说："你吃吗？"

男人吐出一口烟雾，说："不吃。"这两个字暴露了男人外地人的身份。尽管她也不知道他是哪里人，但可以肯定的是，他不是本地人，说不定，他就是她要找的人贩子。

"叔，你是哪里人？"

"我是河北人。"

"你来这里干什么？"

"来收兔皮，我们那地方，都是做皮子的，你们这地方，养兔子的多。"

"你们那地方光棍多吗？"

"光棍不少，比如给我铲皮的傻光，就是个光棍，没爹没妈，只有哥哥嫂子，前几年还做了结扎。"

"你说的是哥哥嫂子做了结扎，还是他做了结扎？"

"是傻光自己。村里计划生育抓得紧，傻光他哥哥生了俩闺女，是主要工作对象，必须去做结扎，要么男的做，要么女的做，二选一。为报答哥哥的养育之恩，让哥哥实现生儿子的夙愿，也让自家香火得以延续，傻光毅然决定，替哥哥做结扎。哥哥万分感动，给弟弟下跪磕头，在他脑子里，做结扎这事牺牲太大，无异于阉割。傻光当然也怕，但他认为自己应当为哥哥做出牺牲，不能白吃嫂子的饭。他说：'我是光棍，穷得要命，不可能娶上媳妇，哥哥你要争气，让嫂子生个儿子出来，

49

也不枉弟弟的一片苦心啊。'兄弟俩抱头痛哭，一脸悲壮地来找我。我是村长，管计划生育，前年傻光他哥生了第二个闺女，我带人把他家给抄了，他再生第三个，家里实在没什么可抄的了。他们的要求让我非常为难。傻光说：'村长叔，我拿我哥的身份证，哥俩长得像，医生看不出，开了结扎证明，你任务不就完成了吗？'我说：'傻光，让你哥做结扎的人不是我，是国家，当然国家不是人，是政府，你让我欺骗政府，我做不到。'兄弟俩见我不答应，掏出绳子，挂到门框上，要上吊。我动了恻隐之心，赶紧劝他们莫寻死，这事好办。兄弟俩一对死心眼儿，来求我办事，两手空空，哪怕拎一瓶老白干，我也能痛快地答应。第二天，我开着村里的拖拉机，拉着一车要做结扎的人，去县医院。这些人有男有女，坐在车斗里，嘻嘻哈哈，傻光坐在他们中间，成为大家关注的对象。得知他是代兄结扎后，大家并没有肃然起敬，反而幸灾乐祸地笑起来。只有傻子才会干出这种事，傻光这个名字由此诞生。更可笑的是，做完结扎后，那几个男人奔走相告，庆幸自己的胯下依旧完整，并没有被医生切掉什么，尤其是傻光，不时解开裤腰往里瞅瞅，简直不相信自己的眼睛，比娶媳妇还高兴。我对他说：'还不如给你切掉呢，娶不上媳妇留着也没用。'他的伤心之处被我戳中，不由得黯然神伤。"

"叔，傻光长啥样？"

"普通人，个不高，不胖不瘦。"

"叔，你带我走吧，我去嫁给傻光。"

◦ 四 ◦

她去买火车票，从广元到衡水，一百多，翻遍全身，只有二十多块。村长张振龙慷慨解囊，给她一百块。他们坐上火车，又坐汽车，而后又步行三里地，到达一个叫张卷村的地方。这里是华北平原腹地，看不见山，到处是土，土上面长着庄稼，庄稼也是灰头土脸的。路平坦，笔直，很少有坡度，她觉得很好走。唯一不好的地方是，街道上污水横流，空气中弥漫着一股异味，好多人家在做兔皮加工，洗皮和熟皮的水从大门口排到街上，让不宽的街变成一条臭溪。张振龙家也干这个，而且是村里干得最大的，他常去四川，买回生的兔皮，转手卖给加工户，如果行情看好，也会留下一些，自己加工。

街上没几个人，人们都在家里忙着捣鼓兔皮。她东张西望，除了味道不习惯，还算满意。她跟着张振龙走进家，院子里都是干活儿的人。房檐下一排弯腰铲皮的年轻人，一起昂起头，打量她，她被盯得紧张，低下头。张振龙指着其中一个年轻人说："这就是傻光。"

她抬头看看傻光。他真是个普通的男人，中等个，平头，五官相貌毫无特点，也算顺眼，表情麻木，见村长独独介绍他，并不答话，弯下腰铲起皮来，铲着铲着，痴痴地笑了，也不知这笑意因何而生。

张振龙把她安排在一间空屋里，让她歇着，然后他出去和媳妇说话。没头没脑地领回一个大姑娘，这事必须解释清楚。她坐在床边，想着刚才看见的傻光，心里谈不上有什么感觉。这里离家足够远，有一种从未体会过的陌生感，她没有因此而慌乱，反而内心安稳。

晚上，屋门被推开，进来一男一女，看她一眼，又出去了。后来她知道，这是傻光的哥哥张远山夫妇，傻光无父无母，哥哥嫂子就是他的父母。村长媳妇说亲，请他们上门看人，他们看后非常满意，认为这从天而降的缘分是傻光前世修来的福气。

"这个小媳妇是我捡来的,找不到娘家,我家就是她娘家,一切按规矩办。"

张远山想了半天,才明白村长的意思——他想要钱。应该给村长多少钱,张远山又想了半天,最后定下一个数——两千六,这是傻光干一年挣的钱。把这个数字报给村长,他点点头,说:"那就结婚吧。"

第二天,进来两个女人,先让她梳头洗脸,又让她穿上新衣服,然后领她出门。傻光穿戴整齐,正在门前迎候。他们穿过兔毛飞舞的院子,上了村长驾驶的拖拉机。她和傻光坐在车斗里,互不相望。傻光笑得开怀,笑容无可厚非,是正确的高兴,货真价实的喜形于色,不带一丝傻气。走了没两分钟,到达一栋破院子的大门口,傻光跳下去,挥挥手,让她也下来。

"傻光,把你媳妇背进家吧!"旁边有人喊。

他听从指令,站在车斗旁,弯下腰,等她趴上来。她只好扑到他的背上,在一阵哄笑声中,被他背进家门。

院子不大,进门有棵枣树,土坯房三间,水缸立在房檐下,她低头看见自己在缸中的倒影,一晃而过,仍看得清清楚楚,自己的打扮太简单,表情也过于冷淡,不像婚礼上的新娘子。她曾多次幻想自己出嫁时的场面,今天这情景,是她做梦都没想到的。

一阵散漫的鞭炮声,勉强营造出喜庆的气氛,傻光背她穿过仅有一张方桌的正屋,进入偏屋。作为卧室,显得过于简陋冷清,飘荡着光棍汉的苦闷气息,经过长年累月的积累,这气息根深蒂固,顽固不化。他小心翼翼地把她放在炕上,自己坐到炕的另一端。挤进来几个孩子,整齐地喊:"傻光娶媳妇啦,傻光娶媳妇啦!"

他跳下炕,孩子们以为不敬的称呼让新郎发怒了,这也正是他们的目的，正准备一哄而散，没想到傻光从兜里掏出一把糖，冲他们抛洒过来。孩子们抢糖，个个如狼似虎，爆发一场混战，有人被打得哭天抢地。她看着这一幕，笑了。

外屋有人喊："她笑啦，新娘子笑啦。"更多的脑袋伸过门框，来刺探她的笑。她马上收起笑容，突然哭起来，哭得很响，所有的嘈杂声都被镇压下去，孩子们吓得狼狈逃窜。

傻光的嫂子进来，搬着一张小方桌，放到炕上，后面的人端来热气腾腾的饺子。嫂子说："别哭了，吃饺子吧。"她肚子早饿了，确实想吃饭，但哭泣似乎有巨大的惯性，无法马上刹住。嫂子和几个女人站在炕前看着她哭，等她停下时，饺子都凉了。

外屋摆下一桌酒席，在座的有傻光的哥哥张远山、村长张振龙和几位长者。他们喝过半晌，张远山进屋，让傻光和她去敬酒。这对新人扭扭捏捏地来到席前，端着酒杯，一句话说不出来。这场合，应该说话的是男方，女方可以理所当然地低着头。傻光沉默片刻，仰头干掉杯中的酒。张远山说："我家傻光干了，这酒敬得好！"

张振龙今天高兴，多喝了几杯，说话大舌头："好，新郎干了，新娘也得干！"他们一起看向她，她看着手中的酒杯，把心一横，学着傻光的样子，仰头喝下。那一瞬间的感觉，竟然与她挥刀砍向刘文强的感觉一模一样。她被呛得咳嗽几声，眼泪又涌出来。

张振龙站起来，拍着傻光的肩膀，说："金宵啊，你叔给你找的这小伙子怎么样？"她点点头，表示认可。张振龙说："傻光这小子别的毛病没有，就是傻实在，哈哈。"几位长者随声附和。张振龙坐下，展开新一轮的敬酒，一直喝到天黑，他们才把这喜酒喝完。

当晚，俩人比较生分，睡觉时也不好意思躺得太近。她睁眼躺到半夜，听见傻光那边起了鼾声，于是闭上眼睛，也睡了过去。到天亮，傻光先起来，做好饭，让她吃，俩人客客气气地吃完早饭。

"你不会跑吧？"傻光问。

"不会。"

"那我就不锁门了，我哥让我出去时锁上门，怕你跑。"

"放心吧，你让我跑我都不跑。"

傻光放心地去铲皮。皮匠们说："你干了一晚上，白天还能铲皮，身体不错嘛。"

"别瞎说，没干。"傻光辩解说。

"真没干？"

"真没干。"

他们哈哈大笑，说："你是不知道怎么干吧？"大家开始详细地讲应该怎么干，讲得傻光心惊肉跳，差点儿铲到手，血溅当场。

在大家粗俗的玩笑中，傻光终于开窍。收工后，回到家里，看见她已经做好饭菜，他并不着急吃，而是一把将她推倒在炕上。经过一番折腾，俩人总算熟悉起来，吃饭时有说有笑，还给对方夹菜。第二天，傻光再去铲皮，大家上下打量，从他疲惫的神情推断，傻光已告别处男之身，正式步入成年人的行列。

白天，家里就剩她一个人。她先把屋子收拾干净，又去打扫院子，还往地上泼了些水。没事干后，她搬张凳子坐在院子里。这里比四川干燥，万里无云，阳光灿烂，树影稀松。隔壁家在洗皮，水哗哗响。她对他们的营生非常好奇，特别想一探究竟，又想再等等吧，跟他们还不熟。

跟傻光在炕上折腾时，她有点儿担心，自己没出血，傻光会不会介意？没想到，傻光根本毫无这方面的考虑，只是无法自拔地沉醉于她的身体。折腾累后，他们相拥而眠，她离家后第一次睡了个好觉。前几日在火车上，她梦见过两次刘文强，这位勇猛的猎人满身是血，厉声讨命。她吓得醒来，看见坐在对面的张振龙。刀砍刘文强的事，她只字未提，只是说家里穷，吃不上饭，自己偷跑出来，希望能找个吃饭的地方。关于她离家的理由，傻光尚未追究，他早晚会问的。还有她怀孕的身体，也将大白于天下，这都需要解释。

晚饭前，天光尚未变暗，傻光去挑水，她跟着，俩人一前一后，走出家门。水井在隔壁的胡同里，他们需要穿过街道。正在街上行走的人停下来，目送他们转入那条有水井的胡同。傻光提上一桶水，她要提第二桶。

"可沉了，你行吗？"傻光问。

"没问题。"

她轻而易举地提上一桶水，又拿过扁担，挑起两只水桶，街上的人都震惊了。在村里，像挑水这样的粗活儿，是专属于男人的，很少有女人能像她那样，轻松地挑着水从街上走过。

从这天开始，她有意地展示自己能干的一面。每日先把家里收拾干净，再走出家门，去地里除草、打药。犯恶心时，她偷偷躲着，干呕两下，硬生生憋回去，最终瞒不住的是肚子，有了鼓起来的迹象。她多希望自己流产啊，但她的身体向来健康，如今吃得好，睡得香，反而更利于保胎。每天晚上，她摸着自己的肚子，甚至想让傻光用钢铲在上面划一道口子，把躲在里面悄悄生长的孩子取出来。

五

张振龙从四川带回一个姑娘，长得还行，尤其是那对胸，让全村的大姑娘小媳妇都自愧不如。有很多光棍带着对女性的极度渴望登门拜访，求他给找个四川媳妇，哪怕胸小点儿也没关系。他作为一村之长，对名声极为看重，被人家误认为是人贩子，不由得怒发冲冠。他已听到风言风语，说他在贩皮之余，也做贩人的勾当，而他贩来的人，他都睡过。他明察秋毫的媳妇，更是异想天开，说那个四川姑娘是他在四川的私生子，他在河北、四川两地各有一个家，姑娘的母亲，也就是他张振龙的四川媳妇，也有一对大得不像话的乳房。

为消除误会，张振龙把如何碰见刘金宵的事情讲给大家听。他是村长，讲起话来口若悬河，他不厌其烦地讲了一遍又一遍，每次都着重强调，刘金宵是主动要求来村里嫁给傻光的。大家疑惑不解，光棍多如牛毛，为何她偏偏选中傻光？

张振龙解释说："那是因为我一时嘴痒，把傻光做结扎的事讲给她听了，她听完认为傻光是个有情有义的好男人，非他不嫁。而且，傻光无父无母，家庭关系简单，可以自己当家做主。"

这解释并不能让大家完全信服，做个结扎叫什么有情有义，那叫傻，现在傻光该后悔了吧。无父无母又能怎样，家有一老，如有一宝，如果有二老，那就是有两个宝了。又经过思考，大家认为张金宵嫁给傻光完全是因为傻，和她所选的男人一样，她的智力也令人担忧。于是，她的外号应运而生——傻宵，这是她入乡随俗的第一步。

傻光确实有点儿后悔，曾偷偷跑到村长家，问是不是做过结扎就不能生育。张振龙说："对，都给你扎上了，还生个屁。"

"那既然能扎上，肯定也能解开了，让大夫给我解开吧。"

"计划生育是基本国策，一旦给你扎上，就要扎一辈子，甭想解开。"

村长的话说得硬气，傻光再也没有勇气上吊，况且娶了媳妇后，他总感觉欠了村长很大的人情，简直把他当成重生父母、再造爹娘。

当傻光发现傻宵身怀有孕的时候，他的第一反应，是给自己做结扎的大夫下手有误。他问她："你怀孕了？"她慌乱而紧张，首先承认自己确实怀孕了，而后说可以去医院把这个孩子打掉。傻光说："我自己的孩子，为什么要打掉？"她无言以对。

傻宵嫁给傻光后，一度成为大家主要谈论对象，谈来谈去，一天比一天寡淡乏味。就在大家即将放弃这一话题之际，傻宵的肚子及时地大了，给大家带来一场意外的惊喜。人们纷纷猜测，她到底怀了谁的种？肯定不是傻光的。首先，傻光已做了结扎，就像一头被劁的猪，除了挨宰，再难有别的作为。其次，从肚子的大小判断，她怀孕的时间应该在三四个月前，那时她人在四川。第一怀疑对象，肯定是村长张振龙，他来往于河北、四川两地之间，仗着有点儿钱，四处播种，眼看傻宵怀孕，不能在四川待下去，才将她领到河北，托付给村里最老实的傻光。这推论听起来合情合理，大家心悦诚服地信了，但畏惧当事人有钱有势，无人敢当面质问。

作为傻光的哥哥，张远山最先看不下去，找到弟弟说："你媳妇怀孕了你知道吗？"

"知道啊。"

"让她去打掉吧，现在计划生育闹得欢，县医院的大夫每天打好多胎，技术练得特别好。"

57

"这是我的孩子，得生下来，不能打。"

张远山遗憾地看着弟弟，以前别人说他弟弟傻，他还挺生气，这会儿他不得不承认，弟弟并不冤枉，他是个当之无愧的傻子。

"傻宵肚子里的孩子不是你的，而是她在四川就怀上的种，这孩子要是生下来，后患无穷！"

哥哥的当头棒喝让傻光呆若木鸡，一语不发，转身去找傻宵。

"你说，这孩子是不是你在四川怀上的？"

她早等着这一天的到来，如何回答，已在心中盘算妥当。她大义凛然地承认了，并把那天竹林里的事讲述一遍，至于后来刀砍刘文强的事，她只字未提。傻光听完，沉默半晌，跑到院子里磨钢铲。

傻宵以为丈夫要取她性命，吓得藏进里屋。过了一会儿，她听见傻光在外屋喊："把你们村的地址告诉我，我去杀了那个刘文强。"傻宵跑出去，一把夺过钢铲，说："你莫做傻事，你杀了他，得给他偿命，话又说回来，要没有他，我也不会跑到河北来嫁给你。"傻光说："如此说来，我还得感谢他了？"

这是他们第一次吵架。傻光的倔脾气上来，非逼着傻宵把地址告诉他。他找来纸笔，让傻宵写下来，如果不写，就一铲斩断自己的食指。她惊讶地发现，原来自己的丈夫并不懦弱，而是个深藏不露的血性汉子，看这劲头，他愿为自己赴汤蹈火，前往四川大开杀戒，乃至粉身碎骨也在所不辞。为保住傻光的食指，她只得屈服，像个叛徒一样在纸上写下老家的地址。傻光把这张纸叠好，放进口袋，他准备明日启程，踏上寻仇之路。他从没出过远门，心里没底，得用一夜的时间做好准备。她哭着跑出家门，把张远山请了过来。哥哥扬起右手，一个单风贯耳,结结实实地扇在弟弟的脸上。挨打后的傻光总算老实下来,放弃了远赴四川的计划,望着西南方向黯然泪下。

"明天去把孩子打掉。"哥哥说。

"不打,生下来吧。"傻光说。

"你胡说什么?"

"生下来,我养,当自己孩子养!"

"这孩子跟你一点儿关系都没有,你养个屁,我再生一个,过继给你,好歹是咱张家的血脉。"

"你都生仨孩子了,吃饭的桌子都被抄走了,你再生一个出来,张振龙非得去拆房子。"

这时,院门处传来一阵豪爽的笑声。随后,村长出现在院子里,他说:"傻光说得对,计划生育是基本国策,哪能想生就生?远山,你要是再敢生一个,我真去拆你家房子。"

"村长,你怎么来了?"

"我来求刘金宵把孩子生下来,好还我清白。"

◦ 六 ◦

在丈夫和村长的联合恳求下,她同意把孩子生下来。时间一天天过去,她的肚子日新月异地膨胀着,全村人都在等待这个孩子的降生。她挺着大肚子,走到哪里都是焦点。傻光去铲皮,她站在一旁认真观摩,还兴致勃勃地走进女人们干活儿的房间,向她们求教拉皮子的技艺。人们都喜欢听她说话,不时学上一两句四川话,把自己和别人逗乐,以解干活儿的疲累。在这村里,男人铲皮,女人拉皮子,分工明确。她决定生完孩子就去学拉皮子,拜嫂子为师。嫂子说:"你先养好孩子再说吧。"

寒冬腊月的一个晚上,她终于迎来临盆的时刻,傻光跑出去请来接生婆。邻居们听到风声,也赶来看热闹。外屋站满了人,听她在里屋撕心裂肺地哭喊。在接生婆的帮助下,孩子终于呱呱坠地,是个男孩。她看了一眼,孩子身上全是血,看不清模样。傻光端进一盆热水,接生婆给孩子擦洗身子,傻光站在一边看着。她不再看孩子,而是看傻光。傻光面无表情,没什么可看的。她的目光最终又落到孩子上,那团黑乎乎的小肉让她心里一惊。

屋里温暖如春,除了炉子,还有个火盆,烧着木炭。这炭是傻光自己烧的,为的就是她生孩子时提供足够的温暖。接生婆走了,外屋的娘儿们掀门帘进来,纷纷表示祝贺,走到炕前,看一眼她怀里的孩子。这孩子虽然刚刚出生,但完全可以看出,他的相貌与傻光大相径庭。与此同时,她们还意外地发现,这孩子跟张振龙也一点儿不像。看完后,她们走在胡同里,不约而同地说:"这孩子怎么像个黑猩猩呢?"

第二天,傻光没去铲皮,在家伺候傻宵坐月子。登门道喜的娘儿们络绎不绝,用手绢兜着几个鸡蛋,算是贺礼。她们迫不及待地走进里屋,趴到褯褓前,认真看一眼这个传说中的丑孩子,感谢这孩子的出生,村里人又有的聊了。张振龙认为自己的冤情终于昭雪,高兴地打开大喇叭,发表了一通义正词严的讲话:

"全村老少爷们,都看见了吧,我是冤枉的,我张振龙行得正,坐得端,不怕你们背后议论诽谤,群众眼睛是雪亮的,计划生育是基本国策!"

大喇叭的声音把孩子惊醒,哇哇哭。她将孩子揽入怀中,喂他吃奶。奶水充足得让她苦恼,她倒是希望自己有一对干涸的乳房,让儿子饥渴而死。她只要一看见他,就心惊胆战,好像他随时会摇身一变，变成那个大猩猩一样的男人，脖子上还喷着血。如果傻光来到屋里，给她端来一碗鸡蛋羹，或者一碗细挂面，她就会忐忑不安地盖住孩子的脸，仿佛在掩饰一个弥天大谎。她吃饭时，傻光会抱起孩子，在屋里走几圈，看起来他并未介意，已用宽厚的父爱接纳了这个孩子。仅有小学三年级文化水平的他搜肠刮肚，为孩子起了名字，叫张家亮。她觉得这名字不错，她只上过两年学，实在想不出更好的名字，当然，也没有兴致去想。

在炕上躺了几天，她实在躺不下去。别的女人会躺一个月，心安理得地让人伺候着；她不行，总觉得坐立不安，早早地下炕干活儿。看她如此坚强，傻光深感欣慰，又过了几天，他才放心让她一个人在家看孩子，自己去铲皮。

傻光来到皮匠们中间，他平和的神情让大家觉得不可思议。这几日，他们一直在谈论傻光，曾多次畅想他再次出现时愁眉苦脸的样子。他们认为，作为一个男人，摊上这样的事，一定悲愤交加，简直生不如死。没想到，傻光与往常一样，甚至喜气洋洋，仿佛自己真的生了儿子。他们不由得由衷感叹，傻光这人真的傻到无药可救。

在铲皮的间隙，傻光找到张振龙，说："村长，你看什么时候给我媳妇和孩子落上户口？"

"落户口？你们有结婚证吗？没有结婚证，从法律上讲，你们还不能叫结婚，而叫非法同居，落户口更是免谈，落不上户口，你们那孩子就是黑孩子。"

"他长得确实挺黑的。"

"我不是说他长得黑，而是说他没户口，法律不承认。"

傻光认为村长所言极是，"非法同居"这四个字让他心惊肉跳，仿佛自己已成为一个作奸犯科的坏人。他回家紧张地问

61

傻宵有没有身份证。她说:"没有,出门匆忙,忘带了。"

"没有身份证咱俩就不能领结婚证,没有结婚证你就落不了户口,落不了户口,这孩子就是个黑孩子。"

"黑孩子?对,他确实挺黑的。"

"没户口的孩子就是黑孩子。我不想他是黑孩子,他叫张家亮,跟这村里别的孩子一样。"

傻光这句话把她说哭了。

七

张家亮长到三岁时,还是个黑孩子,但这已经不重要了,重要的是他还不会说话。普通孩子,一岁多就会说话了,也有晚的,到两岁才能说。但他已经三周岁,若论虚岁,是更让人着急的四岁,无论是四川话还是河北话,他都不会说。村里人都已认定,这孩子是个哑巴。他们不等他长大成人,就给他起了外号,叫傻亮。

这下好了,一门三傻,人们觉得这事很好笑,每次谈起,都非常开心,干活儿累了聊一聊,真能解乏。

她和傻光带孩子到衡水市的哈励逊医院看医生。检查过后,医生说:"孩子听力有问题,难道你们一直没发现吗?"她说:"没发现,一直觉得孩子反应有点儿迟钝。"医生说:"他什么也听不见,当然会迟钝。"傻光问:"怎么才能让他说话?"医生说:"戴助听器试试吧,但效果也不会太好。"

他们兜里的钱不够买助听器的,只好坐车返回村里。在车上,傻光抱着孩子,眼睛盯着车窗外。他把头转向她,问:"是不是遗传呢?"

车里人声嘈杂,再加上马达轰鸣,她没听清傻光的话,反问他说什么。傻光又把头转向车窗外,不再说话。她也看着外面,灰蒙蒙的树和庄稼地。

傻光转过头,说:"咱们怎么没发现呢?"

她这次听清楚了,却不知如何回答。三年来,她每天和孩子在一起。她用一块布包住他,背在身后,她老家的女人都是这么带孩子的,背着孩子,可以腾出手来干活儿。村里的女人从来不这样背着孩子,她们习惯把孩子抱在怀里。她不爱抱她的孩子,害怕与他面对面,他的脸对她来说,就像一场噩梦。她尽量不去直视他的脸,喂奶时,眼睛呆呆地盯着一个地方,必须要看他时,也是蜻蜓点水般扫一下,好在他很少哭闹,吃饱就睡,是个乖宝宝。跟她相反,傻光爱盯着孩子的小脸看,看上一会儿,捏一下小脸蛋儿。从这点来讲,傻光应该首先发现孩子的异样,但他什么都没发现,她怀疑他盯着孩子看时,是不是真的在看孩子,他脑子里肯定想着别的。有好多次,她把孩子从傻光的视线中抱走,她害怕孩子在他焦灼的目光中像冰块一样融化成一摊水。

好多人问她:"傻光对孩子怎么样?"她说:"挺好的啊。"对方说:"真的吗?"她说:"真的。"

傻光对孩子真的不错,她献给孩子的是后背,傻光献出的是怀抱,相比之下,她倒不如他了。傻光铲皮回家,总要抱一抱孩子,他对着孩子说话:"亮啊,你猜我今天铲了多少皮,三百张,比他们都少,但我活儿好啊,质量高。"他从没对孩子自称过爹,始终与对方平等交流,她觉得这很正常,她能够接受。

村里人认为,傻光如果对孩子不好,那是理所当然的。他们有点儿心疼傻光,不再当面拿这件事开玩笑。当一件事不能开玩笑时,就是一件很严重的事了,当事人会因为没人开玩笑,产生一种被排斥的感觉。傻光觉得自己被乡亲们孤立了，越发沉默寡言，她却和大家打成一片，慢慢学会当地方言，说得越来越地道。

从医院回来后，他们的孩子，也就是村里人口中的傻亮，不知感染了什么病毒，轰轰烈烈地发起烧来。他们匆忙找来赤脚医生，给傻光打了一针，烧没退，身上反而起了一层红疹。

医生说："赶紧送医院吧。"鉴于傻亮病情的严重性，他建议送往衡水哈励逊医院。她说："刚从那里回来，再送到那里去？"医生说："那就送县医院吧。"傻光沉默不语，没动地方。医生见俩人无动于衷，只好摇着头走出门去。

她觉得，傻亮的病没有那么严重，出了疹子，就应该退烧了，退了烧，就和平常一样了。傻光不愿去县医院，她理解，那是他做结扎的地方，他越来越后悔挨那一刀，对那地方的恨意也日甚一日。

过了两天，傻亮烧还没退，喉咙仿佛被兔毛堵住，喘气困难，黑脸憋成紫脸。事到如今，她不得不奔跑着将正在铲皮的傻光拉回家来。俩人抱着孩子，跑到村长家，求张振龙开拖拉机送他们去县医院。张振龙扒开傻亮的褓褯，吓得后退两步，说："孩子都没气了，你们还不知道呢？"

傻亮死在傻光的怀抱中，村里人都围拢过来，要亲眼看见傻亮的遗容。傻光呆立在原地，一动不动，托着傻亮，好像有意展览给大家观看。看过的人都沉默无语，有几个娘儿们哽咽起来。她们的抽泣把傻宵点燃，让她发出爆炸一般的哭声。

埋掉傻亮的人是哥嫂。傻光已暂时丧失劳动能力，失魂落魄地坐着，谁也不理。傻宵专注于哭泣，对孩子的后事不管不问。哥哥和嫂子用草席把孩子卷起来，又搜罗了一些衣物，打成小包。夭折的孩子不能入祖坟，更何况这孩子与张家并无血缘关系。他们在野外挖了一个浅坑，傻亮和包裹放在坑里，埋上土，不起坟头。最后，他们还烧了几张纸，嘴里念叨着："孩子你早日投胎，投个好胎。"

◦ 八 ◦

傻光失踪了。

她找到村长，让村长在大喇叭里广播一下。听到村长在大喇叭中的召唤，大家放下手中的活儿，走出家门，犹如一次集体活动，放松身心，好好喘口气。村里人帮忙找人，不停地呼喊着"傻光"。

突然，她非常介意，仿佛三年来的怨气一起涌上心头，她找到村长说："能不能别让他们喊傻光？"

村长问："不喊傻光喊什么？"

"可以喊远光，他叫张远光，他不傻。"

"好吧，你说不喊就不喊。"

于是他们开始喊张远光，好多人喊了几声后，就住嘴不喊了，这名字无比陌生，喊着很别扭。他们沉默着闷头寻找，村外的每条道沟都找遍了，没人。傻光的哥哥张远山带着几个院里的年轻人扩大搜索范围，去附近的村子转，还是没找到。

每年村里都会丢一两个人，不是精神有问题的傻子，就是四川来的媳妇。二者找起来有很大不同。傻子一般不会走远，多是躲在某处睡觉，或者误入外村，不知归路，所以要在村里村外仔细寻找，不用跑得太远。相比之下，四川媳妇找起来就麻烦很多，她们有目的地逃离村子，搭乘交通工具，速度惊人。一旦发现四川媳妇失踪，村人会紧急动员，男人们骑车冲上公路，径直奔向汽车站和火车站，有时能将人成功擒获，有时一

65

无所获，垂头丧气地返回村里。

由此可见，他们找傻光时采用的是第一种方法。从逻辑上讲，也对。首先，傻光不是四川媳妇，连女人都不是。其次，作为正常人是不会失踪的，家里的活儿加班加点干不完，谁还有心思玩什么失踪？再者说，张远光早已被人叫作傻光，叫了七八年，没准儿真就叫成了傻子。

因为傻光的失踪，这天比平常的日子精彩许多，家里人坐一块儿吃饭时，开心地谈论此事，这丰盛的谈资犹如增添了一道美味的菜肴。

傻光是在早起时消失不见的。头天晚上，吃罢晚饭，他坐在月下磨铲。对于皮匠来说，钢铲犹如命根，所以第二天傻光与钢铲一同消失不见，她毫不奇怪。她又拉开抽屉，翻找那张纸条，没找到，看来被傻光揣进怀里带走了。

她去找张远山，求他再好好找找傻光的下落。她说："不能只在眼皮底下找，得去火车站找，我怀疑他去四川了。"

张远山正弯腰铲皮，听傻宵说完，不厌其烦地说："他去四川干什么，要去也应该你去。"

张远山快人快语，说的也在理。傻宵是四川人，三年来从未回过故乡，甚至没有逃跑过。傻光作为她的丈夫，有什么理由只身前往四川？她欲言又止，见大伯子确实挺忙的，就回到家里，继续想下一步怎么办。

她想，傻光一定去四川杀人了。可是他要杀的那个人，早就死在她的刀下。他到那里，听说人早就死了，没准儿就会回家，继续跟她过日子。

等了十多天，傻光还是杳无音信，她再也沉不住气，简单收拾行李，走出家门，来到衡水火车站，她买了一张前往四川广元的火车票。火车晚上开，她坐在火车站广场上，看着眼前人来人往。天气正在转暖，而在老家，大概春天已经来了。春笋是最好吃的东西，她已经三年没吃过。这三年来，她甚至没吃过辣椒，他们河北人的口味真够淡的，顿顿都是炒白菜，加点儿酱油醋，就出锅了。她强迫自己想那些家乡的吃食，不去想别的。

从火车上下来，她又来到三年前离家的广场，商店门口摆着音箱，正放一首好听的歌曲。在去年的春晚上，她听过这首歌，叫《吉祥三宝》。两个蒙古族夫妇，带着一个可爱的孩子，一家人其乐融融，孩子提问，父母回答，说着说着就唱起来，歌声悠扬。这首歌流行开来后，村里人给他们一家又起了外号，叫吉祥三傻。他们对这个外号十分得意，认为代表了他们起外号的最高水平。

她站在广场上，听着《吉祥三宝》，想着如今吉祥三傻都离开了村子，一个去了天上，两个来到了四川。

她走着走着，突然遇到当年赶车的老汉，那把柴刀还在，看来老汉经常使用，刀刃锃亮。她给老汉十块钱，买下柴刀。正好菜已卖完，她再一次坐上这辆牛车，回到离家很近的那座小镇。她背着包，拎着柴刀，到处打听，有没有人见过一个年轻人，河北口音，拿着一口钢铲。

没人见过傻光，但她确信傻光肯定来过这里。她往家的方向走，没人能阻止她的脚步。她想，如果有人来抓她，她就用这把柴刀跟他们拼个你死我活，如果傻光被他们抓住了，她也会用这把柴刀救他出来。

她走在熟悉的山路上，一草一木还是三年前的样子。她想，最好的结局，是傻光迎面走来，然后一起去竹林里砍笋。

傻子不宜离家出走

◦ 一 ◦

"我本是个皮匠,如今却在搬砖。干了这些天,我发现,搬砖与做皮活儿比起来,有几点好处。搬砖虽耗力气,但可以走动,腰不用总弯着,姿势随意变换。做皮活儿主要是铲皮,铲皮就得固定站在一个点位上,不能动,像棵树,身体却不能像树那样直立着,要弯腰,使劲弯,小于九十度,前胸顶住铲弓子,一起一伏,像个不停鞠躬的人。有次电视上有人说出一个成语,鞠躬尽瘁,我马上记在心里,觉得这说的就是我们皮匠。当然,在我们那边,没人叫我们皮匠,这称呼太过文雅,我是怕你们听不懂,才这样说的。别人都叫我们铲皮的,简单明了,一听就知道是干什么的。当了这么多年铲皮的,我也琢磨过,世界上还有什么活儿比这更累吗?答案是真没有。搬砖够累了吧?比铲皮差得远。你铲一天皮,腰酸腿疼,像挨了一顿揍,比咱们真的挨打还厉害。别指望时间长了就习惯了,就不觉得累了。我干了二十多年,依然没有习惯,落下腰肌劳损的病,你们看我走路弯着腰,这可不是装的,我是真的腰疼。搬砖不伤腰,手跟胳膊用上劲儿,腰会轻松很多,但干得时间长了,还是有点儿吃不消。咱们来来回回地搬着砖,好像这窑洞里的砖永远搬不完。砖坯子也是一样,就好像从地底下长出来的韭菜，搬走一茬，又出一茬，没完没了……"

讲到这里，他们都睡着了。这些傻子，躺下后哼哼唧唧，七嘴八舌，没一个说得清楚，我仔细听了半天，才搞明白，原来想听我讲故事。我习惯睡觉前说一段，那纯粹是自言自语，没想让他们听。今天本来不打算说了，白天挨了两鞭子，疼。我说的那些事，都是个人的私事，一直认为他们听不懂。他们都是傻子，真正的傻子，如果不是智障，也不会被弄到这里。我虽名叫傻翔，但并不真傻，村里人爱给人起外号，看我不爱说话，就以为我傻，叫我傻翔。我本名叫张远翔。

在我们村，外号叫傻什么的人多得很，有几个是真正的智障，比如傻文、傻欢、傻涛和傻相。现在，我把这四个名字送给睡在我身边的这四个傻子，他们本名叫什么，没一个说得清。最壮那个叫了傻文，其体格比傻文本人还要壮实，干起活儿来一个顶俩；爱笑那个叫了傻欢，村里那个傻欢也爱笑，总是莫名其妙地笑起来，好像会随时想起快乐的事；叫了傻涛的那个不知冷暖，一年四季穿件军大衣，里面光着。傻相是一个孩子，大概十二三岁，顶着一头擀毡的头发，眼睛很大，常泪汪汪的。

天还没亮，听见钥匙开锁的声音，屋门被猛然推开，牛力闯进来，往铺上抽五鞭子。熟能生巧，牛力抽得很准，每一鞭子都不浪费。这是夏天，都光着睡，鞭子抽在身上，疼得很，撩起破衣服看，一道血印。

"快起来干活儿！"牛力喊，喊完他就跑到门外。我第一个爬起来，看见牛力在打哈欠，他又搓了一宿麻将，就算打无数个哈欠，也解不了困劲儿。我们屋里味道不好，臭乎乎的，好像广元汽车站的公共厕所，所以牛力才会快进快出，把哈欠打在外面的空气中。

像这样的屋子，还有五个，每条大通铺上睡五个人，一共是三十人，这账我能算清。牛力是我们这一小组的组长，另外还有五个组长，这六个人中，牛力地位最高，因为这砖厂的厂长是牛力的亲叔叔。为给家族长脸，牛力显得特别敬业，从不迟到，甚至插手其他小组的事务。这六个小组长，打起人来一个比一个狠，甚至有点儿攀比的意思，一个打破我们的脑袋，另一个就会打烂我们的后背。牛力当仁不让地下手最重，听说打死过一个人，如此战绩令五位组长望尘莫及，只能甘拜下风。对砖窑厂来说，处理人的尸体极为便利，扔进窑炉里烧一烧，骨头渣子掺进泥里，做成砖坯子，再烧成砖，这样的砖更瓷实。

我们的屋子在砖窑上面，离地两丈高，就像空中楼阁，只有一道台阶，通向地面。一到晚上，台阶上就出现两条狼狗。我曾站在砖窑边往下看，感觉眼晕，跳下去恐怕凶多吉少。如果我逃走，屋门这一关就很难过。门上有锁，钥匙在牛力的腰上。门虽是木头的，但足够结实，不可能被一脚踹开，而一旦我们闹出动静，让狼狗叫起来，他们就会火速赶来，晃着手电，哐当两下打开屋门，进来一顿猛抽。黑灯瞎火的，这抽起来就没准儿了，身体的任何部位都有可能挨上鞭子。我们像受惊的鸡，在窝里乱蹿，有一次，某个傻子蹿出门去，怕狼狗，不敢走台阶，从砖窑上跳下去。第二天，他那条瘸腿证实了我的忧虑。他并没有因此获得休息的机会，反而狠狠吃了顿鞭子，拖着一条瘸腿继续上工。

我们走出屋门，天还黑着，屋后竖一根杆子，上面亮着电灯。影子砸在地上，被别人踩住。台阶上的狼狗被他们牵走了，拴在砖厂大门口，冲这边叫。组长们甩着鞭子，像赶牲口那样，把我们赶到砖坯场。那里的灯挺亮的，土被照得很白，像下了一层霜。一开始觉得冷飕飕的，总觉得有风在吹，干上一会儿，就热了，哪里有什么风，天地凝固得像一块砖头。

砖坯场在一个大坑里，底部平整，四周是两人高的峭壁。他们站在峭壁下，盯着我们干活儿。我能想象到，这里本来也是平地，自从建了砖厂，才慢慢被挖成了大坑。土都变成了砖，砖被拖拉机拉走，盖成楼房，组成城镇。谁也想不到，他们安居乐业的楼房，都来自这个大坑。

我们脱砖坯子，傻文和我搭档。他劲儿大，能干，我有经验，懂得用巧劲儿，还能指挥他。我俩比较出活儿，比那三个傻子干得好，自然鞭子也挨得少点儿。

我年轻时脱过土坯，那玩意儿比砖坯子大得多，程序是一样的。时代在发展，社会在进步，土坯早已成为历史，谁家盖房也不用了。在砖厂，做砖坯子也不用人工脱坯了，有制砖机。我们把土浇上水，和泥，再把泥给进制砖机，一块块土砖出现在传送带上，饿急眼的时候，会看成是一块块鸡蛋糕。

早饭不吃，中午吃一顿，晚上再吃一顿，一直干到十点，两头见黑。所谓的饭，大多是熬白菜和大馒头。菜里几乎没有油，更没有肉，所幸馒头是管够的，我一顿能吃四个，原先在家，俩都吃不下。傻文更过分，能吃六个。就连小孩子傻相，也能吃仨。尽管每顿饭都吃得很撑，但不顶事，干着干着，很快就饿了。那饿劲儿上来后，就连爱笑的傻欢会把笑容收敛起来。

◇ 二 ◇

"傻文，你说说，你是怎么来到这里的？"

躺在炕上，我问傻文。这问题也不单单针对傻文，谁都可以说说，只要你想说。傻文嗓子粗，呜呜说了半天，我一句没听懂。他说的是四川话吗？不像，问别人有没有听懂的，他们都笑。要笑还是傻欢最擅长，那声音就像走路踩到一个水坑，我恨不得后退几步，让他闭嘴。傻相一直很安静，这孩子睡在大通铺的最里边，因为年纪小，腼腆，不敢说话，就像是傻得最厉害的。

"最后还是我说，我是河北人，把家乡话稍微变一下，就是普通话，你们都听得懂。我是从家里偷跑出来的，可以说是离家出走。像我这么大岁数的人，还离家出走，是不是有点儿可笑？这是有原因的。我从家里跑出来，是为了杀人，那人并非近在眼前，而是远在天边。我从未出过远门，只凭一腔热血，刚冲到衡水火车站，就有点儿晕头转向，不知道下一步如何是好。过安检时，我闷头往里走，被人拦住，让我把手里的蛇皮袋放到传送带上。我只好放上去，然后他们的机器就响起警报声，一个人按住我，另一个人打开蛇皮袋，拿出我的钢铲。他们把我的钢铲没收了，我说那是干活儿的工具，他们认为这是和刀子一样的凶器。出门时，我确实在刀子和钢铲之间难以取舍。刀子，也就是我家那把杀猪刀，个头儿小，带着方便；但钢铲我要了二十多年，早已成为我手臂的一部分，用着顺手得很，用此铲将那人的脑袋铲下，特别有意义，更像是皮匠干的事。出门时，我只拎着一个蛇皮袋，里面装着钢铲，带着它，心里踏实。没了钢铲，犹如断我一臂，我感觉自己变成了残疾人，胆子像被扎破的猪尿泡，爆裂在购票大厅里。售票员问我去哪里，我说四川。她又问具体什么地方，我说出一个地名，这是我的目的地，我记得死死的。售票员说那就是到广元，她敲了几下键盘，又说，今天晚上 8 点 31 分的，四川广元一张，硬座二百一十三块。没想到这么贵，我出门时身上带了八百块，以为足够了。物价长得真快，当年我只花了两千块，就把媳妇娶到家了，那可是一个大活人啊。我心里盘算着，到广元后再坐汽车，算上吃饭，还剩五百块。杀人之后，如果没被抓，那剩下的五百块足够让我回到河北。出于省钱的考虑，我在火车上没有吃饭。饿了，看人家都泡方便面吃，那香味让我坐立不安。售货员推着小车走过，我问方便面多少钱，人家说五块。我觉得太贵，决定不吃，起身跑到洗手池边，喝了两口自来水。火车上有开水，只是我没水杯。自来水不好喝，一股铁锈味……"

讲到这里，我停下来。傻文发出气壮山河的鼾声；傻欢在磨牙，像耗子啃门板，没准儿真的是耗子，昨晚就有一只钻进了我的裤腿；傻涛睡觉不出声，但他总把大衣敞开，袒露着胸怀，喂蚊子；傻相睡着睡着总是哭醒，我怀疑这孩子不是真傻，没准儿他和我一样，只是胆小，被他们打成了傻子，真正的傻子是不会哭的。

我的嘴只要一闭上，就能睡着。再睁眼，门已被撞开，鞭子抽在肚子上，牛力在屋里走一遭，又跑到外面打哈欠。有时我会觉得这只是个噩梦，不住催促自己快点儿醒。

前些天窑里点火烧砖，晚上睡觉时，屋里被烤得像蒸馒头的笼屉。傻子对环境的变化并不敏感，夏天也能穿棉袄，但烧窑时仿佛都有了理智。这热度连他们也无法忍受，一片鬼哭狼嚎。组长们只好把我们赶到砖坯场，各自找地方睡觉。大家靠着大土堆，躺成一排，土里有凉气，很舒服。我起来撒尿，借着月光一看，不禁打了个寒战，睡在土堆边的人个个破衣烂衫，毫无生气，犹如待埋的尸体。后半夜，我被冻醒，身下的土又冷又潮，特别羡慕傻涛，有一件棉大衣护体。

这天我们出窑，推着小车，进入窑洞里，把烧好的砖搬出来。干活儿时，我让傻文扇我一巴掌，他愣愣地看我半天，不知道该不该下手。牛力在后面喊："你们在做啥子嘛，快干活儿！"傻文回过味儿来，扬手给我一巴掌，彻底满足了我的要求。我被打得天旋地转，有一瞬间，我闭上眼睛，希望睁开时这梦已经醒了。

我睁开眼，已经走到窑洞门口，一股热浪袭来，把我彻底烫醒。有人扭头往回走，正撞到鞭子上。我大喊："太烫啦，还得再晾半天！"好多人也开始喊："太烫啦，太烫啦，要烫死人啦！"口音各异，大家都来自五湖四海。组长们上来一顿猛抽。

"妈的，每回出窑你们都叫唤几声！"牛力抱怨说。

在挨烫和挨鞭子之间，我们必须选一样。大家开始往窑里走，相对而言，似乎那滚滚的热浪更温和些。我们戴着手套去搬刚烧好的砖，还是觉得烫。

前几天摔断腿的那家伙没有出现，据说被打死了。我想，在丧失劳动能力后，他也只有死路一条了，不可能放他走，或者送他去医院。如果我受伤，下场也会是这样。这让我很害怕，同时也为他们四个捏着一把汗。他们四个还好，看上去很老实，不会做冒失的事。真正的傻子不会跑，跑的人都不傻。有人试过逃跑，无一例外，都被抓了回来。

逃跑的人被抓回来，同屋的人一起受罚。受罚的方式是厂长发明的，叫"跑窑"。大家排成一列纵队，绕着砖窑跑步，一圈又一圈，不停地跑，直到全部倒地不起。厂长，也就是组长牛力的亲叔叔，人称牛总，对自己的发明很是满意，常常引以为傲。

每周开一次会，会上，牛总讲话，总会着重谈起"跑窑"，他认为这个惩罚兵不血刃，很人道，甚至有强身健体的神效。"我听说，如今城里人喜欢跑步，还举办什么马拉松，太矫情了，让他们来跑窑试试，恐怕谁也跑不过你们。"他东拉西扯地说罢，让几个跑过窑的人谈谈心得体会。那几位兄弟木然走到人前，支支吾吾一句话也说不出来。牛总哈哈大笑："听到了吧，他们说再也不跑了！"牛力上场，杂耍般抽起鞭子，把那几个人抽得东倒西歪。

◦ 三 ◦

牛力不会每天早起都打进门来，他如果不来，那就是下雨了。这里的夏天，雨不算频繁，差不多半月左右才下一次。几乎有一半的雨是半夜时下的，一直持续到第二天。这样的雨最有良心，让我们高枕无忧地睡到天亮，醒来后可以像坐月子的娘儿们那样卧床不起，悠闲地聊天。还有一半的雨，是在下午时落下。上午天空阴云密布，我们一边干活儿，一边偷空观望天空。天光越来越暗，起风了，雨来了，我们用塑料布把砖坯子盖好，淋着雨，喜气洋洋地回到屋里。

外面下雨，屋里泛起潮气，原本呛人的骚臭味更加醇厚，这不妨碍我们休息。四肢停止运动，一动不动地躺着，恐怕是世界上最舒服的事。在这里，从长相判断一个人的年龄往往很不准确。就拿傻文来说吧，他知道自己几岁，说是二十八。而从他皱纹堆积的面相上看，倒像个年近半百的老者。当他脱去衣服，浑身腱子肉，皮肤上泛着活力四射的青光，与那张死气沉沉的脸自相矛盾。还有我，前几天凑到一辆拖拉机旁，把脸伸到后视镜旁，照了一下，我的脸犹如被踩烂的泥地，更是沧海桑田，就像一个行将就木的老者，我明明刚四十四岁。

躺得时间长了，他们还是能说几句话的。我问傻文怎么来的，他俩字俩字地说：

"打工。"

"找活儿。"

75

"砖厂。"

"千二。"

"没钱。"

"挨打。"

从这几个关键词可以推断出他来此的经过。他来得比我早，不知已干了多久。

"我也是这样。有人去我们村招人，说砖厂招工，一个月一千二，管吃住。我问人家要不要岁数小点儿的，人家说岁数小点儿没事。我就跟着来了，结果到地方，根本不是那回事，干活儿累得要死，还挨打，工资一分钱没有。我想走，他们说先掏一千块钱的违约金，我哪里有一千块钱啊！"傻相突然说起话来，这让我大感意外。

傻相说完，开始哭。傻欢不笑了，跟他一块儿哭，仿佛被傻相说中了伤心事。他俩一哭起来，傻文和傻涛把持不住，也要放声痛哭，我连忙制止。刚发现傻相不傻，这是好事，应该笑才对。他讲四川话，我听起来没有任何障碍，因为我媳妇就是四川人，她跟我的最初几年，天天讲四川话，搞得我也能讲上几句。

"傻相，我一直以为你是个瓜娃子。"为显示我对四川话的熟知，我特意使用了四川方言。刚结婚那几年，媳妇常把"瓜娃子"挂在嘴边，当然，更多的时候，她拿这个词形容我。

"傻相？我不叫傻相，我叫苗金龙。"

"晚了，谁让你一直不说话，我心里一直叫你傻相，再也变不成苗金龙。你跟我们村那个傻相挺像的。"

傻相，或者苗金龙，这个刚刚开口说话的孩子有点儿不服气，他毕竟老实，不敢与我争辩，又闷头抽泣起来。我哈哈大笑，拍拍他的头。

"被骗到这里的，可以说都是缺心眼儿的傻子，我就是其中一个。当初在广元下了火车，我有点儿蒙，不知道下一步该往哪边走。周围全是人，我却不敢开口问。我应该去坐客车，但汽车站在哪里？肚子饿，又困，好像刚浇完地，在野外抢了一夜铁锹。我在广场上溜达，被一个女的拦住，问我住店不。她的口音与我媳妇一模一样，让我感觉媳妇一路追我追到了广安。我哪里舍得住店，却不想马上拒绝她，期望她能多说两句。我问：'多少钱？'她说：'五十，再加一百，还有特殊服务。'我第一次听到女人说出如此露骨的话，心惊肉跳地夺路而逃。她在后面追，说：'出门在外，就玩一玩嘛！'我问：'汽车站怎么走？'她泄气地说：'不知道。'我闷头往前走，她一直在后面追，劝我玩一玩。我心里很慌，只好掏出一块钱给她，让她告诉我汽车站在哪里。她说：'一块钱，你打发要饭的呢？给我十块，我领你过去。'我只好再给她一张十块的，那一块她却不还回来。算啦，老娘儿们都这样，滚刀肉。她在前面走，不停地说着，企图说服我住她的店。我全当没听见，杀人要紧，住店只会浪费时间。走了不到五分钟，到了汽车站，那么近，她却要了我十一块钱，让我恨得想先杀她练练手。她看出我不高兴，马上走掉了。我去买票，有到苍溪的车，买一张，等了一会儿坐上去，靠着车窗睡着了。醒来的时候，车快要到站，而车上只剩我一个乘客。我感觉不对，摸兜，钱没了，都怪我睡得太死。小偷早就下车走了，再跟售票员和司机计较，恐怕也没用，我这人天生不爱跟人吵架。到县城，我想吃饭，就坐在路边摊前吃了一碗面。这是我离家后吃的第一顿饭，身无分文，吃得忐忑不安，吃完就跑，后面一阵叫骂，好在没人追。坐不起车，我只好步行前往，不得不开口问路，请当地人指明方向。路上，为了能吃上饭，我故意在地上打滚，把衣服和头

77

发弄脏，又抓一把土，拍在脸上。我装成一个浪迹天涯的叫花子，还搞到一个破碗，和一根打狗棍。绕来绕去，走了三天，我终于到达目的地。我向人家打听刘建强这个人，人家说，在小卖部门口晒太阳的那个老头就是，有病，别靠太近，传染哦。我果真看到一个老头儿，坐在墙根下，昏昏欲睡的样子。从年龄看，这个老头儿大概六十多岁，刘建强也是六十多岁，应该就是他。我的心怦怦直跳，握着打狗棍的手抖起来。怎么杀死刘建强？一棍子打死？棍子太细，估计打不死。用石头砸？也行。我满地找石头，突然想到要不要先见见媳妇的父亲，也就是我的岳父大人。我凑过去，问：'刘建强，你知道刘金山在哪儿住吗？'老头儿睁眼看看我，说：'哈儿，连个大爷都不叫，唉，你咋个知道我叫刘建强呢？'我说：'刘金山在哪儿住？'他说：'死掉了，前年中风，在床上躺了一个月，他老伴儿早就死了，娃们都在重庆打工，家里就剩他一个，他不死才怪。'好吧，刘金山死了也好，他本身就不重要，也省得我再去看他。我接着找石头，找到一块大的，抱着走近刘建强。他说：'真是个哈儿，抱着块大石头干啥子嘛。'我把石头举过头顶，要砸到刘金山的脑袋上。他突然咳嗽起来，吐出一口血。他低着头，说：'妈的，好想死哦。'我把石头砸在他身边的地上。想死？没那么容易，我决定饶刘建强一死，留着他的命，让他继续受罪。我又操起打狗棍和破碗，说：'刘建强你个老东西，我日你妈。'骂完，我向村外走去。马路上，我身边出现一辆面包车，车门打开，下来一个人，一把将我拽到车上。那人说：'哈儿，敢骂我爹。'说完，他一棍子打在我脑袋上。我醒来时，躺在另一辆车上，被捆得结结实实……"

四

警察来的时候，我们正往窑里运砖坯子，我们运了一趟又一趟，要把窑洞填满。警察的制服并没有引起我们的注意。除非开饭，没有任何事情能让我们停下来。一个警察站在前面，想拦住傻文的推车，傻文绕过他，走进窑洞。还得再干一下午，才能完活儿。我是第一个停下来的。我知道，这样的日子到头了，突然泄气一样坐在地上，腰疼得厉害，不得不躺下来，才稍微舒服点儿。干活儿的时候，我总想像这样，躺在地上，但我不敢，怕牛力的鞭子抡上来。

不远处，牛力正挥鞭与警察战在一处。警察有电棍，捅在牛力的肚子上，他被电倒在地。作为一个打手，牛力尽职尽责，坚持战斗到底。后来听说，他的亲叔叔，也就是砖厂的老板牛总，在警察到达砖厂之前就带着其他几个组长逃之夭夭了。牛总叫牛力一块儿走，牛力不走，表示要誓死保卫砖厂。

一个警察把我拉起来，让我去阻止那些干活儿的傻子。牛山跑了，牛力戴上了手铐子，可他们还在干活儿，连警察的话都不听。

"别干啦，别干啦！"我在窑洞里大喊。他们像拉闸后的机器，停止运转，纷纷躺在地上。

警察挨个把人拉起来，我带着他们走出窑洞，一直走，想走到砖厂外面。

"喂，你们去哪里？"一个警察喊。

"先去外面。"我回答。我们一刻也不想再待在砖厂。

警察把我们集中在砖厂门外的一块空地上。有个端着相机的记者，对着我们拍。一位女警察挨个询问，用小本登记家庭住址。大部分人答不上来，只是莫名其妙地傻笑，只有我和傻相能轻松回答警察的问题。

"这是哪里？是四川吗？"我问。

"不是四川，是陕西。你是哪里人？"警察问。

"河北人。"

"河北人怎么跑到这里来了？你们河北人不应该来陕西打工的。"

"我本来去四川杀人，人没杀成，被人贩子当傻子卖到这里。"

"什么杀人？你到底杀没杀？"

"本来想杀，也有机会，但看他快要死了，就没下手。唉，还不如一石头砸死他。"

大概没听懂我说什么，警察不再理我，又去找傻相问话。傻相是四川人，也记得家里的电话。警察拿出手机，让他给家里打电话，打通后，他对着手机呜呜哭。

大部分人找不到家，警察不知该拿我们怎么办。最后，他们只好把我们领回砖厂，让我们先在窑顶山的屋子里住两天。我们三十多人，又各自回到原先的屋里，好像什么都没变，只是不用干活儿了，可以躺着。警察走了，记者没走，推门进屋，刺鼻的味道差点儿让他热泪盈眶。

在我看来，记者比警察敬业多了，他忍着味儿，蹲在我的炕头，要听我说话。他说警察问我话时，他在旁边听着，认为我有故事。

"警察拿我当傻子，你不跟他们一样？"

"我是记者，跟警察不一样，我能听出来，你不是傻子，你有故事，一个河北人，怎么要跑到四川杀人，又怎么被卖到了陕西呢？"

我躺着，开始从头说我的故事，就像前些天晚上那样。旁边躺着的傻文、傻欢、傻涛和傻相发出兴奋的笑声，他们就爱听我说话。在我们村，我从没受过这样的待遇，我想，如果说这个破砖厂还有一点儿好的话，那就是这四个傻子对我的尊敬了。当然，傻相不是傻子，他叫苗金龙，他家人正赶来接他。我也有家人，他们还不知我在这里。

"我家里有媳妇，还有一个儿子。媳妇叫刘金兰，人送外号傻兰。儿子叫张近康，人送外号傻康。其实他俩不傻，只不过跟我一样，不合群罢了。他们叫我傻翔，我并不在意，只是个外号，叫起来我也不疼。我们一家凑了三个傻子，也挺有意思的。

"事情出在我的一句话上。有一天，我问老婆，傻康是不是像'那个人'，她竟然点头说是的。她确实有点儿傻，不知道体谅我，应该摇头否认才对啊，尽管傻康长得确实不像我，一点儿都不像。他是藏在傻兰的肚子里从四川来到河北的。当年人贩子来到我们村，带着傻兰，我哥非要我买下傻兰，给我做媳妇。哥比我大八岁，我十五岁那年爹妈都死了，只好去哥哥家吃饭，嫂子对我也不错。我从十六岁做皮匠，到二十一岁遇见傻兰时，攒了几千块钱。我哥做主，让我把积蓄交给人贩子，娶了傻兰做媳妇，没想到的是，她肚子里有文章。

"傻兰长得不丑不俊，毕竟是四川人，看起来跟河北女子很不一样。她在四川山里长大，家里很穷，爹娘却很能生，一口气生了五个孩子，她是老二。她十八岁那年的春天，上山砍笋，被村长刘建强奸污了。村长不让她说，如果她说出去，杀她全家。她很害怕，就没说。到夏天时，她发现自己怀孕的事实，给刘建强讲，结果那畜生没说怎么办，还要再次强暴她。她用砍笋的刀砍伤了刘建强，就跑了出来。

"我知道这事后，心里不是滋味，但也无可奈何，孩子毕

81

竟有了。我对傻兰说,把孩子生下来吧。傻兰很吃惊,认为我在说气话。我说了多次,把孩子生下来,咱们把他养大。她终于相信,感动万分,表示要和我白头到老,永不逃跑。在我们那边,外地的媳妇大多过不长,即使生了孩子,也会逃跑。傻兰说她不跑,除了被我感动,也有客观原因,四川她是不能回的,刘建强被砍伤,正满世界找她报仇。她不知道,我之所以想要这个孩子,是因为我做过结扎,她把孩子打了,我不能让她再次怀孕。

"你们别笑,这是真的。村里搞计划生育,抓得很紧。我哥生了俩闺女,断然不能再生了,哥或者嫂子,必须有一个人去做结扎。我哥不想做结扎,还想再生一个,肯定能生个儿子出来,他有信心。我是个有心的人,看哥遇到难事,想帮他一把,就当报恩了。我对哥说:'你不用去结扎了,我替你做。'哥很震惊,也很感动,就像后来傻兰那样感动。我们找到村长,求他让我代替我哥去做结扎,如果不答应,就在他家上吊。村长答应了,把我送到卫生院。我跟我哥挺像的,医生也马虎,来了人就开刀,不管谁是谁。回到家里,这件事在村里传开,人家都笑我真傻。我对他们说,看这形势,我也娶不上媳妇了,能不能生孩子有什么关系?哥如愿以偿,终于生下一个儿子。后来,我通过人贩子买了媳妇,这完全是意料之外的事。

"哥知道我要傻兰把孩子生下来,坚决不同意,两次三番地上门规劝,他准备再生一个儿子,过继给我,以保证我们家族血脉纯正。我说:'仨孩子都把你罚成穷光蛋了,你还生个屁啊。'哥很生气,要跟我断绝关系。我也很生气,决定先断一阵,时间长了,他照样认我这个弟弟。

"傻兰生下傻康,我把傻康养到十八岁。十八年来,村里人一直当我是个笑话,说我替别人养儿子,这绿帽子戴得够结实。哥也不依不饶，直到最近几年，我俩才又说上话。平常，他还是不爱搭理我，嫌丢人。

"我对傻康没的说，真拿他当亲儿子养。大多时间，我看着他心里是高兴的。他从小长得虎头虎脑，跟傻文一样壮实。说实话，有时候我看着傻康，心里确实别别扭扭的。直到有一天，我突然想到傻康的长相问题，他长得不像我，一点儿都不像，那他肯定像刘建强了。于是我决定杀掉刘建强，出一口憋了十八年的恶气……"

记者听完我的故事，说他收获很多，要请我喝酒。我说别光请我一个人，要请就请我们五个。记者豪爽地答应，开车带我们来到镇上的饭店。

从离家出走那天开始，我没吃过肉，所以看见肉后就舍生忘死地吃起来。傻文、傻涛、傻欢和傻相也是一样，吃得满嘴流油。吃了肉，我们开始喝酒，喝完酒我们都哭了。相识一场，我们也算是共甘苦共患难的朋友。等我回到家，就再也找不到像他们那样认真听我说话的人了，真舍不得他们啊。我想好了，回去后就让我儿子傻康把真正的傻文、傻涛、傻欢和傻相叫到家里，像今天这样喝顿酒。我要告诉他们，你们四个以后想吃肉喝酒，尽管来找我傻翔，别问为什么，几个傻子，说了你们也不明白。

爹回来了

◦ 一 ◦

我是个皮匠,十八岁,已有两年的工作经验。这天干活儿时,我的好朋友臭富告诉我一件事:"你爹回来了,神妈妈说的。"

我正弯腰铲皮,满头大汗,听到这件事,我直起腰来,一边擦汗一边说:"你滚一边去。"旁边有人打圆场,也认为臭富这玩笑开得有点儿过了,谁都知道,我爹走了两个月,要是回来了,肯定先回家,怎么会去神妈妈家?另外,臭富不知好歹地提起我爹,就像往我伤口上撒盐,很不人道。臭富却连呼冤枉,所幸停下手里的活儿,把大铲倚墙放好,坐到小桌旁,喝下一碗凉茶,开始解释这件事。

"我侄子晚上睡觉不老实,睡着睡着就哭,哭得好厉害哩。我娘觉得是虚病,让我哥哥抱孩子去村东头找神妈妈看看,嫂子不敢跟着去,哥哥又不愿一个人去,就拉上我陪着。神妈妈一看孩子就说,鬼上身了,得驱鬼。她围着孩子做法事,先是喊:'张宝明,你快走吧!'孩子没反应,她又喊:'张焕子,你快走吧!'孩子还没反应,神妈妈有点儿着急,念叨了半天,说:'闹半天是你啊,傻翔,你回来啦,你回来就赶紧回家吧,在孩子身上干什么?傻翔,你快走吧!'神妈妈这么一招呼,孩子吐了一地，神妈妈说：'好了，好了。'到了晚上，我侄子真就没醒，睡得挺好。"

臭富说完，用无辜的眼神望着大伙，他这是想让我们明白，他只是客观公正地讲述昨天发生的事，至于伤害到朋友的感情，完全是无心之举，再说，这件事与我有莫大的关系，应该让我知道。

神妈妈住在村东头，我住在村西头。村子挺大的，从东到西有一里地，因此我对神妈妈并不了解，甚至没见过几次面，我只知道，神妈妈有点儿道行，擅长看虚病。所谓的虚病，就是医院里治不了的病，到神妈妈那里，她往往会断定是鬼上身。神妈妈做法事驱鬼，要喊出鬼的名字。无一例外，鬼都是当地横死的人，张宝明和张焕子，就是这样的人。张宝明年近古稀，儿子不孝顺，又打又骂的，真没法活，他索性喝农药死了。张焕子是位中年妇女，整日挨丈夫打，气不过，半夜拿干皮活儿的刀给了丈夫一下，血流一床，吓得她又给自己一下，豁开脖子，死掉了。那位挨刀的丈夫只是被划伤了胸口，养些日子便恢复如初，仗着有钱，娶了新媳妇，接着揍。从这点推断，张焕子肯定是个怨气冲天的厉鬼，比张宝明厉害多了。神妈妈以往驱鬼，喊完张宝明，再喊张焕子，肯定会奏效的。当然，鬼有的是，老鬼总会被新鬼顶替。村里人都没想到，取代张焕子的，竟然是我爹。

我爹离家两个月，虽说杳无音信，但绝对不会死的，谁要说他死了，那人就是不想活了。

我沉默不语，任凭别人七嘴八舌地议论。干完活儿，回到家中，已是掌灯时分，我坐在饭桌旁，对娘说了这件事。娘听完，放下碗筷，呆坐片刻后，泣不成声。

"要不我去把神妈妈杀了？"我向娘请示，眼睛望向放在门口的大铲，只等娘一声令下，我就会拎着这件兵刃出门，冲进神妈妈家，一铲结果她的性命。尽管传说中神妈妈道行高深，有些法力，但皮匠的大铲不是吃素的，只要对方是肉身凡胎，就难以抵挡。

"你别胡来！"娘接着哭，并没有告诉我下一步该怎么办。我有点儿烦躁，赌气般大口吃饭，吃着吃着眼泪落进碗里。我把筷子往桌上一拍，说："怎么又放那么多辣椒？你看，都把我眼泪辣出来了。"

我娘是四川人，喜欢炒菜放辣椒。这是在河北衡水的农村，当地人不吃辣椒，炒菜就图一个香。我爹作为土生土长的河北人，自然吃不惯四川人炒的菜，但身为皮匠，他又不擅长炒菜做饭。当我开始记事时，他经过多年的培养，已经能吃点儿辣，但依然接受不了太辣的菜。他时常用筷子敲敲盘子边，说："辣椒又放多了吧？"娘说："不辣啊，为了迁就你俩，我没放几个。"

我爹叫张远翔，名字不错，挺有诗意，可惜在这个村子里，很多人的大名都形同虚设，被呼来唤去的是外号。张远翔的外号叫傻翔，我的外号叫傻康。我父子二人虽关系不太好，但外号却一脉相承。平心而论，我们并无智力上的缺陷，之所以被冠以"傻"字，源于乡村父老词汇量的匮乏。对于那些不太合群的人，大家无心细分，只是简单粗暴地归入傻子的行列。更多人的外号来自个人爱好或所犯下的糗事，比如臭富他爹张远仓，爱好玩狗，被叫作狗仓。臭富本名叫张近富，被叫作臭富，则因为他上小学时掉进了学校的粪坑，当时同学们都向后退，只有我犯了傻劲儿，挺身而出，不顾催人泪下的恶臭，对这位本族兄弟伸出援手。

十八年前，我在娘肚子里孕育成形，呱呱坠地。我从小常被人骂作"私孩子",意思是来历不明的私生子。最初我不觉得这有什么不对,"私孩子"是我们骂人的常用语,对谁都可以骂,除此之外,还有很多,都是针对人家的出身做文章。问题在于,他们除了"私孩子",从不用别的话骂我,骂的时候,脸上还挂着意味深长的笑。我不止一次地想,从逻辑上讲,这种骂法是不成立的,众所周知,我傻康有爹,他叫傻翔。

每当有人骂我"私孩子",我就极为愤怒,冲上去大打出手。大多数情况下,我不是人家的对手,对方要么比我强壮,要么人多势众,兄弟姐妹一大帮。爹娘不太争气,没有给我生个弟弟,作为打架的帮手。我若想提升战斗力,只能从自身做起,多吃饭,多锻炼,让自己练成大块头。经过十多年的努力,我终于长成全村最壮实的青年,远望如半截黑塔一般,两膀一晃有千斤之力,除了最亲密的伙伴臭富,再无人敢随便骂我。从小到大,我身经百战,确信自己在村里已无敌手,没想到凭空冒出个神妈妈。对方实力难以估计,单从明目张胆地呼喊我爹的名字这一点来看,她并没有把我放在心上,这恰恰证明她乃是本村不出世的高手。

二

踏着夜色,我和我娘刘金兰走出家门,要去神妈妈家讨个说法。临走时,我拎起大铲,想着一旦一言不合,就让神妈妈血溅当场,我要把这个驱鬼的人也变成一个鬼。娘一声断喝,嗓音中带着哭腔,让我放下武器。

"她家有俩儿子,打架一起上,你是人家的对手?"

我舍弃满是腥味的大铲,赤手空拳地跟在娘身后。我倒不怕那俩儿子,而是考虑到娘在场,打起来难免畏手畏尾,不占

87

优势。遥想当年，我曾与那俩儿子有过一战，三人斗了半个时辰，都挂了小伤，算是打个平手。如今我的身体壮硕如牛，战斗力更上层楼，打那兄弟俩自然不在话下。我大步流星地越过母亲，走在前面，娘在后面跟不上，不住地让我慢点儿走。

现在需要交代清楚的，是两个月前我爹离家出走的事。经过整整两个月的追问和思考，我终于搞清楚整件事的来龙去脉。前面说过，我娘不是本地人，她来自四川广元，被人贩子骗至华北平原，卖给了我爹。作为一名寂寞难耐的光棍汉，傻翔终于娶到了梦寐以求的媳妇，如获至宝，对刘金兰关怀备至。像刘金兰这样的四川媳妇，每村都有几个，大多过个一年半载，就跑掉了。刘金兰之所以没跑，一是因为傻翔光棍一条，无父无母，拿她当娘，二是因为没过多久她的肚子就大了起来。他们结婚是在盛夏，秋收时节，刘金兰挺着肚子去地里割谷子。她是个吃苦耐劳的女人，并没有因为孕妇的身份而逃避劳动。村里人看在眼里，掐指一算，不由得连连感叹，没想到傻翔买媳妇还得了个孩子。傻翔人虽老实，并不真傻，也觉得这个四川媳妇的肚子膨胀得过于迅猛，不忍直接问，小心翼翼地旁敲侧击。

"你来河北之前，没出过什么事吧？"

一说起正经事，我爹语速很慢，尽量用普通话，怕媳妇听不懂河北方言。那时我娘说话还是浓烈的四川口音，她不想再隐瞒，就把自己的身世娓娓道来。

"你知道我为啥子被拐卖了吗？是因为有天我在山上砍笋，突然蹿出一个男的，奸污了我。那人是村长，挺厉害的，他说如果我对别人说，就杀了我全家，我吓得要死，就没敢吱声。后来，他又想欺负我，我不干，砍了他一柴刀。他流了不少血，我害怕被警察抓去坐牢，没给家里人说就逃了，说也白说，家里姐妹五个，常因为吃饭打架，少我一个他们不但不会找，相反还高兴呢。我逃到火车站，碰到一男一女，对我挺好的，说要带我去北京打工，我就跟他们去北京，没想到在河北下了车，卖给了你。而这时，我已经怀孕三个多月了。"

说完这件事，我娘已是泪流满面。我爹仔细聆听，心潮澎湃，将媳妇搂在怀里，用温柔的语气加以安慰。

"原来是这样。我的命比你更苦，从小没爹，娘也死得早，幸亏有哥哥嫂子接济我吃喝，要不我早就饿死了。"

接下来，深明大义的傻翔向刘金兰做出保证，尽管放心大胆地把孩子生下来，他会视如己出，尽心竭力地将其抚养成人。刘金兰深受感动，表示自己会一心一意跟丈夫过日子，绝对不会像别的四川媳妇那样跑掉。

"唉，她们也不容易啊，大家都是可怜人。"

我爹这句话，让我娘刮目相看，没想到这个叫作傻翔的人会如此英明而善良。

我爹无父无母，他是户主，把孩子生下来这件事，他以为根本不用跟别人商量，自己说了算。没想到，他不去跟别人商量，别人却找他来商量了。先来的是他哥哥张远山，长兄为父，弟弟家出了这档子事，他不得不发表下意见。

"你那媳妇给你吃了什么药？你竟然答应她把孩子生下来，生下来算谁的？你还嫌这绿帽子戴得不够结实？"

"哥哥啊，话不能这么说，她没给我吃药，是我主动说让她把孩子生下来的，不管孩子是谁的，他是无辜的，老天爷让我当他爹，我心甘情愿。"

"你愿意当他爹，我还不愿当他大爷呢！你明天带刘金兰去趟县医院，把孩子打掉。"

"那不行啊，孩子都挺大的了，不是说打就能打掉的，

89

万一有危险，我对不起她。"

"能有什么危险？说到底，不就有一个危险吗？她死在手术台上。"

"这还不够严重吗？"

"弟弟啊，哥哥今天给你放个话，只要她去打胎，我就再生个儿子，过继给你。万一她死了，你就再买个媳妇，我出钱。"

"哥哥啊，你别说了，我不能那么干，她是一条命，孩子也是一条命。"

哥俩谈崩了。张远山一拍桌子，起身离开弟弟家，临走时表示要断绝兄弟关系。我爹也生了气，不买我大爷的账。

随后登门的，是族里的老长辈张云森，他年近八十，当过村长，德高望重。他高屋建瓴地指出，傻翔固执己见是没有好下场的。

"远翔啊，你也不想想，你真要这么干了，会让别人怎么看咱们这一大家子，孩子真要生下来，丢人的不光是你，还有你爷爷我、你哥哥、你大爷、你叔叔、你叔伯兄弟们……"

"爷爷，你把这事说得太大了，这是我家的事，跟你们关系不大吧？"

"什么关系不大，你说这话可丧良心啊，你给我摸着胸脯说说，你一个从小没爹没娘的孩子，长到这么大，还不是靠村里人的照顾？"

"这倒是，你们对我有恩，我一辈子都记着，但不能拿这个要挟我啊。"

"我们不是要挟你，是拉扯你一把，让你别把道儿走偏了。"

"爷爷，我的道儿没偏，是你们想偏了。"

"好好，这么说，你不怕大伙儿将来都不搭理你？"

"不怕。"

话已至此，再没什么好说的，张云森咽下一口老痰，拂袖而去。

数月后，我娘在众人的谴责声中生下一个男孩，我爹给男孩取名张近康，这就是我。现在你们该明白了吧，我的亲生父亲并不是傻翔，我的确是个"私孩子"。

◦ 三 ◦

神妈妈家位于村子的东南角，属于边缘地带，我和娘再向前走几步，就到村外了。一条土路直插进广阔的庄稼地，那里一片黑暗，以此为背景，神妈妈家的院子格外亮堂，像黑锅底上的一个窟窿。院门大敞四开，我们母子二人走进院子，赫然看见满院子的人，都是熟悉的面孔，有我大爷张远山、臭富的爹狗仓、臭富的哥哥张近明，当然也有臭富，他正用不好意思的眼光望着我。除此之外，还有一些人，脸上挂着置身事外的表情，表明自己只是个看热闹的。上岁数的人坐在长板凳上，年轻人站着，很有规矩。

我假装对这些人视而不见，眼光从他们身上掠过，寻找神妈妈，娘客气地与众人打招呼。经过十八年的训练，她的河北方言说得非常地道，不像初来乍到那两年，声音里总有股四川的辣椒味儿。几个长辈微笑着点头，尽显长者之风。这时，神妈妈从屋里迎出来。

"我算着你们娘俩就会来找我。"

神妈妈身材矮小，脸上几乎没肉，两块颧骨撑着焦黄的面皮，犹如棱角分明的石头上盖着一张草纸。她的身后站着俩儿子，同样瘦小枯干，如果把灯关掉，就像两个不怀好意的小鬼。

她是在十四年前成为神妈妈的。那年，她丈夫得癌症死了，她悲痛欲绝，大病一场，病好后脱胎换骨，像变了个人，宣称能看见鬼。对此，她的解释是，自己本已到达阎王殿，本来是要死的，但阎王一查，发现她寿限未到，就把她打发回了阳间。这一来一回，使她具备了通灵的能力，成了神妈妈。在满是皮匠的村子里，神妈妈备受欢迎，甚至追捧，此等人物可不是哪个村都有的。以往人们要看虚病，得赶往外村，要跑上十多里路。现在好了，本村有了神妈妈，看虚病不用再东奔西走，而且外村人络绎不绝地慕名而来，大家都觉得脸上有光。靠着给人看虚病，神妈妈发家致富，日子过得不比做兔皮生意的人家差。

"他大娘啊，我听说你看见傻翔了。"娘毕恭毕敬地问。

"是啊，你们家傻翔回来了。"

"你他娘的咒我爹死！"我忍不住，要破口大骂，不知怎么回事，我的声音里竟然带着怯意。神妈妈人虽瘦小，但身上散发出浓烈的阴气，我从未遇见过这样的对手，不由得有点儿害怕。

"傻康啊，你别说脏话，你爹确实回来了，我真看见他了。"

"那你说，我爹在哪里呢？他怎么没回家？"

"这我说不好。这样吧，我把他叫过来，你们问他吧。"

"你能叫他出来？"

"能啊，按规矩，在我这问死人话，你们得破费一百二百的，这次我免费，让大伙儿都瞧着，做个见证，省得有人到处胡嚷嚷，坏我名声。"

神妈妈往偏房走，推开门，拉灯绳，满屋子神像，长条桌上摆满供品，苹果、香蕉和点心。俩儿子一个点香一个烧纸，分工明确，动作熟练。神妈妈往脖颈儿中套上三串珠子，手里还捻着一串。她跪在火盆前，闭着眼，嘴里叨咕着什么。众人围在偏房门口，我和娘站在最前。那俩儿子一左一右倚门而立，好像两位护法，维持现场秩序。

随着香和纸的不充分燃烧，屋里烟雾缭绕，门口有人禁不住呛，咳嗽起来。突然，神妈妈的身体一阵痉挛，像被警察的电棍捅了。她睁开眼，直勾勾望着门口，开始讲话，语调怪异，真像另一个人。

"唉……我回来了，这俩月，我过得好苦啊……"

这声音竟与我爹有些相像。娘哭着跪下了，要往屋里爬，被俩儿子拖住。我呆立当场，没想到爹会以这种方式回来，心里一阵翻滚，热泪盈眶，突然觉得裤腿被人拽住，低头一看，原来是娘。

"还不快给你爹跪下！"

收到娘的命令后，我并没有跪下，我不确定眼前是不是爹，从外表看，那还是神妈妈，而我也清楚，从神妈妈的角度看，这就是我爹，神妈妈只是个躯壳，里面的魂灵就是我爹。我根本不信这一套，看娘在地上跪着，明显是信了，不能信，信了就是输给了神妈妈！我弯腰搀住娘的胳膊，想把她拉起来。娘的手臂向上一挥，表示不愿起身。我母子二人一阵拉扯，娘率先发怒，一巴掌打在我的腿上。出手之后，她略微迟疑，手向上够，看样子想扇我的脸，但她正跪在地上，我站着，胳膊的长度明显不够，如果非要扇，只能站起来，那样就好像随了我的心意，从而怠慢了神妈妈。

我的大腿挨了一下，不疼，却深感丢人。后面那么多人看着，其中多人与我打过架，可谓冤家对头，此刻那些人说不定正掩口偷笑。我猛然回头，判断得没错，几个年轻人正面带笑意看着这一幕。岁数大的比较严肃，目光聚焦在神妈妈身上。我大爷张远山哽咽着，眼泪鼻涕流了一脸，毕竟看见了自己的

93

亲弟弟，手足情深。

"傻翔啊，你告诉我，你跑到哪里去了？"娘哭着问。

"傻兰啊，我去了四川。"神妈妈回答。

"那你怎么不早点儿回来？"

"我去四川，是想杀人，结果没杀了人家，却把自己的命弄丢了。"

"到底怎么回事？"

"唉，杀人没那么容易，我找来找去，找不到那个人，钱没了，只好去打工，听说挖矿挣钱多，就下井挖矿，结果碰见塌方，一块大石头正好砸在我脑袋上。我死了，魂往河北飘，四川到河北，远得很，飘了好几天才回来，一回来就撞见一个孩子，没忍住，上了人家的身。总之，我总算回来啦！"

听到此处，娘哭泣的声音突然加大，不知是愤怒还是激动，拼命往前爬，被兄弟俩死死拖住。我听了娘与神妈妈的对话，羞辱感变本加厉，难以自持。

"够啦，别他娘的演了！你们两个狗日的放开我娘！"

我跨步上前，伸出两只大手，分别按住兄弟俩的肩膀，猛然一推。兄弟俩没有防备，被推得后退几步，跌坐在烟雾之中。我绕过娘，走到神妈妈面前，举拳要打。神妈妈身体摇晃着，昂头盯住我，目光交汇，有那么一瞬间，我仿佛从神妈妈的眼神中看到了爹的影子。我呆立当场，犹如中了定身法。兄弟俩扑过来，将我打倒在地。我不还手，任他们的脚踢在自己身上。

◦ 四 ◦

清晨，臭富站在院子里，喊我的名字，我们要一起去铲皮。上学时，我们就习惯每日结伴而行。初中毕业后，我们没考上高中，顺理成章地当了皮匠，师承我爹傻翔。爹是老皮匠，铲皮的技艺登峰造极。名师出高徒，在新一代的皮匠中，我的技艺出类拔萃，干活儿快，质量也高。相比之下，臭富差很多，爱偷懒，质量不能保证。很多人家都愿雇我，对臭富则不闻不问。但我却跟臭富搞了个组合，二人焦不离孟，立下规矩，若雇傻康，必须捎上臭富，否则俩人都不去。

我今天感觉很累，不愿理臭富，想在家睡觉。虽说昨晚的事情刚过去十二个小时，肯定已经传遍全村——所向披靡的傻康败在神妈妈手下，而且他爹傻翔真的回来了。与此同时，神妈妈如日中天的威望再次提升，她的通灵术令老少爷们大开眼界。

"你没事吧？"臭富走进屋问。他的意思是，经过昨晚的打击，我很可能会有事。当时是他扑到我身上，挡住那兄弟俩的拳打脚踢，也是他拉我回了家。娘很晚才回来，我问她后来的事，她也不说话，只是哭。我心烦意乱，几乎一宿没睡。按说，出了这件事，臭富应该给我一天休息的时间，他却照旧找上门来，更多的原因是探望我这个朋友。

我决定像往常一样去铲皮，如果闭门不出，反而是承认有事，就等于认可了神妈妈的说法。爹没有死，他的魂也没有回来。人有魂吗？全他妈的瞎扯淡！打定主意后，我拎上大铲，跟臭富出门上工。娘那屋的门帘一直没掀开，往常她早就起了。看得出来，她是有事的，很有可能信了神妈妈的话。等干完活儿回来，我得破除她的迷信。

"娘，我去铲皮啦！"我对着门帘喊。那边传出一声"嗯"。能答应，证明她问题不大，不用我到炕前探望。我们都没吃早饭，这一点跟往日不同，看来确实出事了，不容我不承认。

我饿着肚子铲皮，谁也不愿搭理，他们对我似乎更加敬畏，一个个非常客气。平常干活儿时，他们的嘴不停，尤其是臭富，说个没完。今天他们却个个沉默寡言，说起话来也小心翼翼，生怕惹我不高兴。我一肚子气，真想问他们，你们是不是也信神妈妈那一套？

我的手机突然响起来，是娘打来的。

"喂，娘，什么事？"

"你快回来吧。"

"回去干什么？"

"给你爹挖坟。"

"我爹没死，挖什么坟？"

"你大爷让挖的，这会儿你大爷正在咱家等你呢。"

"你给他说，我赶明儿就挖个坟，把他埋了。"

"你还不老实啊，现在就给我回来挖！"

挂断电话后，我没急着走，而是又干了一会儿，后来心里乱得实在干不下去，就骑摩托车冲上大街，到家门口，却发现大门上锁。我马上断定，娘去了坟地。坟地在村子的西面，并不远。我骑到村边，远眺坟地的方向，远处的麦田里，几个人影摇摇晃晃。

等我赶到现场，爹的墓穴已初具规模，直径一米左右的圆坑，半米深，还在往下挖。在坑里闷头苦干的是我的堂哥张近伟，张远山和娘站在坑边，仿佛在监督工程的进度。张近伟有点儿累，直起腰，看着刚刚出现的我，憨厚地笑了。他左手扶着铁锨，右手滑稽地做了个请看的姿势，得意地向我展示他的劳动成果。我并没有对此坑表示满意，而是抢过别人手里的铁锨，往坑里填土，张近伟大呼小叫着从坑里爬上来。娘抱住我，让我住手。

"近康，你别不懂事啊，你哥哥好心好意地来给你爹挖坟，你怎么埋人家？"娘一边给张近伟拍身上的土，一边责备我。

"近康啊，你别觉得这个坟是随便挖的，"张远山指点着周围几个坟头，给我介绍起这片坟地，"你看那个坟，里面躺着我爷爷和我奶奶，旁边那个，是我爹娘，这排列的位置是有讲究的，我找先生看过，傻翔埋在这个地方正合适。"

"那你埋哪儿？"我问。

"就这儿。"张远山指着脚下。

"那你现在怎么不挖个坑躺进去？"

"我还没死呢，等死了自然会躺进去。"

"我爹也还没死呢，挖哪门子坟？"

"说来说去，你还是不信他已经死了。我也不愿信，但他的魂回来了，神妈妈认定的事，咱们不能不信，你不给你爹弄个坟，他不成孤魂野鬼了吗？回头把他的衣服找出几件往这里一埋，他的魂就不至于飘着了。"

"这叫衣冠冢。"娘补充道。

"好，我来挖！"我跳进坑里，甩开膀子，大干起来。

见我已经失去理智，娘只好劝张远山父子速速离去。她太了解我的孩子脾气，如果没有观众，我发疯就毫无意义，只能意兴阑珊地从坑里爬上来。

坟地里只剩下我们母子二人。我的力气逐渐耗光，终于停下铁锹，躺在坑底，泥土松软，也不凉，只是不够宽广，得蜷着腿。"娘，你把我埋了吧！"我提出要求后就闭上了眼睛，等刚被抛出去的土落回坑里。

降临到坑里的，不是土，而是娘，她躺在我身边。我有点儿意外，睁眼侧头看看她，又转脸望向天空。

"昨晚你走之后，神妈妈也把你爹送走了。她说得对，你爹确实去了四川，他确实要去杀人，去杀十八年前奸污我的那个人。要是他的魂不回来，神妈妈怎么知道这件事？他确实回来了。你大爷说，现在他弟弟死了，家里就剩下我和你，都是外人，不能再在老房子里住，当年他是为了让弟弟娶上媳妇，才把老房子让给他弟弟的。我说，虽然远翔死了，但我是他媳妇，近康是他儿子，怎么就不能在老房子里住呢？他说：'你是四川人，近康是你从四川带来的，你们都是外人。'明白了吧，你大爷想要咱家的房子，让咱娘俩搬出去，他好翻盖新房，给张近伟娶媳妇。"

"我爹没死，我去把他找回来。"

"他的魂都回来了，怎么没死？"

"这都是我大爷捣的鬼，他跟神妈妈串通好了骗咱们。"

"不会的，你大爷不知道你爹要去四川杀人啊。"

"他没准儿知道。"

"他跟你爹不说话，怎么可能知道。你爹已经死了，这是事实。"

"好吧。"

"你爹是个好人，他对你没的说，跟对亲儿子一样。"

"你们怎么不再生一个？"

"你爹生不了，他做过结扎。当年村里搞计划生育，你大爷生了俩闺女，必须去做结扎，但他还想生个儿子。你爹犯了傻劲儿，竟然替你大爷做了结扎。那时他认定自己会打一辈子光棍，做个结扎也无所谓。"

"他为什么要去杀人？"

"有一天，你爹突然问你长得是不是像那个人，我随口说有点儿像。他好像受了打击，每天磨钢铲，问他想干什么，他说要去四川杀人，我说杀人得偿命，他说：'这人必须杀，第一是替你报仇，第二替我报仇，他让我戴了十八年绿帽子，不

98

共戴天,第三断了孩子的念想,省得他去找亲爹。'他人很老实,第一次说出这种狠话,我没太当真,结果他却偷着跑了。"

"嗯,那时你还骗我,说他去东北贩皮了,你怎么不去找他?"

"你爹也没个手机,我联系不上他。我就想,他这人天生懦弱,根本不可能杀人,出去转一圈,冷静一下,就会回家了,没想到是这么个结果。神妈妈说得对,他死了,下井挖矿,一块大石头正好落到脑袋上。"

"一个皮匠怎么会去挖矿?"

"挖矿不难,我那村里有好多人去挖矿,好多人死在矿井里。"

"娘,你不想回家看看?咱们一块儿去四川吧!"

"我不想回去,这里挺好,咱们马上盖新房,给你娶媳妇。"

"现在住的老房子呢?"

"还给你大爷。"

○ 五 ○

我在村里当皮匠,每年能挣三万块。臭富挣得少点儿,差不多两万五吧。我向他借钱,他问借多少,我说借五万。我估计他有五万块,不会全部借给我,打个折,两万也行。臭富问我借钱干什么用,我犹豫了一下,脑子里闪过两个用途,一个是去四川找我爹,另一个是盖新房。他看出我的犹豫,放下筷子,抄起啤酒瓶,把桌上的两只酒杯倒满,这是在镇上的小饭馆里。

"盖新房。"我仰脖喝下一杯啤酒,对臭富说出下一步的计划。

"好，你盖新房，我支持你，就借给你五万。如果你要去四川，我只能借给你一万。"臭富慷慨地唠叨着这两个数字，好像一个真正的有钱人。

"为什么我盖房子你就借给我五万，去找我爹你就借给我一万？"

"嘿嘿，你盖了房子，就不会走了，一辈子离不开这地方，两三年就把钱还我了。而你去找你爹，没准儿就永远回不来了，看在咱俩从小在一块儿的份儿上，我借你一万还少？"

没想到，臭富会说出这么一番话，让我刮目相看，五万块，几乎是他全部的积蓄。他的钱都自己存着，不像我，要全部交给娘，如果我像他这么有钱，肯定早就去四川找我爹了。有了臭富的五万，加上我的六万，再加上爹娘的十多万，盖一栋新房不是难事。新房的地皮在村子的最西边，是爹早年买下的，计划将来给我盖房子娶媳妇。

为向臭富表示感谢，我多喝了几杯。这顿酒是我请客，钱是娘刚给我的。今天早上，我跟娘又去了趟坟地，把爹的一套衣服埋进那个坑里，立起一座新坟。坟头堆得比较小气，比旁边的坟小很多，我也没办法，没有那么多土。我和娘跪在坟前烧纸，我脑子想的竟然是跟爹无关的事。我想，坑挖好后，土扔在坑边，棺材放进去，填土，棺材占据坑内的空间，土就有富裕，多出来的土堆成坟头。从逻辑上讲，坟头的体积与棺材大致相当，爹的坟头小，是因为装衣服的木箱子不大。那是我家的老箱子，据说有几十年的历史，一直装衣服，最后竟然做了爹的棺材。

把爹草草埋葬后，我对娘说要休息一天，跟臭富去镇上理发，再买身衣服。娘痛快地答应，还掏出二百块钱，让我花。我叫上臭富，骑摩托车来到镇上，他问我去干什么，我说喝酒。

镇子号称"天下裘都"，这几年发展迅速，建起大片楼群，有点儿城市的意思。经我这样的皮匠加工过的皮子被皮贩子收购，运到这里，再销往世界各地。小镇有个火车站，站前广场比村里的打谷场还宽敞，广场中间筑一座高台，台上置一口大鼎，鼎下有几张台球桌。

喝完酒后，我和臭富捅了两杆台球，我都输了，三局两胜，别看臭富铲皮不行，打台球倒挺厉害。我买了两包烟，给臭富一包，自己留一包，俩人坐在大鼎下面抽烟，打算抽完烟就去理发。突然，不远处传来火车的汽笛声，我们仰头看天，仿佛这声音来自天上。

"臭富，你坐过火车吗？"

"没有。别说老子，你肯定也没坐过。"

我们这两个没坐过火车的人走向火车站。小站的候车室门口没人管，任人进出，里面只有两排椅子，一个检票员站在检票口，看我俩过来，招手示意。我们以为他有事，连忙跑过去，检票员伸手要票。

"我们没票。"臭富说。

"没票你们来这里干吗，捣乱是吧？"

"来看看火车。"

"看火车行，但你们想坐车的话，必须买票，售票口在外面。"

"这里有到四川的火车吗？"我问。

"没有，你要去四川的话，得去衡水坐车，咱这儿到衡水的车多的是。"

从检票口望出去，虽有树木和围墙遮挡，但刚好能看到一节车厢。又是一声汽笛响，在这里听得更清楚，仿佛是某种动物的嘶鸣。火车动了，接连不断的车厢从这小片视野中滑过去。

101

我和臭富坐在候车室的椅子上抽烟。这候车室太小了，像一间没有桌子的教室，四面都有窗户，风吹进来，吹得人很舒服。检票员把进站口的门关上，转身就消失了，不知去了哪里。

　　过了一会儿，远处传来汽笛声，又有一列火车将要进站。检票员再次出现在进站口，没人让他检票，他无聊地望着我们。我走到进站口，看火车滑进站台，有人下来，走向这边。检票员看看他们手里的车票，让他们走进来。他们会一直走，走出候车室，爬上一辆摩托车的后座，最后回到家里。

　　我一直站在那里，等来一列又一列火车，等来一批又一批人。臭富喊我，我不搭理，他只好一个人去理发，回来时穿着新衣服，像个要出远门的人。

　　小站小得就像我爹的坟，进站口也是出站口，有人进去，也有人出来。我等到天黑，也没见爹进去或者出来。

　　我们骑上摩托车，回到村里，约好明天一起去买砖和木料。

哭声

◦ 乐果 ◦

牛拴在胶泥台上,我去牵回家。铁橛子旁的砖头没有了,我环视四周,一无所获。铁橛子狠狠地扎在地里,仅露出一个头,我要徒手拔出来,肯定有些困难,试了试,果真不行。

有段时间,胶泥台上的砖头日益稀少,每次牵牛过去,我特意带上锤子。叮叮当当,我挥舞锤子砸下铁橛子,十分痛快。我不能把锤子像砖头那样随手丢掉,必须带着,装进书包。夏天的每个清晨,我把牛拴好,然后匆匆赶往学校。有次我把书包往课桌上一扔,锤子滑落地上。有人表示惊讶,对我望而生畏,以为这锤子是我的武器,会随时敲在某人的头上。为自己的声誉着想,我只好放弃锤子。

牵着牛,走出村子之前,我随手抓起一块砖头,一直拿到胶泥台上。别的牵牛人从来不带砖头,投机取巧地拿走我用过的砖头,那么,今天又是谁拿走了我的砖头?牛卧在一边,若无其事地嚼着什么。周围还有别的牛,黄的和黑的,都被一根铁橛子固定在这野地里。我总是把铁橛子砸得很深,以防牛脱缰而逃。拔铁橛子时,我需要砖头的辅助,左右砸两下,摇晃着拔出来,毕竟我只是个十三岁的孩子,没有多大力气。

我走到那头黑牛旁边,这是头公牛,脾气很差,爱顶人。

103

我站在它的攻击范围之外，没有看到砖头，去看那头黄牛，依然没有。我在胶泥台上走了一遍，结果一无所获——所有的砖头不翼而飞。

胶泥台的西边是一条沟，沟底的地没有浪费，种了棉花。我寄希望于棉花地边，那里有可能找到半块砖头。从胶泥台下到沟底，必须踏过长长的斜坡，荒草茂盛，没过我的腿肚子，这些草不能让牛吃，因为沾染了棉花地里的农药。这里没有牛，我也很少涉足。

那天我站在胶泥台的西边，脚下是墨绿色的棉花地，黄色或蓝色的砖头是我的目标。搜索中，我看见了鸡毛。最初，他只是草丛中一抹深蓝色的影子，初步判断是人，慢慢走近，终于看清，他侧身而卧，像在睡觉。他的筐立在旁边，里面装满砖头。我犹豫一下，不知该不该打扰他，我俩好久没说过话了，此时开口难免有点儿尴尬。迫于对砖头的渴望，我只能做出让步，我喊他："爷爷，爷爷。"（鸡毛是他的外号，不能贸然喊出，关于此外号的来历，我下文再表。）他不回答，连动一下的意思也没有。

我说："爷爷，你要这些砖头干什么？"他不回答。我说："这全是我的砖头。"他还是不回答。我找出一块看上去完整而结实的砖头，拎在手里，说："你接着睡吧。"

我回到牛的身旁，它正绕着铁橛子转悠，焦急地等我。我要把他牵到井边，让它喝上两桶水。

胡同里的水井斜对着鸡毛的家门。我把缰绳扔在地上，不用担心这头口渴的牛跑掉，它老实地探出头，盯着下到井中的水桶，等我把水从井底提上来。我的力气还不足提上满满的一桶水，每次提半桶。牛的饮水量很大，我至少要提三次，才能让它喝饱。我正弯腰提水，身后传来一个声音："墩子，看见我爹没有？"

马可尼找不到他爹，过来问我。他爹就是鸡毛，此刻正躺在沟里睡觉。（与鸡毛一样，马可尼是他的外号。关于此外号的来历，我还是下文再表。）我说："你爹正在沟里睡觉。"马可尼说："这个老家伙，神经病，在家睡觉不舒服吗？"

他拍拍牛的脖子："你的牛真肥。"

我不喜欢他拍我的牛，但又不好意思出言制止，按辈分论，我该叫他叔。

"马可尼，马可尼！"胡同那头有人喊。

是我娘，头上蒙着毛巾，手里拿着锄头，大声喘着气，看样子是一路跑过来的。

"马可尼啊，你爹躺在沟里，你快去看看吧！"

"没事，刚才墩子说，他在沟里睡觉呢！"马可尼在井边喊。

"他没睡觉，他喝药了！"

在我们这里，"喝药了"是可怕的话，药指毒药，所喝之人性命难保。

"啊？这老家伙会喝药？"

"还不快找辆车，拉他回来！"

马可尼呆立当场。我的牛喝饱了水，茫然地看着胡同的尽头。我有些困惑，难道刚才所见是喝药的鸡毛？他死了吗？当时我离一个死人那么近，太不可思议了。

"墩子，快走，我用一下你家的小拉车。"

马可尼家没有小拉车，经常来我家借，这次去拉他喝药的爹，也不例外。他拎着我的水桶，我牵着牛，风风火火地闯进我家。我爹正拍打晒干的兔皮，尘土飞扬。马可尼喊："哥啊，借你家的小拉车用一下！"爹立于烟尘之中，说："去拉什

105

么？"

"去拉我爹，他喝药了！"

爹把兔皮扔在地下，说："那还不快去！"

马可尼意识到自己的行动过于迟缓，没有表现出足够的焦急与紧张，于是所有动作加快频率，跑到小拉车前，弯腰抬起车辕子，向大门冲去。爹跟在后面，说："你快跑起来吧。"

牛的缰绳还在我手里，我快步走进牛圈，拴好缰绳。按照日常程序，我要筛些草料倒进牛槽，今天情况特殊，我急着追赶爹和马可尼，顾不上这些，我对牛说："回来再喂你。"

我跑到大街上，看见爹和马可尼已经跑到村西头。太阳还剩一点儿，他们模糊的影子摇摇晃晃。有人问："干什么去？"

"去拉我爹，他喝药了！"

马可尼悲壮的声音引来很多人加入队伍，大家围着小拉车奔跑，我追赶上去。

这支队伍冲上胶泥台，踏过草地，跳跃着躲避星罗棋布的牛粪。"哪里呢？哪里呢？"马可尼哭着问。我说："那边，那边。"爹问："你怎么知道？"我说："找砖头的时候看见的。"

队伍按照我指引的方向行进，马可尼开始大声哭泣："爹啊——"

大家闪开，让这个儿子走在最前面。

光线不够用了。鸡毛的身子一团漆黑，姿势没变，依然侧身而卧。马可尼扑过去，扳过鸡毛的身子，使之仰面朝天。爹问："还有气吗？"马可尼把耳朵贴在鸡毛的鼻子上。

"没气了，一股农药味儿。"

大家四处寻找，在黑漆漆的棉花地里找到一个玻璃瓶，挨个闻了闻，农药味挺大，表明这是一只新瓶子，里面的农药刚刚进了鸡毛的肚子。

"什么药?"有人问。

"乐果,今儿我还用过这种药。"

"乐果劲儿大,喝这一瓶,谁也受不了。"

自从种棉花的多了,喝乐果逐渐成为主流的自杀方式。最初,我在药瓶子上看见这俩字,还觉得挺好玩,感觉这药一喷到棉花上,棉花桃就会纷纷大笑起来。如今,乐果成为想死之人的饮料,我再也不觉得棉花桃会笑。

鸡毛被大家抬上胶泥台,放在小拉车上。我爹担任拉车之人,马可尼扑在车上,脑袋压住鸡毛的胸口,放声痛哭。没人管鸡毛的筐,我背起来,很沉。我把这筐砖头倒在一旁,今后砸铁橛子,不愁找不到工具了。看着这些砖头,我不明白,为什么鸡毛要把它们一一捡起,放进自己的筐里。

天彻底黑了,我背着鸡毛的筐,追赶上队伍,把筐放在鸡毛的身边。

○ 官厅 ○

牛卧在圈里,庞大的身体占据大部分空间,见我进来,连忙起立,算是打了招呼。牛圈分为两部分,东边是牛的卧室,西边是一屋子麦糠。我掀开西间的门帘,里面黑得要命,爹没有装电灯,反正他什么也不怕。离门口近的麦糠早让牛吃完了,我只能翻过横放在门口的破门板深入房间,摸着黑,把麦糠扒拉进大筛子。我有点儿害怕,太黑,好像有什么埋伏在旁边,每次做这件事我都要把心一横,好像冒着很大风险。

我端着麦糠,站在牛屁股后面,把筛子晃来晃去,尘土纷纷扬扬。我把麦糠倒进牛槽,然后习惯性地抓住牛脖子下那块皮，多么柔软。这头牛曾目睹鸡毛背着筐走上胶泥台，像采蘑菇那样，捡走了所有砖头。

鸡毛和我有过节，这一点，我必须讲明白。

鸡毛是我家的常客，他经常趿拉着布鞋，摇晃进我家的院子，随意坐在一条板凳上，和我爷爷聊天。我爷爷作为一名瘫痪多年的老人，极度渴望与人交流，与鸡毛聊天，成为他最为热衷的事情。

鸡毛来和我爷爷说话时，必要抽烟。我家有的是烟，那是我爹买给铲皮的人抽的。铲皮的人在南墙根下排成一排，弯腰苦干。他们干上一会儿，就要坐下来，围着一张小桌喝茶抽烟，茶是茉莉花，烟是官厅，都是东家提供。鸡毛进门，首先向铲皮的人打声招呼，弯腰在小方桌上摸一把，捏着一盒官厅，大大方方地迈步走向北房的檐下。我爷爷正在那里一边沐浴阳光，一边等待老伙计的到来。

这俩人虽相差十岁，但都已同属老年人的行列。鸡毛虽刚年过六十，却看上去比我爷爷还老。他是个大烟鬼，一抽起来，好像把自己点着了，浑身冒烟。这俩人是叔伯兄弟，关系亲密，有共同话题。关于鸡毛为什么叫鸡毛，爷爷自然心知肚明，当成笑话讲给我听——

"你看鸡毛这样，长得难看，脾气也坏，家里穷得连狗都养不起，自然娶不到媳妇，光棍打到三十多，实在熬不住，想要去死。那时候人一想死就去喝卤水，好像卤水不要钱似的。他也不是真想死，要是真想死，就该找个没人的地方，偷偷地喝，他偏偏在大队开会的地方喝。那么多人眼睁睁看着他干了一大碗，还以为他在喝水，最后他把碗一摔说：'我喝卤水啦。'大伙儿不能让他死，把他按倒在地。有个老人见多识广，吩咐人找来一根鸡毛，沾上鸡屎，伸进他嘴里搅和。在所有的屎中，鸡屎最臭，远超人屎，只有猫屎能与之相比，但猫屎不好找，鸡屎遍地都是。鸡毛抗不过鸡屎，开始吐，不但把卤水吐个干净，连早起喝的两碗粥也吐出来，吐到最后，苦胆汁喷一地。从那天起，大伙儿都叫他鸡屎。后来，大伙儿觉得鸡屎不好听，每次叫他，总觉得臭烘烘的，就改叫鸡毛了。"

爷爷的话带给我一个难以接受的信息：鸡毛沾上鸡屎是可以救人一命的。

鸡毛自杀未遂后，否极泰来，终于娶到媳妇，是一个邻县的傻女。傻女总爱无缘无故地笑，从不与人交谈，好在她能生养，给鸡毛生了个儿子，就是马可尼。

我认真听过鸡毛与我爷爷的谈话，大多是陈年旧事、家长里短。我多么希望他们聊一聊喝卤水的事啊。可惜，他们从来不提那件事，好像从来没有发生过。

我在鸡毛身边走来走去，口口声声叫着爷爷，关系可谓亲密，没想到，他竟然在一个下午跟我翻了脸。

那是一年前的事了，那天下雨，到下午才晴。下雨不用上学，因为学校很破，不但漏雨，还有可能被雨浇塌。我和胖岭无聊得厉害，就去地里玩，路过菜地，发现胡萝卜不错，想拔两根尝尝。怎奈萝卜缨子太过脆弱，揪住一拔总会扯断，我们连续拔了好几根，总算拔出两根。我们什么都爱吃，随身带着小刀。我们站在菜畦里，埋头削胡萝卜。这时，身背大筐的鸡毛不知从哪里冒出来，只听到一声断喝，吓得我差点儿削到手指头。

"好啊，你们偷胡萝卜吃，还拔断了这么多，是你们家的地吗？不是吧？啊，谁教给你们这么干的？啊，这叫偷！知道不，这叫偷！像你们这样，长大就是小偷！这胡萝卜长这么大容易吗？你们拔不出来，不会挖吗？你们看，浪费了多少？萝卜缨子到处都是！你们这俩小兔羔子……"

我们被鸡毛义正词严的训斥压得抬不起头。他好像根本不认识我，唾沫星子喷洒下来，犹如天空飘起毛毛雨。这段训斥无比漫长，鸡毛把我们当成真正的小偷，十恶不赦，死有余辜。好不容易，他把该骂的全部骂完，转身走向大路。我和胖岭一屁股坐在泥地里，转头一看，胖岭脸上挂满泪水。

我指着那个背影说："鸡毛，我日你妈。"

第二天，鸡毛出现在我家的院子里，坐下来，照例把自己点燃，喋喋不休。他看见我，于是提起昨天的事，爷爷听了，挥舞起拐棍，让我过去。我不是傻子，知道一过去就要挨打。爷爷的拐棍很硬，他出手也快，难躲难防。我站在圈外，说："爷爷，不就是一根胡萝卜嘛。"

"偷胡萝卜也是偷，你过来，我不打你。"

爷爷和颜悦色地看着我，鸡毛抽着烟，笑眯眯地装出事不关己的样子。我走过去，以为爷爷会摸摸我的脑袋，慈祥地说："孩子，下次别偷胡萝卜了。"没想到，他老人家的拐棍横扫过来，电光石火一般，直奔我的腿肚子。我连忙来了个旱地拔葱，可已无济于事，拐棍正打在脚脖子上。我负伤落地，连爬带滚，远离了爷爷，幸好他是个瘫子，不会追将上来。我忍着疼，一瘸一拐地走到爹娘干活儿的地方。

"爷爷打我了。"

"没打坏吧？"娘问。

"没有，只是挺疼的。"

"你揉一会儿就不疼了。"

我坐在地上揉了好大一会儿，鸡毛笑呵呵地飘然而去。爷爷看见爹，说："墩子偷人家胡萝卜，都成小偷了，你该打他。"

"不就是一根胡萝卜嘛，不值当打孩子。"

110

"你过来下。"

我本想提醒爹不要过去,话未出口,爹已大摇大摆地凑到爷爷近前。果不出所料,爷爷使出那招"秋风落叶扫",拐棍结结实实地打在爹的腿肚子上,爹疼得哇哇大叫。

我无法原谅鸡毛,决定浪费一盒官厅烟,让鸡毛尝尝久违的味道。那些铲皮的整日没命地抽这种烟,看我站在一旁,抱怨说:"别人家都给抽迎宾了,你爹怎么还给我们抽官厅?"我知道,官厅烟不带过滤嘴,抽起来很冲,而迎宾烟带过滤嘴,看上去高档很多。对他们的话,我一概不理,等他们喝饱抽足,又撅着屁股铲起皮来,我偷偷把一盒官厅揣进兜里。我动作远不如鸡毛熟练潇洒。

院子里有鸡,自然也有鸡屎。阳光灿烂的日子,鸡屎落到地上,很快晒干,我拿木棍夹起鸡屎,放进破碗,两块,该够用了吧。下面的步骤很简单:将鸡屎捣碎,烟卷中的烟丝掏出一半,烟丝与鸡屎混合装进烟卷中。我敢保证,这种官厅烟,谁也没抽过。

鸡毛再次登门之时,我极为热情,主动把官厅递给他。他有点儿意外,认真地看我一眼,我的样子十分恭敬。鸡毛肯定认为,我在为胡萝卜事件表示忏悔。他接过那盒官厅,摸了摸我的脑袋。他的手从我眼前掠过,黑如焦炭,仿佛常年不洗,我不停地摸着头发,总觉得很脏,只好去洗头。

等我洗完头,鸡毛的第一根烟即将抽完。他举起黑色的手,冲我摆了摆,我过去,听他说:"墩子,你爹不地道啊,怎么买假烟让人家铲皮的抽呢?"我说:"假烟?"他把烟头扔掉,又点上一根,递过来,说:"你抽抽看,这味儿,臭得要死,还不是假烟?"我哈哈大笑,说:"这是真烟,我在里面加了点儿东西。"

111

"你加了什么？"

"鸡屎。"

鸡毛听罢，一声惨叫，把手里的烟扔出老远。"你个小兔崽子！"他骂着跳起来，急速向大门口走去，边走边吐。突然，我的后背挨了重重一击，爷爷的拐杖砸了过来，我急忙跑到爷爷的攻击范围之外，忍着疼，继续哈哈大笑。

时隔多年，鸡毛再次尝到了鸡屎的味道，按理说，他对那味道刻骨铭心，怎会品尝不出？我把剩下的烟放回小桌，让铲皮的人抽吧，谁让他们老取笑我的名字。他们每看见我，总是喊一声："墩儿——"

晚上，爷爷把这件事告诉了我爹，爹也哈哈大笑起来。爷爷生气地说："你不揍他？"爹说："他干得好啊，这回鸡毛就再也不来白抽烟了。"最善良的是我娘，非拖着我去给鸡毛赔不是。她端着一大碗鸡蛋，要送给鸡毛，以往我打破了别人的脑袋，娘也会这么做。在我们这里，鸡蛋是最好的礼物。

鸡毛家里灯光昏暗。在这晚饭时间，他还在炕上躺着，他的傻媳妇独自坐在饭桌前，边吃边笑，搞得我也想笑。娘说："叔啊，小孩子不懂事，你别生气！"鸡毛突然号啕大哭，吓得我差点儿逃跑，娘也被吓到，不由得后退几步。鸡毛的傻媳妇又笑了几声，但这笑声不堪一击，很快被鸡毛的哭声覆盖。娘说："叔啊，别哭了，快吃饭吧。"她把鸡蛋放到饭桌上，拉着我匆忙离开。

与爹说的一样，鸡毛再也不来我家，爷爷非常难过，好几次让我去请鸡毛。我走出门，在大街上转一圈，回来告诉他，鸡毛很忙，没空过来。爷爷失望得老泪纵横，骂我是个杂种，我很生气，躲得远远的，盼他快点儿死掉。不光我，爹、娘以及姐姐都盼他死。就这样盼着，盼着，爷爷果然于某夜悄悄驾鹤西去。院子里搭起灵棚，我们跪成一排，看上去都很难过。鸡毛跑来，在我爷爷的尸体前摸爬滚打，号啕大哭。

这哥俩的感情还挺深。

○ 匣子 ○

胡同和放草料的屋子一样黑，突然亮了一下，像有人在天上划了根火柴。这稀薄的光亮来自鸡毛家的院子，一盏电灯挂上枣树，招来众多蚊虫。马可尼的哭泣依然卖力，声音略带疲惫。鸡毛躺在堂屋中央，那张老八仙桌移走，放两条板凳，上面覆一扇门板，鸡毛就躺在门板之上，他脸上盖着一张草纸。我身倚门框，凝视死的鸡毛，也不来阵风，吹动那张草纸，让我再看一眼鸡毛的脸。

院子成了工地，我爹带领大伙儿搭灵棚。他们挖了四个洞，竖起四根柱子，踩梯子上去，绑几根横梁，铺一领苇箔，灵棚搭就。八仙桌放在灵棚下，需要在上面摆张遗像，却找不到照片，鸡毛这辈子没照过相，说是怕魂儿被相机摄走。大伙儿只好遗憾地说："写张纸条吧。"爹喊我，让我去拿笔墨纸砚。爷爷活着的时候，吃饱了没事干，就教我写大字。在这胡同里，也只有我拥有写大字的工具。

我飞速跑回家，取来纸笔，铺在灵棚下的八仙桌上，提笔在手，拉开架势，问爹写什么。爹说："就写'先考张公世富享年六十五岁'吧。"我刚要落笔，旁边有人打断："先等等，鸡毛到底多少岁，真的六十五吗？"这一问，爹犹豫起来："他比我爹小十岁，我爹七十五，他就是六十五了。"那人说："还是问问马可尼吧。"有人在院子里喊："喂，马可尼，别哭了，问你个事儿，你爹多少岁？"马可尼止住悲声，沉思半晌，说：

"我也不知道啊。"

爹说:"好了,就写六十五吧,不会错。"旁边人说:"死人得加一岁,你加了吗?"爹说:"这我能忘?当然加了!"

众目睽睽之下,我紧张地写下这几个大字:先考张公世富享年六十五岁。鸡毛的原名叫张世富,我第一次听说。旁边的人说:"写得还不赖,够工整。"我扬扬得意,又写下四个字:永垂不朽。他们问这什么意思,我说:"死人都用到这四个字。"他们说:"好。"

这时有人想起来,还没有烧纸。马可尼被拖到院子里,烧纸的队伍已经组建起来,需要马可尼当领头人。"爹啊——"马可尼哭喊着,弯腰前行,后面的人默默地走,我也身在其中。我们走出院子,穿过胡同,走上大街,一直走到村西头,跪下来,烧一叠草纸,再返回来。马可尼以一人之力把哭声送进家家户户。胡同口汇聚起全村的人,大家兴致勃勃地走进鸡毛家的院子,绕过灵棚,看一眼脸上盖着草纸的鸡毛。马可尼分开人群,扑倒在鸡毛的尸体旁,继续痛哭流涕。

一只大手抓住我的胳膊,把我拎出院子,爹要带我回家吃饭。饭桌上,我将鸡毛捡砖头的事说了,娘问我:"害怕吗?"我认真想想,确实有点儿害怕,但我早已学会撒谎,大义凛然地告诉他们:"我一点儿都不怕。"接下来的话题是鸡毛为什么喝农药。娘说是因为他抽了藏着鸡屎的烟。爹说:"那件事都过去很长时间了,他要想死,早就去死了。"最后大家的意见达成一致——完全因为马可尼。

马可尼是个小偷,这身份在我们村独树一帜。像我爹那些人,与其叫他们种地的,不如叫他们皮匠。老祖宗传下来的手艺,让他们不由自主、千篇一律地干着熟制皮毛的营生,毋庸置疑,将来我也会是皮匠。在一个满是皮匠的村子里,马可尼显得极不合群。他二十岁的时候，随波逐流地学习铲皮。就他本人来讲，是不乐意学的，却经不住鸡毛的坚持。如他一般年纪的人，早就挥着钢铲，整日弯腰铲皮了。鸡毛请我爹收马可尼为徒，期望名师出个高徒。结果，马可尼学了两天即甩手不干，嫌太累，腰疼得厉害，气得我爹真想一钢铲把他脑袋削下来。

学皮匠不成，鸡毛又送马可尼去学木匠。本村全是皮匠，学木匠得去外村。学了几天后，鸡毛告诉我们，木匠师傅对马可尼十分满意，目前，马可尼已经会钉钉子了。我爹煞是欣慰，祝愿马可尼成为一名出色的木匠。几天后，马可尼带着他的刨子和锤子回到家中，再也没有回去。鸡毛对此的解释是，木匠师傅脾气太大，老打马可尼。没人相信他的话，事实真相早已传播开来，马可尼偷了木匠师傅的钱。多少钱？一口棺材的钱。买棺材的人刚把钱送来，木匠师傅转身的工夫，钱不翼而飞。晚上，木匠师傅一把掀开马可尼的被窝，不出所料地看见马可尼正与钱同眠。

后来，马可尼又去造纸厂当切纸工，嫌车间噪声太大，吵得头疼，辞职不干。他转而进入冰糕厂，那里没有噪声，还充满甜蜜的气味，是我梦寐以求的地方。马可尼禁不住诱惑，拿冰棍当饭吃，吃坏了胃，大病一场。鸡毛终于像我爹那样，对马可尼彻底绝望。

马可尼并非一无是处，他的兴趣在于那些电子产品，或者说，只要是通电的东西，马可尼都喜欢。在我们所拥有的电子产品中，马可尼对收音机情有独钟。我们管收音机叫匣子，与手电筒相比，匣子是多么神奇的机器，拆开后盖，密布的机关让人眼花缭乱。关键是匣子能收集空中那看不见的电波，发出声音，唱歌、唱戏、说相声、说评书，让人无比快乐。我们村每家都有一台匣子，干活儿时，匣子放在一边，让整个劳作的

115

过程充满乐趣。我是个匣子迷，评书节目是我的最爱。马可尼是村里最大的匣子迷，他喜欢的节目与其年龄极不相符，他不喜歌曲，不喜评书，唯爱戏曲，河北梆子、河南坠子、安徽黄梅戏，他百听不厌。单从这点上来讲，他还不足以成为匣子迷之首。让他执匣子迷之牛耳的关键在于，他能修匣子。

闲来无事，马可尼去赶集，在集上买张大饼，卷上熏肉，边吃边看人家修匣子。看了几次，修匣子的丢了电烙铁，马可尼转身欲跑，被人家一把抓住，从他怀里找到电烙铁，然后把他打得猪狗不如。马可尼痛定思痛，拿了鸡毛一百块钱，置办齐一套工具，挨家问要不要修匣子，人家都说不修。没人愿意把自家的匣子交给马可尼，哪怕是坏的。只有我这种没人搭理的小孩子，才会找到他，把一台坏了多年的、连集上的师傅都修不好的破匣子放到他面前。在我家，这个破匣子被看作舍不得丢掉的垃圾。马可尼十分兴奋地说："这个算开张，白给你修，不收钱。"我说："你真能修好？"他说："没问题。"

两天后，马可尼登门拜访，把那个破匣子放到我家的八仙桌上，让我拿电池来。我拧开手电筒，把电池倒出来给他。他信心满满地为匣子装上电池，拧动转扭。刺啦一声，接着一个旦角的声音冒出来，是河北梆子。马可尼换台，唱歌的，是《鲁冰花》。我喜出望外，也伸手换台，是袁阔成的评书《三国演义》。马可尼说："怎么样，我的手艺不比集上的师傅差吧？"我说："你比那些修匣子的强多了。"马可尼坐下来，喝了两碗茉莉花茶，对我讲了一通无线电知识。我听得一头雾水，注意力全在袁阔成那里。

爹娘回来后，看到修好的匣子，不相信这是马可尼所为。我信誓旦旦地保证，这就是马可尼修好的！他们还是不信。这时，鸡毛找上门来，问："匣子修好了吧？"爹娘这才相信我的话。鸡毛说："为修这个匣子，花了两块钱买配件。"我爹掏出两块钱，交给鸡毛，他把钱揣进兜里，又抽了两根烟才走。片刻之后，随着一阵狗叫，马可尼推门进来，把两块钱放在八仙桌上，说："我爹不是人，背着我来要钱，我说过，这次是开张，完全免费。"说完，他大义凛然地走出门去。

大门口响起了鸡毛的痛骂："你妈的不过了？"马可尼的声音更大："我都说免费修了！"

"你买配件不花钱？"

"借你的钱我早晚还你！"

我们走到门口，爹拿着两块钱，塞到鸡毛手里，并警告马可尼，不可再出言不敬。马可尼扑上来，一把抢过那两块钱，塞回我爹的手里。鸡毛猛然跃起，一个饿虎扑食，掐住马可尼的脖子。马可尼毫不示弱，反手掐住鸡毛的脖子。我爹双臂使力，企图分开二人，但他们不为所动。胡同里，人越来越多，几个长辈大声呵斥，让马可尼松手，马可尼不松手。鸡毛的脸转为紫色，急中生智，抬脚猛踢马可尼的小腿。马可尼痛不欲生，眼看败下阵来，连忙变招，一记漂亮的耳光甩在鸡毛的脸上。这个耳光让鸡毛全线崩溃，他一屁股坐在地上，哭天抢地，向围观的人宣告："儿子打老子，这日子真他娘的没法过了！"

马可尼分开众人，大踏步走向自家门口。一个长辈大喊："快给你爹赔个不是。"马可尼头也没回，坚定地喊："赔个屁！"

马可尼一战成名。村里人都已知道，他修匣子的手艺不错。至于他打老子的事，大家都觉得没必要大惊小怪，这不是他们爷俩首次开战。我也觉得，马可尼那个耳光打得好，鸡毛是个老财迷，早该有人教训他一下。

不断有人将匣子送到鸡毛家，请马可尼修一修。马可尼来

117

者不拒,修起匣子来殚精竭虑、废寝忘食。再没有人享受他的免费服务,即使是他的叔叔大爷。我们都承认这一事实,在修匣子这件事上,马可尼天纵奇才,令人刮目相看。随着业务的持续开展,马可尼的名声越来越响,外村人也会慕名而来。有一天,马可尼拎着一块木板找到我,让我在上面写几个大字。

"写什么?"

"就写……'马可尼电器维修部'吧。"

这时马可尼还不叫马可尼,我也不知道马可尼这个古怪的名字到底是个什么东西。他说:"马可尼是一个意大利人,发明了无线电,从此以后,我就叫马可尼,来,你快叫,叫我马可尼。"我说:"马可尼。"他兴高采烈地答应一声。

"你是怎么知道马可尼的?"

"看书,别以为我不读书,县城新华书店里关于无线电的书都被我读完了。"

"你都买来读的?"

"不是,带着干粮去,坐在那里,一读就是一天。"

"你能读懂?"

"大部分能懂,不懂的地方,回来拆开匣子看看,就懂了。"

我不由得对马可尼刮目相看,这个本来叫张正良的家伙,正迎来脱胎换骨的伟大时刻。我满怀激情地在木板上写下"马可尼电器维修部"几个大字。这木板形状规整,表面光滑,出自马可尼之手,他毕竟学过几天木匠。

牌子挂出来后,马可尼放了几挂鞭炮,把全村扰动得焦躁不安。鸡毛很高兴,跑来向我爷爷炫耀,说他家出了个手艺人。他说:"手艺人好啊,老话说,荒年饿不死手艺人。"我爷爷表示赞同和祝贺。

正说着,鸡毛突然看见马可尼出现在房顶上。坐在我家的院子里，向南望，刚好能看见他家的房顶。只见马可尼把一个大喇叭放在房顶上，然后就下去了，不一会儿，那里传来一声刺耳的啸叫，接着是放大了无数倍的马可尼的声音。

"喂，喂，喂，大家注意啦，大家注意啦，今天，马可尼电器维修部正式成立了，而我张正良，也正式改名马可尼，今后请大家叫我马可尼！"

鸡毛骂一声，把抽剩半截的官厅烟摔在地上，飞身跳到当院，直往大门口奔去。我问爷爷："鸡毛怎么急了？"爷爷说："他儿子把姓都改了，他能不急吗？"我知道有好戏看，忙飞快地追赶鸡毛。

马可尼的大喇叭还在响。村长之外的声音出现在大喇叭里，让我们非常意外，而且，这个大喇叭不属于村支部，属于一个叫马可尼的村民。更难能可贵的是，这个大喇叭的声音更大、更清晰——村长的大喇叭有好多杂音，好像塞着一团乱麻，听得人心里难受。

突然，鸡毛的声音从大喇叭里传出来："谁让你改名字的？"声音不大（距离话筒较远之故），气势却很凶猛，我能想象到，鸡毛一脚门里一脚门外，对着马可尼嘶吼。

"马可尼是我的艺名，跟张正良没关系。"

"艺名？什么是他娘的艺名？"

"你平常不听匣子吗？好多人都有艺名。"

"你能跟匣子里的人比？你算什么东西？反正你不能叫马可尼，要叫就叫张可尼！"

"我不叫张可尼，我就叫马可尼！马可尼是伟大的发明家，意大利人，我偶像，你懂不懂？"

"你认一个意大利人当偶像，后退些年，你就是反革命，虽说时代变了，但我还是要代表人民打倒你小子！"

鸡毛随手抄起一根烧火棍，向前一步，棍子直击马可尼的后脑。马可尼忙低头躲闪，鸡毛一棍走空，正打在话筒上。

一百个大雷在大喇叭里同时炸响。

◦ 失魂 ◦

吃罢晚饭，爹走出门，去给鸡毛穿衣裳。鸡毛作为一个死人，不能自己把寿衣穿在身上，需要别人的帮助。死之前，他没为自己准备寿衣，死之后，自然没得穿。在我们吃饭的时候，有人从镇上买回一套寿衣，不知是否合体。除了寿衣，他们还买回很多白布。娘刷完锅，也去了鸡毛家，要把白布做成孝衣、孝帽子和孝带子。

我和姐姐看电视，她一再问我，在道沟里看见鸡毛后，有没有摸他。我笑着说："摸了。"她急忙与我拉开距离。我说："你自己看电视吧，我出去玩。"她说："你别走，我害怕。"我说："姐姐，你要勇敢一点儿。"

马可尼的哭声还在胡同里飘荡，不知他有没有吃过晚饭。进入鸡毛家的院子，我看见马可尼的娘坐在灵棚下，不时发出一声冷笑。堂屋的门关着，马可尼的哭声传出来，尽管汹涌澎湃，却压不住他娘尖锐的笑声。

我从门缝窥视，爹与另外几个人在摆弄鸡毛的尸体。他们脱去鸡毛的旧衣服，让他全身赤裸。他身上没肉，一根根骨头像飘在水面的树枝。不敢看他的脸，却不得不看，他脸色很黑，眼窝和两颊塌陷，嘴巴张着，像要说点儿什么。他们先给他穿上厚厚的棉衣，大热的天——当然他作为一个死人，也无所谓了。他们把新买的寿衣套在棉衣之外，寿衣肥得如同戏服。还有一顶帽子，扣到他的头上。帽子和寿衣本是一套，相比之下，帽子的尺码是最合适的,仿佛为他专门订制。活着的时候,他也喜欢戴帽子,那是顶深蓝色的帽子,帽檐上积满灰土。

他们让鸡毛的身体侧卧,好把他背后的衣服扯平。鸡毛坍塌的眼眶直盯着我,与此同时,马可尼的娘的笑声从背后杀到。我的脑袋像拴牛的铁橛子,被狠狠砸了一砖头,眼前的一切黑下去,犹如停电那一刻的电视画面。

不知过了多久,我突然听见有人在哭。沉闷的背景声更大,是哀乐,像裹在狂风里的闷雷。一道白光撬开我的眼皮,我看见模糊的窗户,亮得让人受不了。明明是黑夜,怎么到了白天?而白天怎么会那么亮,像村里会焊铁的那个人,正蹲在窗户上玩气焊枪。

一只手拍我的脸。一个声音喊我的名字,让我醒醒。两根手指扒开我的眼皮,让我看见一张脸,太模糊,看不清是谁,又很熟悉,仿佛是我娘。我突然可以通过声音分辨谁是谁,喊我名字的是娘。我又闻到了兔皮的气味,这气味来自拍在我脸上的手,那是我爹。姐姐的声音有点儿幸灾乐祸:"打开匣子,放一段评书,他肯定能醒。"然后她就这么干了,在我耳边,咔嗒一声,匣子窸窸窣窣不停地换台,终于捕获一个说书的声音,是单田芳,他在讲白眉大侠徐良的故事。

他们说:"醒了,醒了!"他们的脑袋漂浮在上面,除了爹、娘和姐姐,还有几个邻居。

我说:"怎么回事?"

娘说:"你昏倒了。"

爹说:"起来吧,睡了那么久。"

姐姐说:"你饿吗?我给你下面条。"

经姐姐提醒,我的肚子响了两声。我翻身下炕,他们看我和往常一样,都笑起来。在围观中,我努力像平常那样行走。

121

我站在堂屋，看着院子里白亮的日光发愣。院子里除了日光，还有哀乐，那声音铺天盖地，像一场永不停歇的大雨。邻居们见我无恙，纷纷散去。姐姐端来面，我抄起筷子，在我吃面的时候，娘说了事情的经过——

昨晚，给鸡毛穿衣服的人打开门，看见趴在门口的我。爹拍我，让我起来。我没动，他只好抱起我，放到家里的炕上。他们一致认为，我是被吓晕的，小孩不该看死人穿衣服。娘听从老人的建议，去为我叫魂，娘认为我的魂丢在鸡毛的家里，正在鸡毛的掌控之中。供桌是现成的，娘给鸡毛上供、烧香、磕头，这做法并不是叫魂的路数，老人们不理解。娘心里清楚，以我和鸡毛的积怨，他收走我的魂，是理所当然的事。不管怎样，鸡毛总算网开一面，把我的魂放了回来，为表谢意，娘决定，我要去给鸡毛行祭。

行祭我见过，那是一套复杂而漫长的跪拜动作，我做不来。更要命的是，行祭是葬礼上最有表演意味的仪式，大家喜闻乐见。行祭的时候，众人围观，无数双眼睛盯着你，只盼你动作出错，迫不及待地发出嘲讽的笑声。

我说："打死我也不行祭。"

爹一掌拍在我的后背上，这皮匠天生神力，尽管已是小心翼翼悠着劲儿，仍差点儿把我打吐血。娘并未出言呵斥，她大概希望爹这一掌打出效果。刚吃下的面条蹿到嗓子眼儿，我伸长脖子，干呕两声，好险没吐一桌子。

我眼含热泪，说："行祭我不会啊！"

爹说："我教你，很简单，比你做的广播体操还简单。"

堂屋中靠着北墙的八仙桌被我们当成供桌，我们对着它跪拜起来，爹在左，我在右。他先作一个揖，哈腰向前走四步，跪下，跪得很慢，先左腿，后右腿，双手撑地，磕头，同样很慢,他又慢慢站起,重复四次磕头的过程,再作一个揖,后退三步,重复五次磕头的动作,最后作一个揖。爹说:"简单吧,三拜九叩,一点儿都不难,你来一遍。"我也觉得很简单,轻轻松松来了一遍。

"你做得太快,要慢点儿,不能笑,千万不能笑。"爹说。

我像做广播体操那样,一遍遍练习行祭。爹娘和姐姐都走出门去,在充满阳光和哀乐的院子里干活儿。外面那么亮,屋里显得黑,我突然瞥见角落里的小板凳。以前鸡毛来我家,专坐此板凳,他坐得多了,我们就不爱坐,嫌脏,又舍不得扔。我的头转来转去,目光再次滑过小板凳,仿佛看见鸡毛坐在那里,他手里还夹着烟。

我往外跑,下台阶时一脚踩空,滚了一身土。爹娘和姐姐都站在熟制兔皮的大缸前,把一张张兔皮捞起来,叠一下,再放回去。这活儿太过无聊,我的摔倒让他们面露微笑。我爬起来,走到大缸前,趴下来看缸下面的炉子。四个缸一组,用砖砌在一起,中间放一尊小炉子,用于加温。我问爹是否还需要生火,他说晚上需要。

"那就把小板凳烧了吧。"我说。

"有的是木炭,烧什么板凳?"

"就是那个鸡毛常坐的板凳,刚才我看见他又坐在那上头。"

这句话引起娘的重视,她甩着湿漉漉的手走进屋里,拎着小板凳出来,找到一把斧子,一下一下地劈下去。

晚饭前,爹要离开熟皮的大缸,去给鸡毛烧一趟纸,他征求娘的意见,要不要让我同去。娘说:"必须去啊,现在正是墩子需要向鸡毛表示诚意的时候。"我和爹,一大一小两个人,混杂在烧纸的队伍里,从鸡毛家的院子出发,缓缓向村外走去。

突然，我发现这队伍非比寻常——走在马可尼前面的人，左手拿着草纸，右手拎着一台硕大的录音机。哀乐滚滚，再加上马可尼嘶哑的哭声，营造出庄重而哀伤的氛围，我们更像一支烧纸的队伍了。

烧纸时用录音机伴奏，是马可尼的创意。在大喇叭里播放哀乐，也是他的创意。他为今后的葬礼提供了范本。因为哀乐的加入，鸡毛的葬礼变得充实而生动。

夜晚像个死鬼，趴在我家的院子里。因为吃了面条，我还不觉得饿，装模作样地坐在饭桌前。每到吃饭时，娘总要说点什么。娘希望在她说那些乱七八糟的事情时，爹能随口附和几声，如果能达到说相声的效果，一逗一捧，就再好不过了。可惜爹不爱说，只管闷头吃饭，他的表现总让娘生气。但娘今天的话题引起他莫大的兴趣，娘刚说了个开场白，他就迫不及待地接过话头，滔滔不绝地说下去。

娘说："鸡毛这人，自己家孩子管不好，还偏爱管别人家的孩子。"

爹说："对，十年前，墩子刚三岁，有天鸡毛跑来说，应该把墩子拴起来。他指着咱家院子里的枣树说，就把他拴这里吧。我知道他为什么说这样的话。墩子见谁都叫本名，从来不喊他们爷爷奶奶叔叔大爷什么的。人家都没外号，墩子喊了本名，也不介意，骂一声调皮鬼就没事了。鸡毛是个例外，墩子放着爷爷不叫，却叫他鸡毛，把他气够呛。他让我把墩子拴起来，我没答应，我说，要拴也应该先把你家正良拴起来，谁都知道张正良爱偷东西，只要是你家院子里的东西，没有他不偷的，那时他还不敢偷屋子里的东西，等长大后才敢偷。"

姐姐听得哈哈大笑，问我还记不记得，我摇头，根本不记得。十年前，我真的是一个对谁都直呼其名的小孩吗？现在我

124

最怕和他们打照面，每次都要恭敬地喊一声爷爷奶奶叔叔大爷什么的，他们都说我懂事，但太于腼腆。

娘说："那时墩子太调皮，三岁小孩，有什么关系，但鸡毛却说，三岁看老，这孩子一辈子算是完蛋了。他还出主意，让我再生一个。"

因为鸡毛刚刚自作主张地死去，娘回忆起那段不快的往事，已无太多怨恨，大度地与鸡毛冰释前嫌。她端着饭碗，眼光穿过院子，盯着鸡毛家屋顶上的喇叭。

◦ 行祭 ◦

夜晚的静放大了哀乐声，而哀乐声又让这种静沉淀下来，夜空澄明，星星就像焦黄的米粒。

爹娘去给鸡毛守灵，姐姐刷碗，我去喂牛。这种完美的分工，姐姐并不喜欢，她叫住我，让我站在她旁边，看她刷碗。她说："你先看我刷碗，然后我再看你喂牛。"我说："姐姐，你是不是害怕？"她犹豫不决地承认了。她一承认，那种害怕变本加厉，她不安地环顾四周，甚至昂头看看屋顶。她说："鸡毛讲过一个故事，他年轻时为大队看仓库，半夜醒了，听见有人哭，哭声来自上面，他借着月光，看见房梁上吊着一个人，那人张着嘴，舌头吐出老长。"

我问："后来呢？"

"没有后来，鸡毛只讲到这里。"

"房梁上吊着的人，是男的女的？"

"鸡毛没说，后来我问爷爷，咱爷爷说，大队仓库以前是地主家的房子，地主老婆要上吊，找了根麻绳，拴在房梁上，吊了整整两天，才被人发现。"

"地主家的其他人呢?"

"咱爷爷没说,估计都死光了吧。"

"鸡毛看到的那个吊在房梁上的人……就是地主婆?"

"可能是吧。听他讲了这个故事,我害怕了好多天。他来咱家,坐在堂屋里,见了我,总是往上一指说,妮儿,看房梁。我抬头看一眼,什么都没有,还是被吓到。后来,他抽了你的鸡屎烟,再不来咱家,我慢慢忘了那个故事。他一死,那个故事又回来了,就好像他给我重讲了一遍。"

我站在饭桌旁,看姐姐刷碗,没想到鸡毛给她讲过故事,尽管是一个吓人的鬼故事。鸡毛从未对我讲过什么,现在想起来,他看我的眼神简直冷若冰霜,他变成鬼,肯定第一个来找我。上吊的人变成吊死鬼,那么,喝农药的人会变成什么鬼?药死鬼?这名字怪怪的,但同样挺吓人。我不敢往上看,尽管知道作为"药死鬼"的鸡毛是不会吊在房梁上的。

我们穿过院子,进入牛圈,牛摇头摆尾地站起来,嘴蹭着牛槽,表示草料已经吃光。它大概是世界上最能吃的牛,一天到晚吃个没完,即使不吃,大嘴也嚼个不停。姐姐打着手电筒,在一根光柱的照耀下,我翻身进入草料间,端一筛子麦糠出来,筛几下,牛圈里尘埃滚滚。我把麦糠倒进牛槽,牛喘着粗气,一头埋进槽里,就在这时,我听它发出一个声音,它说:"墩子啊。"

"姐姐,牛叫我的名,你听到没?"

"没有。"

姐姐的手电摇来摇去,表示她什么都没有听到。我怀疑自己听错了,也不想深究,把筛子扔进草料间,与姐姐走出牛圈。

明天是我行祭的日子,所以今晚我难以入睡。哀乐消失了,我想到马可尼的哭声,已经消失许久。

126

早晨，我是被爹的大手推醒的，他让我马上起床，练习行祭。他说："你再好好练几遍，千万别给我丢人。"我只好睡眼蒙胧地在堂屋三拜九叩，爹在一旁认真指导，不断提醒我注意节奏。他少年时曾无师自通地学会了吹笛子，明白节奏是什么东西，他告诉我："行祭时会播放哀乐，哀乐的节奏很慢，你的动作也要慢下来，太快会让人笑话，而且鸡毛也不会满意。让鸡毛满意，这才是最重要的。"

为了我心无旁骛地完成行祭，姐姐代替我牵着牛走出家门。我提醒她带上锤子，砖头不好找，她不愿带，嫌沉。她要劳心费神地寻找一块砖头，把牛钉在胶泥台上，然后走到学校，对老师说："墩子有事，今天不能上课。"

我头戴孝帽，脚步沉重地走进鸡毛家，哀乐再次响起，马可尼又哭上了。大家刚吃过早饭，很有精神，谁都不想哭。烧纸的队伍气氛活泼，走在我前面的俩人说说笑笑。烧过纸，再在灵前哭一会儿，就该我行祭了。不断有人走进院子，找个地方站立，或者蹲下，兴致勃勃地看着我们这些披麻戴孝的人。

管事的人找到我，问我准备好没有，我点点头，表示没问题。他说："好，马上行祭。"大喇叭里播放着豫剧《卷席筒》，有说有唱，热闹非凡。管事的人在马可尼的耳边说了句话，马可尼爬到录音机前，按下一个键，豫剧戛然而止。马可尼换了盘磁带，按下一个键，哀乐声像大锤子那样重重地砸下来。

我站在灵棚的边缘，弯着腰，翻眼看对面，他们跪列两旁，歪头看我，发出虚无缥缈的哭声。马可尼依然哭得独树一帜，如果不是太过紧张，我肯定笑起来。人们围过来，他们围住我，像大筛子罩住一只麻雀。

我的腿是软的，好在还听使唤。我慢慢向前走，每一步都迈得小心翼翼，缓缓举起双臂，作一个长揖，迈腿，单腿跪，停顿至少十秒钟，另一条腿才跟着跪下来。我把每个动作变慢拉长，比哀乐的节奏还要慢。大概五分钟后，跪着的人直起身子，厌倦地看着我。周围的人对小孩行祭的新鲜感也消失无踪。这么长时间，一般人早已完成整套动作，我却刚做了一半。没错，我是故意的，我就是要耗得你们难受，直到你们真的哭出来。有一瞬间，我觉得自己就是那个胆大包天的三岁的小孩。

"鸡毛，这下你该满意了吧！"

谁也没想到，我这套漫长的动作竟然被看作行祭的范例。在今后的葬礼中，行祭时间的长短，成为衡量孝心大小的标准。我的记录很快在下一场葬礼中被打破，一个女婿为老丈人行祭，花了半个钟头。

爹很生气，要揍我一顿，他说："老子让你慢点儿，你可倒好，慢得要死，让老子跪得腿疼。"当时他与马可尼等人跪在灵棚下，忍受着膝盖的酸痛，焦急地盼望我尽快结束。如果不是众目睽睽，他肯定一跃而起，抓起我，扔回家去。

娘的态度截然相反，她认为我的行祭表现出巨大的诚意，肯定能深深打动鸡毛的在天之灵，他会以长者和死者的宽广胸怀，与我尽释前嫌。

总的来说，我的行祭是成功的，在学校中也引起反响，他们因为上课，没有看到行祭的场面，都表示非常遗憾，胖岭甚至要求我给大家演示一遍。在布满桌椅板凳的教室里，我对着讲台行祭，仿佛讲桌就是供桌。因为不好意思，动作很快，他们说："你不慢啊！"

"当时很慢的，就像电视里的慢镜头。"

丢失

转过天来,是鸡毛出殡的日子。我头戴孝帽,混迹于灵棚之下,恰好是星期天,不用上学。胖岭站在人群中,看见我,兴奋地招手。我偷身离开,把孝帽藏在裤兜里。

胖岭说:"帮我找个东西。"

"什么东西?"

"匣子,我家的匣子,去年丢的,我爹怀疑是马可尼偷了,就在他家里。"

"你自己去找吧,我还得哭鸡毛。"

"不行,有死人,我害怕。"

其实胖岭家丢匣子的事情我是知道的,门对门住着,想不知道都难——

那是春天,地里需要粪便的滋养,家家户户要把所有粪便收集起来。厕所和牲口圈是粪便的主要来源。胖岭家的猪圈紧挨着胡同,猪圈很深,胖岭爹又矮,他站在里面,仅露头皮,他要用铁锨把脚下的猪粪扔到上面的空地上。这活儿很累人,味道也不好。胖岭爹把匣子放在猪圈的边沿,开到最大声,一边听评书,一边扔猪粪。突然,他看到上面多了个人,那人背对太阳,面目漆黑,说了句"出圈呢",这才听出是马可尼。

马可尼不用干出圈的活儿,倒不是因为他懒,而是他家根本没有牲口,也就没有所谓的猪圈、牛圈,厕所倒是有一个,一家三口,只有他和鸡毛在里面拉屎,他那个疯娘无视厕所的存在,拉屎撒尿只认野地。爷俩产量有限,每年积攒的粪便只够巴掌大的菜畦之用。鸡毛粪筐不离身,长年累月拾粪不止,从不拾鸡粪,热衷于牛粪和驴粪。

马可尼在臭气熏天的村子里游荡,之所以在胖岭爹的猪圈前停下脚步，并不是喜欢看人在猪圈里忙活，而是被匣子所吸引。胖岭家的匣子历史悠久，造型古朴，是全家的珍爱之物，马可尼也很喜欢。他蹲在匣子旁边，忍不住换了个台。

胖岭爹停止抛粪，手拄铁锨，与马可尼聊了几句。他借机休息片刻，随后尿意来临，爬出猪圈，回家撒尿，等一身轻松地返回原地，发现马可尼已经离开，一起消失的还有那个匣子。后来，他悔恨不已，自己身在猪圈，为什么不当场撒尿，人尿与猪粪混在一起，乃是上乘的粪便。当时他确实犹豫了一下，只因马可尼在场，没好意思解开腰带。

带着一身猪粪味，胖岭爹来到鸡毛家，他站在院子里，小心翼翼地喊马可尼的名字。马可尼没有露面，鸡毛正气凛然地现身，问胖岭爹因何而来。

"你家马可尼拿了我的匣子，快还给我。"

"他没拿。"

"肯定是他拿的。"

"他没拿。"

"要不是他拿的，我就吃猪粪！"

"你去吃吧，反正他没拿。"

"这是刚才的事，你没在场，怎么知道他没拿？你让马可尼出来，我跟他当面对质。"

"他不用出来，我家正良从来不拿别人家东西。"

"得了吧，鸡毛，谁都知道，马可尼是个小偷。"

鸡毛像一支大炮仗，被胖岭爹的话引燃，他呲呲冒着火星，呼啸着冲下门台，一头撞到胖岭爹的大肚子上，后者觉得鸡毛在自己的肚子上爆炸了。

毕竟是在人家地盘，胖岭爹不敌鸡毛，他被鸡毛撞倒，摔得结结实实，快要爬不起来。事后，他把自己的失败解释为客场作战的缘故，他说："要是在大街上，我非揍得他口吐鸡屎。"这句豪迈之语呈现出形象而生动的画面，引得大家开怀大笑。聊鸡毛时候，只要扯上鸡屎，大家都会不失时机地笑起来。

这是在夜晚的街上，大家的肚子被馒头和稀饭填满，觉得太饱，撑得跑出家门，聚在一起闲聊。鸡毛和马可尼是永恒的话题，而每次开启这个话题的，是刚丢了东西的人。总有人家丢点儿东西，胖岭爹丢了匣子，并不稀奇，所有人都丢过东西，我爹身在其中，也不例外。大部分人家丢的，都是家中最看重的东西。有的丢了望远镜，那是一个单筒望远镜，据说是日本鬼子留下的；有的丢了打火机，银光闪闪的打火机，打出的火焰风吹不灭；有的丢了老火枪，打鸟的最佳工具，简直百发百中。

我家丢的是爷爷留下的紫砂壶。他活着的时候，经常拿在手里，小心地摩挲，从不用来泡茶。壶很小，暗红色，短把小嘴，爷爷曾说，这是他爷爷传下来的。他的爷爷，也是鸡毛的爷爷。鸡毛曾想拥有此壶，厚着脸皮管我爷爷要，被老人家严词拒绝。爷爷的爹与鸡毛的爹在赡养他们同一个老子的事上有过分歧。爷爷认为，鸡毛的爹，也就是他的叔叔，对自己的老子没有尽到赡养的义务。爷爷的爷爷，主要由爷爷的爹来赡养，其遗物自然归爷爷的爹所有，爷爷的爹死后，理所当然又传给了爷爷。现在爷爷已死，壶传到我爹的手里，突然丢失，犹如断了我家延续多年的命脉。

同住一村，各家有什么好东西，人人心知肚明，但东西丢失后，其价值凭空翻倍，越说越视如珍宝。

没错，大家认为所有的事情都是马可尼干的，口说无凭，大家都有证据。东西丢失前夕，马可尼曾拿在手中，表现出莫大的兴趣，把玩良久，才恋恋不舍地还给人家，我家的紫砂壶就是这样。他来串门，对我爹说："哥，咱老爷爷留下的紫砂壶呢，让我瞧瞧。"我爹慷慨地打开柜子，取出小壶，交给他看。他左右端详，还掀开盖子闻了闻，说："确实不错，跟我爹说的一模一样。"过了没几天，我爹发现壶消失无影，他以为是我拿了，一顿逼问，见我不说，照例施以拳脚，本不是我拿的，自然打不出一个屁来。后来，他认定是马可尼所为，鸡毛想要壶，马可尼为表孝心，偷走了壶。在众多的作案现场中，那贼留下过脚印，是同样大小的脚印，证明是一人所为。有人专门跟在马可尼身后，量他的脚印，与贼的脚印大小一致。

掌握这一证据，有人天真地认为，可以到鸡毛家要回宝物，所去之人都像胖岭爹那样被鸡毛打出门来。鸡毛坚定地认为，马可尼是清白的，他是修匣子的师傅，绝对不是小偷。但我们都认为，马可尼会修匣子这事并不妨碍他偷东西，二者没有丝毫关系。况且，此时已无人找马可尼修匣子，他倒是想当师傅，我们不再给他机会。

马可尼电器维修部的牌子挂出来后，凭借一鸣惊人的技艺，各路破匣子汇聚到鸡毛家中，几乎每台匣子都能在马可尼手中起死回生。人们口口相传，说咱这一带出了个奇才，天生会修匣子，手艺极高，连集上的师傅都甘拜下风，此人就叫马可尼。

随着时间的推移，有个说法又流传开来：马可尼修匣子很不实在，你的匣子拿给他修，他会把好的零件卸下，换上破旧的零件，虽说暂时能用，但很容易出问题，因为从本质上看，过了马可尼的手，你的匣子已经不是原来那个匣子了。

还有一点，就是收费问题。马可尼修完匣子，就放到一边，等人上门来取，收费的是鸡毛。

人家问:"多少钱啊。"

鸡毛说:"你等下。"然后他走到马可尼近前,悄声问:"多少钱?"马可尼说十块,鸡毛回身对人家说:"十五块。"

人家说:"马可尼不是说十块吗,怎么到你这里成十五块了?"

鸡毛说:"十块是零件的成本,五块是工时费。"

不管他怎么说,人家都认为鸡毛要价过高,起码比集上的师傅要价高。

来修匣子的人日渐稀少,鸡毛家门口的牌子越发模糊不堪。有一天见了我,他让我拿毛笔把牌子描一遍。当时我刚因为紫砂壶丢失的事挨了爹一顿打,心中憋屈无处发泄,他的要求让我生气,就恶狠狠地说:"描个屁啊,都没人来修匣子了,描得再黑也没人来修!"

他先是愣了愣,回过神来,连骂我数声兔崽子。

◦ 埋葬 ◦

从阵容来看,鸡毛的葬礼可谓盛大,全村的男女老幼汇聚在灵棚周围,摩肩接踵,欢声笑语。作为葬礼中当仁不让的主角,鸡毛并不是大家关注的对象。堂屋里那口大棺材,实在没什么可看的,与别的棺材一模一样,看多了也晦气;灵棚下的大录音机,也没什么可看的,哀乐声那么大,时间一长,真想冲过去砸它个稀巴烂;马可尼的哭也没什么可看的,死的是他爹,他必须哭,玩命地哭。

大多数人像我和胖岭一样,走来走去,苦苦寻找着什么,我们都想找到丢失的东西。鸡毛在世之时,无人有机会进入院子,明目张胆地搜寻。在这丧礼上,鸡毛老老实实地躺在棺材里，不可能丧心病狂地破口大骂，马可尼哭得死去活来，无暇四顾，所以说，此时正是寻找的好机会。胖岭想找回匣子，我经他一说，也想找回紫砂壶。大家心照不宣地慢慢移动，眼睛划过每一处角落，包括正屋。

堂屋里的东西都已撤走，八仙桌去了灵棚下面，门口的大锅灶台搬不走，上面堆满草纸马纸人。胖岭揭开锅盖，只见锅底一汪水，泛着焦黄的铁锈，他趴下来，朝灶膛里望去。

我说："要是藏到灶膛里，早烧坏了。"

"爹让我好好找，一个地方也不放过。"

除了灶，堂屋只剩那口大棺材，我们围着棺材转了一圈。在棺材旁边哭的，都是女眷，其中有我娘，她们看我俩转来转去，并不多言，只是娘说了句老实点儿，她们也想看看我俩到底能找到什么。胖岭敲了敲棺材，说："该不会藏在这里面吧。"我说："撬开看看？"他吐了吐舌头。

堂屋的东面是鸡毛的房间，西面是马可尼的房间，我们先去了东面，一股怪味儿迎面而来。虽说人来人往，这气味有所稀释，但我对其过于熟悉，这是与鸡毛如影随形的味道。他坐过的那张小板凳，仿佛成为他身体的一部分，在我家散发着这种味道，凑近即可闻到。这是一种酸味与臭味巧妙结合、荣辱与共的味道。而这气味的主人，正躺在旁边，但他已无能为力。

炕上的铺盖卷起，堆积在一边，炕席旧得发红，上面散落着白布和白线，炕头柜漆面斑驳，双门紧闭。胖岭爬上炕去，打开柜门，里面漆黑一团，仔细看，是破衣烂衫。胖岭失望地下炕，随手开启对面橱子的门，两个麦乳精的铁盒子，打开，里面竟然是芝麻盐。还有几个老碗，拿起来，看碗底有没有章，我们知道碗底有章的老碗值点儿钱。这几个碗都没有章，怎么可能有？橱子里面别无他物，橱子上面摆着大相框，没有他们家人的照片，只有一张毛主席的大头照。一把茶壶，铁丝做的提手，几个面目模糊的茶碗，还有一个铁皮暖壶。橱子旁边是一口小缸，盖着木板，掀开，是蛇皮袋子，里面有金黄色的小米。

一无所获后，我和胖岭穿过堂屋，进入西屋，也就是马可尼的房间。掀开门帘，一股铁的味道。攥一把钉子，凑到鼻子尖闻，就是这个味儿。这是马可尼的卧室，也是工作室，他在这里修匣子，捣鼓不计其数的电子玩意儿。迎面是一张课桌，与学校的课桌一模一样，这样的桌子出现在家里，总让人感到意外。

胖岭说："这是马可尼从学校偷来的吧？"

桌上竖着一支话筒，马可尼曾对着话筒喊话。自从他装上大喇叭，就有人找他帮忙喊话，内容无非是猪跑丢了，或者谁家的羊吃了庄稼。这本是需要麻烦村支书的事，但大伙儿嫌村支书的喇叭不够响亮，声音传得不够远。马可尼喊起话来尽心尽力，一喊就是好多遍。后来，鸡毛提出收钱，喊一次话收费一块，从此再无人来——还是让村支书喊吧，虽然不够响，毕竟是免费的。马可尼喊话内容变得非常单调，通常只有一句："爹啊，回家吃饭啦！"

我和胖岭在马可尼的工具和破匣子间流连忘返，看了良久，很喜欢这些东西，觉得马可尼还是很牛的。屋里没有柜子，东西都摆在地上。炕上也只是简单的铺盖，几乎不用翻看，一览无余。突然，我们身后响起怒气冲冲的声音："你们在干什么？"我和胖岭吓得一哆嗦，回头看见两眼通红的马可尼。我说："不干什么，看看。"马可尼说："想偷我的东西吧？"我说："不偷，只是看看。"

胖岭矮身绕过马可尼的身体，溜了出去，我也想这么干，却被马可尼一把拽住。"你兜里有什么，让我看看。"我只好把兜翻出来，什么也没有。他失望地说："走吧。"我刚走到外面，身后就传来马可尼惊天动地的哭喊，他趴在棺材上，先啊啊叫了两声，然后甩开哭腔："爹啊，你刚死，咱家就招贼啦，咱家招贼啦，有人要偷咱家东西啊！"

垂头丧气的我在灵棚边找到胖岭，他同样垂头丧气。我们走入人群，随即被人们紧紧包围，他们问起同一个问题："找到什么没有？"我俩遗憾地摇摇头。

有人若有所思地说："那么多东西，肯定不会放在北屋，马可尼是个精明人，他找别人家的东西，一找一个准，你要找他的东西，不是那么容易的。"

抬眼四望，整座院子被人找遍，屁都没有发现，只有西厢房尚未搜寻。西厢房的门紧紧关闭，门闩上挂着一个铁锁。马可尼的疯娘紧挨门口坐着，事不关己般漠视前方，不时发出阴森的冷笑。有人怂恿我和胖岭："去，从门缝看看。"我吓得后退一步，直呼那人外号："老狗子，你怎么不去看？"平日里，我管他叫爷爷。他愣了一下，怒气冲冲地一巴掌扇来。我闪身躲过，紧张地跑回灵棚下，跪在爹的身边，我也不知道为什么会突然喊出"老狗子"这个难听的外号。

炮火连天，放炮的人在胡同里，好像要把这村子炸为平地。我们又装模作样地哭了一会儿。涌来几个年轻人，搬走供桌，打开一条道路。他们走进堂屋，合力搬起棺材，喊起号子。我们排成队，哭着往外走，棺材跟在后面。马可尼打着幡，当仁不让地走在最前面。到了街上，棺材装上拖拉机，我们跪下来。有人拿来瓦盆和砖头，放到马可尼面前。马可尼庄重地捧起瓦盆，狠狠地摔向砖头。瓦盆崩碎，有一粒溅到我的头上。按照他们的说法，这瓦盆摔得越碎越证明自己是个孝子，马可尼摔得挺碎，这狗屁说法！

大家都爬上拖拉机，轰隆隆向坟地开去。坑早已挖好，虚位以待，我们在坑边跪好。放炮的人好像疯了，要把这田野炸上天，大家同归于尽。他们把棺材从拖拉机上抬下来，放在坑边，开始绑绳子。几个人下到坑里，迎接即将下葬的棺材，几个人抓紧绳子，把棺材往坑里放。管事的人在旁边指挥若定，不断调整棺材的方位，达到理想状态，一挥手，棺材落地。坑里的人解下绳子，被上面的人拉上来。管事的人招呼大家站好，除了我们跪着的人，他们严肃地站在坑边。"一鞠躬，二鞠躬，三鞠躬。"随着管事的人的呼喊，他们的头低了三次，随后拿着铁锨一拥而上，往坑里填土。

　　管事的人说："好啦，好啦，完事啦！"我们应声而动，站起来，拍打裤子上的土，只有马可尼还跪在原地。没人管他，都盯着那个被逐渐掩埋的大坑。爹摘下孝帽子，用力撕扯，使其还原成一块白布。我也照做，把白布交给爹。不等坟头堆起，我们爬上拖拉机，返回村里，爹急着去捣鼓他的兔皮，催促开拖拉机的人快走。拖拉机口吐黑烟，好像在大声叫骂。

　　就这样，我们把鸡毛埋了，马可尼还跪在那里，好像要给他爹陪葬。

◦ 钥匙 ◦

　　牛每天都会饿，吃掉野地里的草，草又长出来，让牛接着吃，这件事没完没了，让我心烦。鸡毛入土的次日，我拾回拴牛的活儿。因为那次丢人的昏迷，这活儿中断了两天，如今再度握住牛缰绳，好像隔了很久。

　　在胶泥台上，我再度遇到找不到砖头的问题。我走了几圈，找到的都是砖头的渣子，根本不堪大用。牛闷头吃草，不会走

137

远，我扔下缰绳，走向西边的道沟。站在道沟的边沿，看着下面的棉花地，我又来到鸡毛喝药而死的地方。几天前，我曾把一筐砖头倒在这里，我找到那堆砖头，拣出一块像样的。风吹来，棉花哗哗响，泛起农药的气味。明知不敢看，但我的眼睛难以自控，不自量力地望向那片被压倒的草地，有个明晃晃的小点，刺中我的眼。

一把钥匙藏在草下，只露出很小的尖头，如果不是反光，根本不会被人看到。这片草，曾被鸡毛压在身下，那么，这把钥匙，也是他的吗？牛还没拴好，我来不及想，跑回原地，砸起铁橛子来。等我把铁橛子砸进地里，已经下了决心。我扔掉砖头，向西边的道沟飞跑，一把抓起那把钥匙，脚步不停，一直跑下胶泥台。

钥匙上拴着短短的麻绳，这表明钥匙是有用的，在某个地方，有一把锁，可以用它轻而易举地打开。我把它藏在书包里，被书本掩埋，如果不仔细翻找，根本看不到，就像我什么都没有捡到。

夏天转眼过去，庄稼成熟，学校放了秋假，让我们帮家里干活儿。活儿多得很，最适合我干的是摘棉花，棉花轮番绽放，好像永远都摘不完。

晚上做秋假作业，我打开书包，手指碰到那根麻绳，心里不由得一惊，突然想起了鸡毛。

谁也没有忘记鸡毛，怎么会忘呢，像他这样的人，村里没有几个。如果不聊他，夜晚的街头会沉闷不堪，爹和他的伙计还未找到鸡毛以外的话题。有时候，他们也觉得快要把鸡毛聊烂了，再聊下去，就要把刚吃下去的晚饭吐一地。大家住嘴，昂头看天，街上一片死寂，连在旁边玩耍的我，也觉得不对劲儿。算了，还是聊鸡毛吧，大家发出淳朴的笑声，又聊上了，仿佛鸡毛从坟里爬了出来，正站在他们中间。

"那天我在路上碰见鸡毛，他背着筐，走得挺慢，我喊他，他不理。"

"他筐里装着乐果，正找地方，哪里有空理你。"

"你们都不知道，他喝的那瓶乐果，是我家的。那天他来我家借农药——没有他不借的东西，我说鸡窝上有半瓶子乐果，你拿去用吧。他拿起来，对着太阳晃了晃，问：'没失效吧？'我说：'你喝一口试试。'他嘿嘿地笑，说：'没失效就好。'说实话，半瓶农药让他拿了去，我挺心疼的。以前他借了东西，我能找他还，现在我找谁去，找马可尼吗？怎么跟马可尼说？你爹喝的那半瓶乐果是我的，你得还我。这样说是不是挺不合适的？"

"父债子还，天经地义，你就该找马可尼要，半瓶子乐果值好几块钱呢。"

"对，马可尼该还你的乐果，要是没有他，他爹也不会去死，他爹不去死，就不会糟蹋你的农药，所以说，你的债主就是马可尼。"

"这么说，你觉得是马可尼让鸡毛喝药的？"

"对，但马可尼绝对不会说那样的话，'爹，你去喝药吧'，这么直接的话畜生也说不出来，就算他说了，鸡毛也不一定听他的，他是一步一步把鸡毛气死的。"

"那他干了什么能把鸡毛气死？"

"偷啊，他天生爱偷，没人找他修匣子后，偷得更厉害，全村偷了个遍。鸡毛年轻时当着全村人的面喝卤水，可见他是个多么要面子的人，为了面子，他能去死。儿子是个小偷，怎么说都是没面子的事，他肯定越想越气，最后觉得还是死了吧。"

"别说，你分析得挺对。那你说，马可尼把偷来的东西藏

139

哪里了？"

"这谁知道，他能偷，肯定也能藏。要把小偷的东西找出来，比上天还难。"

一般情况下，他们聊到这里就停滞不前，因为谁也想不出马可尼到底把东西藏在哪里。有人提出，上着锁的西厢房嫌疑最大，苦于拿不出证据，仅停留在推理阶段。大家都认为，鸡毛家的西厢房中如无不可告人的秘密，根本无须上锁。马可尼不但为西厢房上了锁，还指派疯娘在门口把守，外人连从门缝看一眼的机会都没有，这叫此地无银三百两。

每天听他们唠叨，我终于忍受不住内心的冲动，跑回家翻开书包，抓起那把钥匙。这些天来，我虽然没有看这把钥匙，但心里一直想着它。想来想去，我突然觉得，这大概就是鸡毛家西厢房的钥匙。想到这一点，我激动不已，拼命告诫自己，不要说出来。如今，我再也克制不住，好像有一根缰绳牵着我，我不这么做，就被勒紧脖子，要窒息而死。

"你们看，这是那扇门的钥匙。"我的手指勾住麻绳，悠悠地甩了几圈。

他们知道我指的是哪扇门。爹问："这钥匙哪里来的？"我说："捡的，在鸡毛喝药的地方捡的。"他们来了兴致，抢过钥匙，争相观看，看完后，各自归座，展开讨论。他们一直认为，这钥匙原本是鸡毛的，应该还有一把，在马可尼手里。他们甚至还推演出事情的整个过程——

村人丢了东西，都说是马可尼偷的，鸡毛一直不信，因为他从未见过马可尼偷来的东西。有一天马可尼将西厢房上了锁，引起鸡毛的怀疑。他找到另一把钥匙，开门进去看，被那些琳琅满目的东西惊得目瞪口呆。他心如死灰地走出房门，本着家丑不可外扬的原则，顺手锁上了门。他好想去死，因为是夏天，没人做豆腐，卤水不好找，所幸还有农药，节俭惯了，舍不得去买一瓶，只好去借，一死了之，也就不用还了。

大家都相信这个假设最接近事实真相，其实，我大概也是这么想的。有人建议马上去试一试，潜入马可尼家里，把钥匙插进锁眼，看能不能打开。机会是有的，如今马可尼很忙，经常离家在外。

因为音响设备的助阵，鸡毛的丧礼搞得有声有色，得到村人的一致认可。村里有那么多行将就木的老人，总有人撑不下去，顺理成章地死去。人家来借马可尼的音响，在丧礼上播放哀乐。其实录音机很好找，但都没有马可尼的响。马可尼开出价码，提供音响设备，其本人也全程跟踪服务。价格不太高，人家能接受，就请了他去。几个月下来，马可尼打开市场，把业务做到外村，成了忙人。

此刻，马可尼身在外村的丧礼现场。他爱岗敬业，吃罢主家提供的晚饭，并不回家休息，灵棚下摆上电视，放一场电影。不知他从哪里搞来一台录像机，还有几盘武打片录像带。

电视的声音经喇叭放大，传遍四方，仿佛整个华北平原都笼罩在江湖的血雨腥风之中。

◦ 入室 ◦

街上的人们暂停议论，来自外村的电影声不再是夜空那样的背景，而像平地而起的风，撩动大家肥大的衣服。

胖岭爹说：“墩子去吧，你胆子最大，我们给你放哨。”

我知道他让我去干什么，我说：“不敢。”

"让胖岭跟你一块儿去，你俩进去看一眼，很快就出来，不会有事。"

他们纷纷表示赞同。我爹也说:"去吧墩子,马可尼没在家,你不会有事的。"

没想到,胖岭竟然一脸兴奋地应承下来,他拉着我,往马可尼家走。他们跟在后面,黑压压一片。

马可尼家的大门没有上锁,别着一根铁棍。没丢东西之前,家家户户都是这样,出门从不上锁,别上一根棍子,表示家里没人,有事的话请改日再来。如今这个传统随着那些好东西一块儿丢失了,谁家都会上锁,没想到马可尼还固守着这一传统。

胖岭爹说:"他是小偷,当然不用上锁,上锁防谁?防他自己?再说,他家穷得只有一把锁,让他用到西厢房的门上,哪还有别的锁可用,就算锁了,墩子跟胖岭也能从墙头过去,他家那破墙头,低得连狗都挡不住。"

拔掉铁棍,我和胖岭轻轻推开大门,两只手电筒,照着脚下,慢慢往前蹭。"去吧,去吧。"他们在后面催促,没有跟过来,挥着手臂,像在轰两只鸡。西厢房紧挨着大门,走进门口,转弯就是。北屋的窗户黑洞洞的,想必那个疯女人早已睡下。站在那扇门前,我摸到冷冰冰的锁,钥匙插进去,拧动,啪的一声,锁开了。

胖岭轻轻推门,让门以最慢的速度敞开,以防发出声音。门缝越来越大,足够身体进入,我扶住门,让它停下,吱呀声随即停止。手电筒的光捅破里面的黑暗,我钻进门来,胖岭也钻进来。我们手中发出的光陆续划过四周的东西,三口大缸、两把锄头、一把铁锨、一只筐等,让光往回走,筐上好像有什么,有个人,是鸡毛!

胖岭大叫一声,像被堵在屋里的偷食的猪,不顾一切往外冲。我被电到,全身酥麻,反应比胖岭慢了些,跟在他后面跑。门开得小,胖岭跑出去时,无意碰到门板,门几乎合上,我重重撞在上面，反弹回来，仰面摔倒，后脑勺儿砸到地面，巨大的冲击力带给我大难临头的感觉。我竟然没有昏迷，耳朵能听见胖岭的哭喊，他叫着两个字："鸡毛，鸡毛……"

眼睛望着漆黑的屋顶，我反而平静下来，就像躺在自家炕上——半夜醒来，眼前漆黑，脑子里空空的，什么都不想。我打算坐起来，试了试，没有足够的力气。门开了，彻底地打开，如果刚才我没有自作聪明，干脆让门像这样大方地敞开，就好了，尽管这门会发出刺耳的吱吱声。进来一个人，抓住我的脚踝，往外拉。我的衣服蹭着地面，肯定已脏得足以让娘火冒三丈。眼前出现星空，我躺着来到院子里，上身被扶起，倚在一棵树上。那人离开，转眼又回来，拿绳子绕来绕去，把我与树绑在一起。

突然，所有的力气和感觉回到我身上，我想挣脱，但无能为力，那个人不知去向。大门外一点儿声音也没有，那么多人呢，难道都跑光了？我想喊，却被一块抹布堵住了嘴，酸臭的味道让我干呕起来。一个人在我面前蹲下来，拿着我的手电筒，光从下面打到脸上，是那个疯女人，她冷笑了一声，她比鸡毛还让我害怕。我尽量不去看她，把目光转向别处。这时，我盼着另一件恐怖的事快快到来——鸡毛从西厢房走出来，蹲在我面前，点上一根烟。

等了片刻，不见鸡毛出现，只有一个疯女人蹲在对面，不停地笑。突然，她的笑声停止，左右张望两下，像有什么东西钻进脑袋。她站起来，走向北屋，灯被打开。屋顶的喇叭啸叫两声，哀乐声滚滚而出，像一场冰雹，砸在这黑夜的村里，也砸在我的头上。

在哀乐的伴奏中，她回到树下，依然蹲在对面，继续发笑。她的笑声像钻进我被窝里的一条蛇，我闭上眼，想到了死。此刻如果有人给我一瓶乐果，我会感激不尽。

我闭着眼睛，不去看疯女人，可是耳朵无法自主关闭，难以将哀乐声拒之门外。听了一会儿，我发现哀乐也像所有的歌曲那样，有头有尾，只不过其播放模式周而复始，才显得无穷无尽，永无休止。大概过了两个间奏，有人拍我的脸，我睁开眼，看见马可尼的笑脸，他哈着腰，兴高采烈地看着我。

"墩子，你睡着了？这么大声都能睡着？我都好多天睡不着了。"

他直起身子，伸着懒腰，回头问他的疯娘："这人想偷咱家东西，对吧？"那疯女人冷笑着点点头。马可尼又转头问我："你到底想偷什么？"我想了想，索性都对他说了吧。

"没人想偷你家的东西，我们只是想拿回自己的东西，你才是真正的小偷，你把东西都锁在西厢房里，你以为别人发现不了。"

"好，你想看西厢房是吧，那我让你看个够！"

马可尼解开绳子，拉起我，往西厢房推。我的脚撑着地，不愿前进。他对疯女人说："你去前面拉他。"她很听话，笑一声，走到我面前，伸手抓住我的头发。她的力气远胜马可尼，一把就将我拖进西厢房。马可尼拉开电灯，四周一片光亮，我急忙闭上眼睛，怕再次看见鸡毛。

"你睁开眼，看吧，哪里有你们的东西，你看这缸里，都是麦子、谷子，还有棒子，你他娘的睁开眼啊，墩子，你给我睁眼！"

"我不睁眼，怕看见你爹。"

"我爹？你在这里看见他了？"

"对，就在筐上坐着。"

"哈哈，你再看看，只是他的破衣服，你他娘的想吓唬我!"

我舍生忘死般睁开眼,向那个角落望去,果真只是一件挂在筐上的破衣服。那天,我看见鸡毛躺在道沟里,穿的就是这件衣服。马可尼又推着我,分别往缸里看了看,真的只是平淡无奇的麦子、谷子和棒子。这些粮食够他和他的疯娘吃一年的。

疯女人把我重新拖回树下,再次绑好。我打心眼儿里感谢马可尼,他为我赶走了鸡毛。除了他的疯娘,这世界也没什么可怕的了。

哀乐停止,马可尼的声音出现在喇叭里。

"我家招贼啦,我家招贼啦,墩子是小偷,墩子是小偷,他来我家偷东西,被我娘抓住啦!你们都说我是小偷,那纯粹是瞎扯,是污蔑,除非你们抓住我,把我捆起来。你们都来看看,谁才是真正的小偷,都来看啊!"

喊着喊着,他悲从中来,话锋一转,变成哭腔:"爹啊,爹啊……"

马可尼的叫喊唤来了我爹,他冲进院子里,一脚踹在疯女人的后背上。后者猝不及防,差点儿扑到我身上,幸好偏了点儿,一个狗啃屎,趴在树旁。爹的后面人影绰绰,全部挤在大门那边。我的眼泪夺眶而出,像马可尼那样叫了声:"爹啊……"

马可尼站在门台上,抱着肩膀,仿佛俯视众生。他的疯娘爬起来,扑向我爹,利爪扫过我爹的脸颊。我爹大喝一声,拳头像炮弹射出,正中对方的肚子。马可尼飞下门台,要来助阵,却被几人死死抱住。

我身上的绳子被胖岭爹解开,他抱起我,跑出大门。

◦ 牛魂 ◦

  我在炕上躺了两天，不去牵牛，不去拾棉花，不去做作业，只在吃饭时，才来到地面，胡乱吃点儿东西。我一言不发，没什么可说的，尤其跟我爹。他坐在对面闷头喝粥，脸上几道红印，那是拜疯女人所赐，伤口已经结痂。他的头发上沾满兔毛，指甲是黑的，半截浸在粥里。娘一直在骂他，已骂了两天，她不断地质问："你为什么没有及时去救墩子？"

  爹的解释是，当时胖岭哭喊着跑出来，说看见了鸡毛，大伙儿吓得转身就跑，跑得一个比一个快，直到听见哀乐响起，才停下来。他们跑到了村外，站在野地里喘粗气。哀乐声让他们觉得鸡毛真的回来了，他是从坟里爬出来的，一身烂肉，来者不善。一个黑影从人群边疾驰而过，吓得他们哇哇大叫。后来他们才确认，那是马可尼，一听见哀乐声，他就从邻村飞车而来。他们往回走，走得慢慢吞吞，直到听见大喇叭传出马可尼的呼喊，才磨蹭到鸡毛家门口。

  娘说："你肯定是跑得最快的那个吧？"

  "是的，他们都跑不过我。"

  "你不知道墩子没跑出来？"

  "天那么黑，没看清，我还以为墩子跟在胖岭后面，没想到他会出事。"

  两天了，哀乐没有停过，就那么一直响着，好像淹没村子的洪水。那声音从马可尼家屋顶上的大喇叭里汹涌而出，奔腾不息，到了晚上也不停歇。爹、娘和姐姐都睡不着，熬到天亮，眼睛通红。只有我能睡着，对我来说，哀乐仿佛催眠曲。

  爹一遍又一遍地问我，是不是真的看见了鸡毛。我懒得告诉他那只是一件破衣服，点点头，表示肯定。娘坚信我已魂飞魄散，拿走我的外衣，去叫魂。

　　胖岭娘来看我，说胖岭跟我一样，被吓傻了，整天躺着，不言不语。她也拿了件胖岭的衣服，与我娘一起去叫魂。

　　我躺着，不是因为惊吓，只是觉得挺累，不愿去牵牛、拾棉花、做作业，如果我起来，就得去干这些事。双手和双腿要是有劲儿，去干什么都行，现在我浑身没劲儿，力气像地里的青草，被牛啃得一干二净。

　　据娘所说，这次叫魂与上次不同，她采用了传统的方式，用竹竿挑着衣服，绕着鸡毛家转了几圈。转圈的时候，还喊着我的名字，墩子，回来吧，墩子，回来吧！一声接着一声，就像喊我回家吃饭，而我随时可能从胡同的转弯处走出来。那件衣服裹着我的魂魄，被娘小心翼翼拿回家来，放在我的枕边。她希望随着我的呼吸吐纳，魂魄能重回体内。

　　胖岭娘也如此这般招回胖岭的魂魄。我支撑着下地，娘非常高兴，觉得辛苦没有白费。我踏着满地的哀乐，走进胖岭家，看他到底成了什么样子。

　　胖岭娘见我，惊奇地说："你的魂儿回来啦！"

　　"嗯，回来啦。"

　　"唉，胖岭的魂儿还没回来。"

　　"别急，马上回来。"

　　宽广的炕上，躺着胖胖的男孩，胖岭，我出生入死的伙伴，双目紧闭，仿佛已经牺牲。我过去，拉动他的手臂，说："你起来吧。"

　　他睁开眼，看看我，哭了。我说："没事了，你快起来。"

　　"鸡毛，鸡毛……"

　　我的嘴贴近他的耳朵，悄声说："那不是鸡毛，那是一件挂在筐上的衣服。"

147

"真的，你没骗我？"

"真的，后来我又看了看，确实是衣服。"

"那我不害怕了。"

"你不要对别人说。"

"为什么？"

"让他们去害怕吧。"

复活的胖岭更加能吃，一连干掉三个馒头。我看得有点儿恶心，回家拿起一本故事书，坐在院子里看。哀乐声听久了，仿佛不存在。等爹娘和姐姐从地里回来，看我复原如初，都非常高兴，爹当即表示，要去砸烂马可尼的大喇叭，以示祝贺。

那天晚上，爹打了疯女人，其他人打了马可尼，把他按在地上，问他东西都放在哪里。他却说："都放我爹的棺材里了，你们去挖吧！"大家不信，让他说实话，但他一口咬定，东西就在鸡毛的棺材里，有胆就去挖。

这本是一场胜仗，结果大家都觉得，所有人败给了马可尼。也有人说，好在马可尼已经承认东西是他偷的。他挨了打，也不知悔改，反而赌气般无休无止地播放哀乐，就像在为全村人送葬。

经过两晚上的商议，大家决定摧毁大喇叭。哀乐声那么大，已经让人不能轻松愉快地聊天，必须大声呼喊，说一会儿就口干舌燥。

吃罢晚饭，爹要开始行动。我跟他走出大门，胡同里人影晃动，他们分别蹲在两侧的墙下，交头接耳地说着什么。胖岭爹搬来梯子，搭在马可尼家的屋檐上。我爹手拿铁锨，爬上梯子，身体消失在房顶上。只听当的一声响，想必是铁锨拍在大喇叭上，并无效果，哀乐还在继续。

人群中突然有人大喊："住手，别砸了！"大家都听出，这是村支书的声音。

爹的脑袋从房檐上露出来。村支书说:"你砸了人家的大喇叭,马可尼告你个毁坏私人财产,你得全额赔偿。"

"不砸不行啊,吵死个人!"

"我已经报警了,告马可尼扰民,趁他不在家,你快下来。"

"这警察也能管?"

"能管,我懂法律的。"

"他不光扰民,还偷盗,二罪归一,枪毙了他算了。"

"哈哈,枪毙犯不上,最多关几天。"

第二天,我重操旧业,继续牵牛、拾棉花、做作业。当我站在棉花地里的时候,哀乐突然消失,世界仿佛宽阔了很多。

姐姐说:"啊,好清静!"

我也觉得整个世界都美好起来了。

中午听娘说,来了俩警察,叫醒睡懒觉的马可尼,让他拆了大喇叭。马可尼怕警察,二话没说,就去拆了。然后警察把手铐戴在马可尼的手上,押入吉普车。村长开着拖拉机,拉上十多个人,轰隆隆地开往派出所,去做证,他们要向警察证明,马可尼是个小偷。

她说完这事,仍不忘骂我爹,说他是个大傻子,爬到人家房上砸喇叭,要不是村支书制止,警察今天就要来我家了。

晚上,爹从派出所回来,说马可尼被关进监狱了。娘说:"这么快就进监狱了?"

"哦,那不是监狱,应该是看守所,跟监狱差不多。"

"他犯了那么大的罪?"

"我们一起做证,说他偷东西,警察审他,他就承认了,说都是他偷的,问他东西在哪里,他说在他爹的棺材里。警察认为他在说谎,打他,他还是说东西在他爹棺材里。不管东西

149

在哪里，都是他偷走的，所以警察决定把他关进看守所。"

"关多少天？"

"至少得半年吧。我现在也懂法律了，以后有事就得讲法。"

再听爹说下去，就是他对法律的真知灼见，听着好没意思，我从小板凳上站起，伸个懒腰，准备去给牛加次草料，然后睡觉。

我走入漆黑的牛圈，翻身跳进草料间，盲人般摸索着。"墩子。"一个声音响起。我马上听出来，这是鸡毛的声音。我以为自己应该害怕，却没有，我非常镇定。我的魂魄飞走过两次，每次回来的，都不如原先的好，变得不够灵敏。

鸡毛在最黑的角落里，我看不见他。我说："鸡毛，你在干什么？"他好像有些恼火，说："我要你家牛。"

一个模糊不堪的黑影翻过草料间的门板。我端着筛子凑过去，隐约看见一个人站在牛后面，他发出嘿嘿的笑声。

我看不清他到底在干什么。牛并不在意，卧在地上，像往常那样嚼着什么，悠然自得。

我莫名感到一阵恶心，弯腰蹲下，难受地骂起来："鸡毛，你个老狗日的。"

鸡毛嘿嘿地笑着，身体不断缩小，最后消失不见。

我感觉鸡毛把整个人都钻进了牛肚子里。我过去拍拍牛的肚子，说："鸡毛，你在里面吗？"

里面传出声音，说："对，我就在牛肚子里。"

"你快出来。"

"我不出去，这里很舒服啊。"

我不再理他，筛了草料，倒进牛槽里。牛像往常那样吃起来，它还是那头牛，淡黄的短毛，短短的犄角，宽阔的嘴巴。

它是一头漂亮的好牛,已经生过三头小牛。小牛也很漂亮,特别抢手,被人争相买走。

○ 作法 ○

在街上的黑暗之中,人们正在聊天,今天的话题自然是马可尼。哀乐声不复存在,人人感觉像换了天地。我走到爹的身旁,把刚刚发生的事告诉他。

爹沉思片刻,说:"看来得请先生作法了。"

胖岭爹说:"请吧,不算贵,二百块。"

聊天的人一起来到牛圈,对着牛肚子喊话,却始终听不见回音。爹说:"你到底看清楚没有,真是鸡毛?"

"看清楚了,就是鸡毛。"

后来的日子,牛肚子里再也没有传出鸡毛的声音,但爹完全相信我的话,他去找了先生,约定了作法的日期。他觉得我已不能胜任喂牛的工作,不让我干了,但我不同意,一再对他说:"这没什么可怕的。"

"丢了两次魂,你胆子比我还大。"爹不由自主地感叹。

等种上麦子,先生终于来到我家。先生是一个老头儿,声名赫赫,是道行高深的法师。他挎着一个黄布包,上绣八卦,一身白衣,长长的灰白胡子。他的车子很破,没有撑子,只能靠墙放好。娘忙着泡茶,爹拿出烟来,他坐在八仙桌旁,盯着我看。

他说:"这小孩见过脏东西。"

爹:"对,墩子,你快给先生说说。"

我把那天的情景讲述一遍。

先生哈哈大笑道:"牛在哪里,带我去看。"

我们走出家门，一直走到胶泥台上。先生的相貌非凡，引来众人，他们问我爹："这是要作法吗？"

这些天来，鸡毛钻进我家牛肚子里的事已无人不知。爹严肃地点头，以配合先生的庄重。

牛正吃草，我们围住它，它毫不在意。先生说："这牛的肚子里确实有个魂儿，这人已死，魂儿就是鬼。"

"是鸡毛的魂儿，怎么把他赶走？"

"好办，我善驱鬼。"

人越来越多，还不断有人跑上胶泥台，大家围成一个大圈，中间是先生和牛。先生卸下黄布包，拿出一柄剑，剑身短，却可拉长，原来是一节一节的。他又取出一面铜镜，左手持镜，右手持剑，绕着牛走个不停，口中念念有词。就在要把我们转烦的时候，先生停下脚步，放下宝剑和铜镜，点燃一把草纸，喝下一口酒，对着草纸喷去，凭空生出一团火焰。我的牛仿佛受到惊吓，突然发了脾气，低头冲向先生。

先生躲闪不及，被牛抵住，急忙抱住牛头，以为这样可以化险为夷。牛向前奔跑，突然停住，脖子一甩，先生飞跃人群。

人们四散奔逃。爹背起奄奄一息的先生，跑向医生的家里。我没有跑，看着我的牛。突然，牛的旁边多了一个人，是马可尼，他就像从天而降一样。牛还有些暴躁，呼呼喘着粗气。马可尼过去，伸手摸牛脖子下那块柔软的皮子。我说："小心牛顶你。"

"没事，你们不是说，我爹在这牛里吗，他怎么会顶我？"

牛果然没有顶他。

"你什么时候回来的？"

"刚到家，看你们都往这里跑，我也过来瞧瞧。"

爹曾说马可尼要坐半年的牢，到现在刚刚一个月，他出人意料地提前出狱了。作为一个坐过牢的人，马可尼的脸上有点儿饱经风霜的意思，更多的是陌生，他变了，不再像一只永远无法安静下来的猴子。

我牵牛回家，马可尼跟在后面，他让我讲那天的事，我就讲了一遍。他听完笑着说："这老家伙，还真有本事。"

我去井边饮牛，看着马可尼走进家门。不一会儿，大喇叭响了，他在里面喊："喂，老少爷们，我马可尼回来了！"

他只喊了这么一声，村子照样沉默，没人回答。

"爹啊——"马可尼的哭声铺天盖地。

我们在马可尼的哭声里吃晚饭，爹娘一言不发，我和姐姐也觉得没什么可说的。我想象马可尼趴在话筒前，饿着肚子干号的样子，我说："马可尼不饿吗？"爹说："他饿个屁，这哭声，是他录好了的。"经过爹的提醒，我再仔细听那哭声，果真是有头有尾，头尾衔接的部分有短暂的停顿。多年以后，我买了一个复读机，翻来覆去地听一句英语，总会想起马可尼的哭声。

吃完晚饭，爹照例去街上闲坐。今天因为马可尼的回归而显得非同一般，大家肯定要聚一聚，人来得挺全，但没人说话，仿佛都被那黑暗中的哭声吓着了。到半夜，大家站起身来，沉默地散开，各自回家睡觉。哭声还在继续，我睡不着，看着房梁，黑乎乎的什么也看不到，就算有个地主婆吊在那里，我也看不到。过了好久，我终于睡着，梦见鸡毛背着粪筐，站在胡同里喊我的名字。我牵着牛，向胶泥台走去。鸡毛跟在后面，不时停下来，把地上的牛粪扔进粪筐。突然，鸡毛追上我，说："农药没有卤水好喝，你去尝一下就知道了。"

我醒来，天还黑着。外屋的灯亮了，爹娘起床，小声商量着什么。哭声把我压在炕上，动弹不得，直到天光大亮，我才萎靡不振地穿上衣服。这一天在哭声中开始了，我们在哭声中吃早饭，谁都没有食欲，吃得很少。我照例牵牛走出家门，拎着锤子，把牛拴在胶泥台，又踏着哭声来到学校。因为距离的关系，哭声听起来小了些。周围的人个个蔫头耷脑，都说没睡好，就连老师也在讲台上打起瞌睡。放学后我牵牛回家，在井台上提水，马可尼走回来，摸着牛脖子，认真地问："我爹真在这牛里面？"我说："他自己钻进去的。"

马可尼说："你去告诉你爹，能不能把牛卖给我。"

我说："你把大喇叭停了吧，别让它哭了。"

他说："再哭几天。"

我准备把马可尼买牛的事告诉爹，回家一看，爹正跟上次作法的先生说话。到底是有修为的人，先生没被摔死，回家躺了几天，恢复了法力，又来到我家。他向我爹要钱，说什么法事不能白做，他的罪不能白受。

爹说："鬼呢，你驱走了吗，还有脸向我要钱。"

"再做一次，保证完成任务。"

"算啦，牛要是把你顶死，我还得担责任呢，你会作法，我懂法律。"

爹做了宰牛的打算，我不同意，对这头牛，我是有感情的。我告诉爹，除了那天，再也没见过鸡毛，也没听他在牛肚子里说过话，而且，马可尼要买这头牛。爹说："他买，他买得起吗？"我求娘说句话，阻止爹宰牛，娘却说："牛不死，鸡毛的魂儿就不走，咱家就不太平。"

第二天早晨，院子的青石上明晃晃地放着一把尖刀和一把铁锤，青石旁是一棵枣树，牛拴在树上。我爹要在枣树下，杀死这头养了五年的牛。有几个看热闹的，堵住大门口，耐心等我爹对牛下手。他正坐在堂屋的八仙桌前喝水，从他的位置，正好能看见那头牛,他一边看牛,一边运气。我说:"这牛不能宰。"

"必须宰,你看,那么多人等着买牛肉呢。"

"你会宰牛吗?"

"会啊,先用锤子砸牛的脑袋,把它砸晕,割断它的喉咙,放血,最后再扒皮,我还会熟制牛皮呢,到时给你做件大皮袄,你爹我什么都会,你学着点儿,别太笨。"

爹喝足了水,迈步走进院子,他冷冷地走到牛的身边,摸着牛头,发出一声叹息。我跟过去,哭着说:"爹,这牛你别宰!"

"不行,大家伙都来看呢,不宰不行啊。"

锤子高高举起,即将落下,大门外传来声音:"哥,等会儿!"

我们都听出来,是马可尼在说话。他分开人群,跑到我爹面前,说:"你这牛,我买了。"

我爹望着他,说:"你买得起吗?"

"买不起也要买,你开个价吧。"

"五千。"

"好,五千就五千,但我只有五百,先欠你四千五,以后慢慢还,我从死人那里挣的钱,全是你的,行不?"

我说:"行啊,爹,卖给他吧。"

娘也说:"卖给他吧,他爹的魂儿在里面。"

爹摇摇头,说:"马可尼,我问你,你爹怎么死的?"

"喝药死的,大伙儿都知道。"

"他为什么要喝药?"

"这……因为我偷东西。"

"那我再问你,你偷的东西都藏哪儿了?"

155

"我爹的棺材里，有种你们去挖吧！"

"真放你爹的棺材里了？"

"真的，我入殓后的那天晚上，你们谁都没在，我就把东西拿出来，打算放到棺材里，让它们随我爹去，算是他的陪葬品。我一个人搬不动棺材盖，就让我娘帮忙，她的劲儿比我还大。"

"你以后还偷吗？"

"不偷了，我要是再偷，你们就打死我。"

"你个狗日的，用那么多好东西给你爹陪葬，我现在就想打死你！"

说完，爹挥舞起铁锤，狠狠地砸在牛头上。黄牛一声沉闷的悲鸣，倒了下去。我大哭起来，泪眼中，只见马可尼与我爹缠斗在一起。可惜马可尼远不是我爹的敌手，被摔出去老远。爹挥手，说："谁家丢了东西，去找马可尼算账！"人们迅速把马可尼围在当中，一阵拳打脚踢。我大喊："别打啦，别打啦！"

就在一片混乱中，爹挥刀斩下牛头。爹抱着牛头走进人群，制止了众人的围殴。"马可尼，这个牛头白送给你，你给我拿回家好好供着，你爹的魂儿在里面。"爹把牛头扔在马可尼身旁。

马可尼抱着牛头一瘸一拐地走出大门。我跑出门去，跑到马可尼家，只见他坐在院子的枣树下，盯着牛头发呆。我说："我爹不该杀牛，他该把牛卖给你。"马可尼说："嘘，你别说话，我爹的魂儿真在里面，刚还跟我说话呢。"我不再打扰，呆呆地看着他，他把牛头放在腿上，血染裤子，红得发黑。

回到家，我看见爹正给没有头的牛开膛破肚。他让我去邻居家借秤，我不去，他冲我挥刀，好像要把我的脑袋砍下来。

姐姐拉我走出家门，去胖岭家借来一杆秤。

爹已给牛脱去衣服，一张牛皮搭在枣树杈上。我们看惯兔皮，现在看牛皮，眼睛不太适应，真大啊，可以把像爹那样大块头的人包起来。爹开始割肉，人家要多少他就割多少，总是割不准，他毕竟是个皮匠，不是屠夫。娘在一旁说："让你去请杀猪的妹夫，你不去，非得逞这个能。"爹说："他一个杀猪的，宰起牛来，可能还不如我呢。"好在大家心情都不错，割多少就要多少，不太介意。爹在秤上比较实在，每次都高高的。人人喜气洋洋，好像过节。有人对爹说："你应该改行，别干皮子了，当个屠户吧。"

爹说："这杀生的事不能常干，会遭报应的，说不定还折寿。"

人群散去，我的牛还剩一半。这销售速度与爹的预期相距甚远，他不禁感叹，村里尽是言而无信之人，明明说好都来买的。这牛肉不能过夜，必须尽快出手，他拉我往外走，说："你跟马可尼也算有点儿交情，让他把大喇叭借我吆喝两声，他那喇叭一响，邻村人都能听见。"

"我不去说，要去你去。"

"我刚揍了他，不好意思说。"

"你宰了我的牛，我不去。"

"你个犟种！"

爹大踏步走进马可尼家的院子。此刻院里空无一人，喊了两声，也无人回答，我们只好进屋，迎面八仙桌上一个牛头怒目而视，吓人一跳。爹喊着马可尼的名字，一头扎进里屋。马可尼正坐在桌子前，怀里抱着一台录音机。爹把来意说明，马可尼一笑置之，那笑有点儿像他的疯娘。我就知道不行，拉爹的袖子，想把他拽走，爹不走。

"看在我白给你一个牛头的分儿上,让我用下大喇叭吧。"

"你宰了我爹。"

"你要搞清楚,我宰的是牛,不是你爹,你爹是喝药死的。"

"我爹的魂儿在牛肚子里,你一刀下去,我爹魂飞魄散,连再世投胎都难。"

"马可尼,你成天捣鼓电子玩意儿,应该是个相信科学的人,怎么能这么迷信?"

马可尼再次张嘴,所发出的却不是人间的词语。他先是抽泣一下,全身摇晃,犹如调动起所有的力气,然后抻长脖子,吐出一串仿佛来自阴间的哭声。与此同时,大喇叭的音量突然变大,哭声变本加厉,像一场浩浩荡荡的洪水席卷而来。

这哭声势不可当,爹拉着我败出门外。借大喇叭无望,爹决定将剩下的牛肉拉到邻村去卖。小拉车再次派上用场,只不过这次拉的不是鸡毛,而是牛肉。作为一个懂事的孩子,自然要跟着他。我们蹚着没过脚踝的哭声,走出村子,一直走到邻村的大街上,哭声早已蔓延至此,盖过爹的叫卖声。爹让我喊,他认为我尖锐的童音能刺破哭声,让人们听到这牛肉的消息。

"卖牛肉啦!卖牛肉啦!"

我刚喊了两声,就有人走了过来。这个村子的人好像很爱吃牛肉,他们一边买一边讨论牛肉的做法,大多数人决定做成酱牛肉。也有人向爹打听:"哭声那么大,你们村又死人了?"爹说:"马可尼疯了。"

肉卖完后,回到家里,爹很高兴。接下来,他就要对付那张牛皮了,这难不住他,与皮子打交道,是他的本行。

我们在哭声中吃晚饭。娘炖了牛肉,很香,我没扛住,吃了两块,吃起来没有闻着香,说不清是什么味道。到半夜,哭声还未停止,我们在哭声中睡去,又在哭声中醒来,爹娘在哭声中干活儿，我和姐姐踏着哭声去上学。这样过了几天，大家都已习惯，爹也变得气定神闲，不再像上次那样，要去砸马可尼的大喇叭。

哭声一直响着，没有停的意思。没人看见马可尼出门，只有他的疯娘，每天都会走出家门，去野地里撒尿或者拉屎。有人说马可尼已经死了，喝乐果死的。也有人说，马可尼不会喝乐果，他家根本没有乐果，他是喝卤水死的。腊月里家家磨豆腐，都有一瓶卤水。

我们习惯了在哭声中过日子，睡觉、吃饭不受影响，这哭声和风声、雨声没有区别。渐渐地，大家都忘了这回事，也忘了马可尼这个人，甚至忘了那些丢掉的东西。爹熟制好那张牛皮，卖了一个好价钱。我家买来一辆拖拉机，比牛好使，不用喂麦糠，也不用我每天牵着去胶泥台。在哭声中，我们的日子越过越红火。

皮与草之歌

◦ 张换 ◦

谁都有爹，我也不例外，我爹名叫张温，脾气并不温和，相反有些暴躁。爹从小爱听人讲古，偶像是杨令公。故事里，杨令公有八个儿子。爹暗下决心，要多生几个儿子，最好六七八九个，壮大家族势力，可接二连三，生的全是女儿。我是第四个孩子，最让他失望，取名张换，意思是换一个儿子来，没想到真管用，再生下去，竟真是儿子，想乘胜追击，可娘再也怀不上。

真可谓有志者事竟成，看着我弟弟，我爹也算大慰平生。因为在生儿育女这件事情上的不懈努力，我娘扬眉吐气，但也不敢过于造次，毕竟儿子只生了一个，闺女却有四个。爹娘专注于养儿子，我们姐妹四个，直到出嫁的年龄才被重视起来。经过一番抉择，大姐、二姐和三姐分别嫁到赵庄、刘庄和马庄，都与我们张庄接壤，方便回来照顾家里。

我之所以嫁到朱庄，其一也是因为朱庄离张庄近，其二则是因为我爹张温和我公公朱蒿是老伙计，他们的友谊来自相似的身份——村里的贫协主席。那时每个村子都有贫下中农协会，选出来的主席要具备两个条件，一是家里足够穷，二是积极参与运动。我家祖上来自河南，灾荒年要饭要到河北亲戚家暂住，本想走到关外去，可没力气往前走，索性就地安家。一家外来讨饭的，自然穷得过那些坐地户，再加上我爹风华正茂，口号喊得响亮，顺理成章地被推举为贫协主席。我公公朱蒿家里也穷，贫协主席当得理直气壮。

去乡公社开会，张温和朱蒿总能碰见，一来二去，熟络起来，交流工作心得，聊得很投机，约到家里，上炕喝酒，一顿酒喝完，成了知己。朱蒿家三代单传，朱蒿的爹生了朱蒿，是儿子，朱蒿生了朱塔，也是儿子，这让我爹大发感慨——生孩子不能只求数量，而不讲质量，哪怕只生一个，只要是儿子，就够了；好比说话，叽里呱啦说一天，全是废话，没什么用，还不如一语中的，一句话虽然少，可有用，堪称金玉良言。

我爹真正想说的，其实是他膝下的四个闺女全是废话，这四个闺女分别是大姐张金、二姐张玉、三姐张改，还有我张换，从名字上就可以看出，我爹在生了第三个闺女后就沉不住气了，想改一改，结果没有改成，生了我，还是闺女，于是指望我能换一换，幸亏真换来一个弟弟，要不然我也就像三姐那样，整日遭受爹的白眼了。

也正因为我没有辜负爹的期望，给他换来一个梦寐以求的儿子，所以爹将我比作家里的福星，对我的婚事极为重视，要郑重其事地为我找个婆家。他相中了好友的儿子朱塔，小伙子长得虎头虎脑，肩宽体厚，看上去很有力气，可做乘龙快婿。朱塔大我两岁，与三姐张改同岁，当时三姐的亲事尚无着落，按说他俩正合适，可爹偏爱于我，有好人家自然优先考虑我，毅然将我许配给朱塔。为此，三姐整整一年没有搭理我。姐弟五人，就数她脾气古怪，不搭理我，无所谓，家里人口多，少一人说话倒是轻松了。

结婚前一个月，娘每晚端一盆水，让我洗下面，洗完后火

161

烧火燎，疼得我龇牙咧嘴，问娘，得知水里兑了碱面，她说这是个秘方，连洗一个月，保证生儿子。

娘在生我之后，万念俱灰，想跳井自杀，纵身之时，被一位讨饭的老太太一把拉住。老太太问她为什么跳井，她说生了四个孩子，全是闺女，活着没劲。老太太说，女人不能为男人传宗接代，确实该死，可留得青山在不怕没柴烧，活着还能再生，憋住一口气，一直生，总能生出儿子来的。娘说："我根本没有生儿子的命。"老太太说："我有一个家传秘方，你附耳过来。"听完老太太的方法，娘问："真的管用？"老太太自信地说："管用，凭这方子，我生了五个儿子。"娘说："有五个儿子，你还用要饭？"老太太说："实话告诉你，出门要饭是我们那地方的风俗习惯，大冬天的，整日猫在家里不干活儿？日子不能这么过，我们出门要饭，一根棍子、一口锅、一个碗、一条袋子，再加上一床破被子，晃荡一冬天，节省多少粮食！"为答谢恩德，娘留老太太住了两晚。晚上，老太太教我娘用碱面兑水，叮嘱说，多少碱面多少水很重要，要是太淡，没效果，太浓，则更惨，就把下面烧坏了。不光洗，还得吃红薯和土豆，这个没问题，本来就是我家的主食。

一年之后，我弟弟降生，娘回想起那个老太太，不禁感恩戴德，想得多了，竟把老太太周身想出一团光来，说她是送子观音下凡。娘饱受过生不出儿子的屈辱，苦尽甘来之际，担心女儿们走自己的老路。大姐、二姐结婚之前，都被她这样洗过，大姐坚强，咬牙坚持下来，结果嫁过去就生了儿子。二姐洗了一次之后就说什么也不洗了，后来生了闺女，后悔无及，亡羊补牢，将娘接过去住着，指导她洗，这才生下儿子。到我这，没有理由不洗，可怜天下父母心，娘是为我好，再疼我也得忍着。

结婚之初，朱塔对我很和气，打人是后来的事。晚上躺进被窝，搞完那事，我问他想要儿子还是闺女，他说，都行。这句都行让我放下心来，可转念一想，他们朱家三代单传，到我这，若能生出两个儿子，不但一举改变历史，而且自身地位得以巩固。不管朱塔怎么说，反正我是要生儿子的，我是个有上进心的人。

我们小两口儿与公公朱蒿同住，三间北房，我们住西屋，公公住东屋。婆婆死得早，如果她还在，估计就不会出那种事了。

那天早上起来，我感觉不舒服，强撑着下地，干了没一会儿，撑不住，给朱塔说了。他摸我的额头，说："发烧了，快去找大夫，要两片药吃。"我扔下锄头，腾云驾雾一般往回走，到家就倒在炕上，再也不想起来。昏睡中，我感觉身体被人压住，还以为是朱塔，睁眼一看，不由得大吃一惊，竟然是公公朱蒿，他的裤子退到大腿上。我要喊，被他捂住嘴，他手大，连我的鼻子也一并捂上了。我喘不上气，两手去抓他的脸，可够不到。他的另一只手没闲着，一把拽开我的裤带，又狠狠地往下扯。我用两手去抓他扯裤子的手，为时已晚，裤子被扯到膝盖，这时我已经没有力气，眼前发黑。院里突然传来脚步声，朱蒿终于离开我的身体，扭头冲出去。我听见朱塔在院里喊了一声爹，又听见朱蒿连声说："没什么，没什么。"突然，朱塔大吼一声，一头撞进屋来，看见我的样子，竟半晌无语。我依旧躺着，慢慢积攒力气，朱塔也不过来帮忙，只是站在门口盯着我，盯着盯着，他慢慢地矮下去，最后一屁股坐在门槛上，像个孩子那样哇哇大哭起来。我都没哭，他却哭，这很没道理。他的哭声给了我些力气，让我提上裤子，坐起来，下炕，裤带子断了，一站起来，裤子又掉下去，我只好用一只手提着，挪到朱塔跟前，用另一个手抚摸他的头发，他一头扎进我的两腿中间，眼泪把我的裤子都打湿了。我说："咱们分家吧，单过。"没想到，他一把抱起我，扔到炕上，像他爹朱蒿一样扑上来，扯下我的裤子，又扯下他的裤子，干起那事来。我不愿意，可没有力气推开他，只好让他干，他是我的丈夫，不让他干让谁干。他边哭边干，啪啪扇我耳光，我眼前一黑，昏死过去。

朱塔就是从那时开始打我的。我儿朱强不知道这事，他还以为是因为我干活儿慢，干活儿再慢，也不至于挨揍啊。朱塔不去打他爹，只打我，他是个孝子。他带我去打土坯，打好土坯去偷树，然后在村边盖起三间土房，搬过去，算是分了家。

日子过得沉默无语。我跟朱塔说话，他不理我，我只好跟地里的庄稼说话。有风的时候，我对着禾苗说上几句，禾苗哗哗响，算是回应。怀孕后，我的话更多了。生朱强的时候，我也在说话。一阵腹痛，我说："不好，要生了。"禾苗说："别慌，生吧。"我说："怎么生？"禾苗说："快喊人。"我说："周围没人。"禾苗说："那你躺下，脱了裤子，垫身子下面。"我照做。禾苗说："你分开腿，用力。"我用力。天快黑的时候，朱强来到这世上，哇哇地哭着。禾苗说："是男孩。"我说："家传秘方，错不了。"

◦ 朱强 ◦

谁都有爹，我也不例外，我爹叫朱塔，人如其名，长得壮实，远望如半截黑塔一般，两臂一晃有千斤之力，是做皮匠的理想身板。每日清晨，爹啃完俩馒头，干掉两碗稀饭，拎起大铲走出门去，像一位手持利刃闯荡江湖的豪客。那铲的样子类似于沙僧的兵器，只不过中间的杆缩至一尺，月牙铲变为木制的铲弓。铲皮时，皮匠弯腰驼背，膝盖抵住兔皮，胸口压住铲弓，身子一起一伏，将兔皮光板那面铲下一层。每日黄昏，皮匠们纷纷直起身子，围住东家，认真查看账本上的数字。朱塔，这个名字后面的数字总是最大的。爹志得意满地回到家中，喝上一杯老白干，夸耀完自己的成绩，问我娘今日干得怎么样。

我娘叫张换，也是皮匠，但干的活儿与我爹不同。女的不铲皮，她们拉皮，是铲皮的下一道工序。娘的工具是一把刀，银杏叶的形状，手掌大小，锋利程度比爹的钢铲有过之而无不及。令人遗憾的是，娘在拉皮方面的成绩总让她羞于提及。把几张兔皮裁切成方块，再组成一大张褥子，干这活儿拼的不光是体力，还有心灵手巧的天分。我娘生得瘦小枯干，弱不禁风，天分和力气相当，都很贫乏。当年学拉皮，别人学一周，她学一个月，在村里传为笑谈，被树为笨人的典范。每当有女孩长到十五六岁，开始学拉皮，学了两天学不会，打退堂鼓时，师傅就会讲出我娘的事例——张换都学会了，你还学不会？你不至于比她还笨吧？如此口口相传，我娘的故事激励着一批又一批的女皮匠。

娘拉皮时，站在案子前，案子足够高，不用弯腰，左手拿木尺，右手拿刀，沿着木尺下刀，刀刀拉得笔直，裁切下的边边角角，扔在案子下，越扔越多，到晚上收工，那些细碎的兔皮没过脚脖子。东家收活儿，将她们的劳动成绩记录在案，张换这个名字后面的数字总是最少的。娘拉皮的速度慢，除了脑子笨，与其性格也有莫大的关系。她太过追求完美，用今天的话讲，有点儿匠人精神。经她手裁切而成的兔皮褥子，平顺而工整，往往让东家赞不绝口。她不求数量，只追求质量的做法招致了同行们的反感。东家往往以娘的成品质量作为验收的标准，不合格的打回修整。东家给女皮匠结工钱，是按数量计算的，并不参考质量的好坏。为追求数量，大家谁还管刀下的兔皮褥子是否工整。只有我娘是个例外，她孜孜不倦地生产着最好的兔皮褥子，心安情愿地拿着最少的工钱。我爹作为男皮匠中的翘楚，也属于追求数量而不顾质量的那一派，他对媳妇的做法极不理解，时常苦口婆心地教诲。娘不听，依旧我行我素，数量还是上不去。无奈之下，爹只好动手打人了。

经过一天的劳累，爹的双臂疲软无力，他在饭桌上强压怒火，吃罢饭，将一双臭脚泡在我娘端来的洗脚盆里，愣愣地看着电视，扮演一个温顺的哑巴。等到九点左右，他感到力气回来一些，也有点儿困了，打完媳妇正好睡觉，那么就开始吧——在将手掌拍到对方脸上之前，他总要慷慨激昂地讲几句话，以显得师出有名。

"为什么我每天给别人铲皮，别人不给我铲皮？因为咱家挣得少，我买不起兔皮，当不了东家。为什么咱家挣得少？因为你拉皮慢，人家一天拉二十个，你一天拉十个，有时候连十个也拉不了，只能拉八个。我让你拉八个……"

爹双掌刮风，掌掌落在娘的身上，娘很坚强，既不躲闪，也不哭喊，任由他打。他们住西屋，我住东屋，房间没有门，仅有门帘。我在床上躺着，听着那些噼里啪啦的声音，恍惚中，会错以为爹在西屋里独自鼓掌。正因缺少娘的反馈，爹越打越气，哇哇暴叫。突然，娘发出尖厉的哭声，声音刺破窗户，像一支射偏的箭，落到院墙外的胡同里。

"对，你就该哭，要不把你打哭，我不是白打了？"

次日，娘围着一块方巾烧火做饭。方巾虽大，却不能遮住所有的伤痕，除非把自己包个严实，仅露一双眼睛。其实这样也不行，眼圈是青的。爹依旧生龙活虎，心情似乎还不错，甚至谈得上有点儿愉悦。他吃喝完毕，站起身来，回头看我们一眼说："你啊，不光干活儿慢，吃饭也慢。"说罢，他拎着大铲出门。我与娘对坐无语，不约而同地加快喝粥的速度。

我小学毕业后，应该去镇上念初中，镇上离家六里地，需要骑车子。家里唯一的车子是爹的坐骑，他每天骑着去邻村铲皮，邻村缺皮匠，给的工钱略微多些。娘提议再添置一辆自行车，新的让爹骑，我骑旧的。爹没同意，他认为我上完小学就可以了，会算账，能写字，足以在乡村谋生活。娘不答应，说孩子的成绩还不赖，毕业考试全班第一，不去上学可惜了。那是我第一次看见娘主动与爹争吵，她声音不大，如同正常说话一般。爹没想到娘敢于争辩，意外地看着她，笑了笑。这次爹奇迹般没有动手，而是讲起道理来，当然，这道理也是讲给我听的。

"你看咱们四邻，都在干皮子。人家买了生兔皮，洗了，熟了，雇我铲皮，雇你拉皮，为什么人家能做东家，咱只能打工呢？因为人家有本钱。咱家有本钱吗？有点儿，可远远不够。咱又不能像人家那样，有亲戚借，向谁借？你爹张温？我爹朱蒿？一提这俩老东西我就有气。咱们只能自己攒钱！你拉皮那么慢，人家一天挣五十，你一天挣三十，差出来这二十，正好让朱强补上。"

听完爹的道理，娘不再言语。我不上学了，开始跟爹学铲皮，爹先带我去集市上买了钢铲，回家教我磨铲，一直磨到吹毛利刃。第二天清晨，爹骑上车子，我跳上后座，拎着俩兜子，装着我们的钢铲。皮匠们看见我，都笑，因为我还没有长开，站在他们中间，像个侏儒。那柄大钢铲，与我瘦小的身体极不相称。

铲皮前，要先支铲杆，靠墙斜支两根杠子，拉开点儿距离，中间绑上一根胳膊粗细的杆子，杆子的高度到人的膝盖。铲皮时，把皮子搭在杆子上，用膝盖顶住，人弯腰，左手拉住皮子的边，右手握住钢铲，身子一起一伏，上身用力，前胸压着铲弓，把皮子光板的那面铲掉薄薄一层。铲杆很长，可供三四个皮匠并排使用。由于我个子不够高，和他们共用一根铲杆的话，人家能用膝盖顶住皮子，我只能用大腿，显然不行，只好单独绑一根铲杆，守在一个墙角。

　　皮匠们爱开打屁股的玩笑。想象下，一个人弯腰趴在铲杆上，前面是墙，只留一个屁股冲着外面，打起来简直太容易了。还有的人，大概吃得不对付，肚子里有气，铲皮时不停地弯腰，挤压着肚子，就开始放屁。一听到屁声，大家都笑得很开怀。无论屁声是气壮山河，或者婉转动听，我是不笑的，注意力全在钢铲和皮子上，生怕一不小心铲到手。爹的位置离我最近，不断提醒我该如何用劲儿。爹是我的师父，很严厉，我要铲不好的话，他会停下手里的活儿，转到我身后，先提醒我一声"停"，然后一脚踹在我的屁股上。提醒我是让我有所准备，免得在挨踹时铲到手。有一次，他的脚刚离开我的屁股，我就放了一个屁，大家都笑疯了。因为我话少，常被爹说一脚踹不出一个屁来，这回爹也笑了，他说："还行，能踹出屁来。"

　　我不笨，只用两天的时间就学会了铲皮，难以克服的是气力的匮乏。干上一会儿，我的腰开始疼，停下，直起身子，歇一歇再干，腰变得麻木，仿佛不是自己的。膝盖一直顶着杆子，磨得生疼，晚上回到家，脱下裤子一看，掉了一层皮。还有手，无论是握着钢铲的右手，还是拽着皮子的左手，时间久了就会抽筋，不得不停下来，让两只手互相掰扯一下。爹告诉我，每一个皮匠入行时，都要遭这样的罪，他也是这样过来的。所以，我得忍着，挺过去就好了。

○ 张换 ○

  我成功生了儿子后，最高兴的是我娘，她的秘方再一次得到应验。朱塔也是高兴的，但明显不够热烈。要知道，当年我弟弟降生时，我爹张温欣喜若狂，差点儿疯掉，跑到院子里撒欢，发出驴子的叫声。娘来给我伺候月子，吩咐朱塔去拉一车沙土。那时候，婴儿都需要放进沙土口袋，拉屎撒尿都在里面。朱塔默默地去拉沙土，又默默地用大锅把沙土炒干，全程没有说话。大姐张金、二姐张玉和三姐张改一起来看我，她们察觉到朱塔的异样，问我怎么回事。我想了一下，知道是怎么回事，但没说。我说，他就是那样的人。公公朱蒿照旧没露面，自从我们分了家，就不来往了。

  有一些风言风语，传到我娘的耳朵里。她问我是不是受过朱蒿的欺负，我点头。她又追问细节，这我就不好说了，让她不要问。她不再问我，竟然跑去问朱塔，正戳中朱塔的肺管子。朱塔什么也没说，只是嗷嗷叫了两声，进屋搜了我娘的东西，塞到她怀里，让她走。

  我一个人熬过月子。幸好是夏天，不冷，孩子可以躺在沙土里，而且也没有长痱子。家里有五只鸡，每天下两三个鸡蛋，我捡来做鸡蛋羹，跟朱塔一人一半，我的奶水就全靠这鸡蛋羹了。朱塔看孩子的眼神不冷不热，我知道他怎么想的，可他就是不说，如果他说，我也会说。

  孩子的名字叫朱强，是我起的，朱塔不管。我让他起，他说爱叫什么就叫什么吧，反正都是姓朱。从朱强一岁开始，我们就努力再生一个，我却怀不上了，看来他们家单传的铁律是不会被朱塔打破的，就算他身体再壮也不行。这让朱塔很懊恼，养成喝酒的毛病，喝也不多喝，一二两就够了。酒得花钱买，

169

家里钱不多，能吃饱就不错了，这是朱塔在喝酒方面比较克制的唯一原因。

朱强出生那年，村里有人做兔皮加工的生意，发了财。从前，这生意都是队上干，是集体的买卖。我曾在队上的皮组干过，拉皮子的手艺就是在那里学会的，虽然没别人干得快，但活儿是没挑，咱不比数量比质量，这点我颇为自豪。户家开作坊，雇人干活儿，皮匠们忙碌起来。在干活儿方面，朱塔很是卖力。他曾对我说过自己的计划，干上几年，有了钱，就把土坯房拆掉，盖砖房。单靠他一个人干，实现这一目标有点儿费力。我也应该去干，可朱强还小，家里没别人，我不但需要看孩子，还得去地里伺候庄稼。为将我从孩子和庄稼中解放出来，朱塔经过慎重考虑，决定去寻求他爹朱蒿的帮助，我说什么也不同意。他说："我都不介意，你凭什么不同意？"我说："那个老孬种不会看孩子。"朱塔并不介意我骂他爹是个老孬种，但他照旧打了我两巴掌，完全因为我不同意。

那时朱蒿刚过五十岁，还不算老，他一人种两亩地，空闲时间比较富裕。每当我领着朱强走过村子的大街，会遇见他。他总是坐在小卖部的门口，和一群老头儿谈天说地。那些老头儿都老得很充足，完全可以心安理得地坐在街边晒太阳。朱蒿是其中最年轻的，他坐在那里，仅仅是因为无所事事。我是不会搭理他的，闷头走进小卖部，买上想买的东西，再闷头走出来。看见朱强后，朱蒿的眼睛会亮一下，暂时从老态龙钟的角色扮演中挣脱出来，笑容满面地喊一句："朱强，好孙子！"对于这个爷爷，朱强是陌生的，甚至可以说根本不认识。在他的小脑瓜儿里，根本没有爷爷这个概念，只有姥爷和姥娘，所以在看到一个老头儿向自己表达热情时，他会本能地躲到我身后。我对朱强的表现很是满意，事后会郑重地提出表扬，告诉他,那个老头儿不是好东西。朱强点头,对他爷爷朱蒿更是冷淡。直到有一天,朱强在小卖部里非要买糖豆,我不给买,他响亮地大哭起来。

朱蒿闪身走进小卖部,买下糖豆,然后蹲下来,手捧着糖豆,送到朱强眼前。朱强先看见糖豆,破涕为笑,伸手接过,而后递给我,让我打开包装。我一时火冒三丈,想一手打掉朱强手里的糖豆,可看着朱强那可怜兮兮的小脸,再瞥见朱蒿满是讨好的笑容的老脸,心里软了一下,本已经抬起的手没有落下。我瞪了朱蒿一眼,匆忙拉起朱强走了。

娘曾说过,在她的四个闺女中,我是心肠最软的一个。如果以此为标准排序的话,是这样的:我、大姐张金、二姐张玉、三姐张改。我没少因此而吃亏。就在我为孩子而犯愁时,三姐张改家已经做起皮草加工,她来到我家,请我去拉皮子。她知道在方圆十里的女皮匠中,我的手艺是首屈一指的,虽然干活儿慢点儿,但干得精细,省出的材料更是可观。我说:"去不了,孩子没人管,庄稼地里全是活儿。"她说:"怎么不让你老公公看孩子?"我说:"不愿让他看。"她说:"你看看你住的这破房子,不想翻盖翻盖?"我说:"翻盖是想翻盖,但没有钱。"她说:"没钱就去挣钱,你在跟钱过不去。"我说:"那我带着孩子去挣钱。"

三姐张改刚结婚那会儿,条件跟我家差不多,不知他们是怎么混的,竟然成了东家。我问她从哪里搞到的本钱,她说:"信用社贷款。"还是她命好,虽然姐夫生得瘦小枯干,完全比不上朱塔,但有个在信用社上班的表哥,能搞到贷款。

我答应下来,决定从第二天起,去拉皮子。我找出好久没用过的拉皮刀,在油石上磨亮。这刀子的形状像手掌大小的银杏树叶,我拿在手里,做了几个拉皮的动作。晚上朱塔回到家,我把这事告诉他，他是很赞同的，只是怕我耽误地里的庄稼。家里有四亩地，种着玉米，正需要锄上一遍。之前我一个人锄草，朱强在地里玩，我锄几下，抬头看看朱强，玉米还没长高，能看到朱强的脑瓜儿顶。现在我要去拉皮，锄地的活儿谁干？朱塔只好硬着头皮去找他爹。我在家里等着，心里很是不安。不一会儿，朱塔回来，说："老孬种答应了。"沉默一阵后，他说："你三姐都要发财了，咱家还是这个穷样。"

早晨，我背着朱强去三姐张改家，两个村子离得不太远，四里地。朱强想从我身上下来，自己走。我把他放下来，他走倒是走，就是走得太慢，我又把他背到身上。走到三姐家，我有点儿累了，从水缸里舀一瓢凉水，灌进肚子里，开始拉皮子。朱强在院子里玩，我不放心，不时出来看他一眼。要是有个大孩子能跟朱强一起玩就好了，三姐家的孩子比朱强大三岁，已经上学了。院子里没什么可玩的，朱强很快就玩烦了，跑到我干活儿的地方，抱我的腿，要去小卖部买吃的。我说不行，他开始磨人，气得我一跺脚，把他震了个跟头。朱强大哭，我有点儿心疼，抱住他哄，哭一会儿，他就睡着了。

七点收工，天还亮着，我背着朱强回去，路过自家的玉米地，看见朱蒿正在锄草。风吹过，玉米起伏，像一片浩瀚的绿海。天色不早，弯腰驼背的朱蒿就像海里的一只虾米，他看见我和朱强，冲这边招手。我没搭理他，低头走过去。

晚上回到家，朱塔问我拉了几个，我说六个。他又问别人都拉几个，我说十个吧。他有点儿不痛快，吃饭时一直给我白眼。

◦ **朱强** ◦

从小学毕业那年起,我的个头儿再没长过,仅仅比娘高一点儿,比爹差远了。对于我的身高,爹倍感失望,他曾不止一次地发出感慨,并加以分析:"你怎么就长不高呢,我是大个子,你爷爷也是大个子,无论是随谁,都应该是大个子才对啊。"娘认为,我没长起来的原因是累的,我整日弯腰铲皮,本该用来生长的营养全被腰和胳膊用光了。爹对我铲皮的数量是有要求的,必须接近他的一半。皮匠里,就数他能干,每天傍晚,东家清点每个皮匠跟前皮子的数量,爹的名字后面的数字总是遥遥领先,我要达到他的一半,并不容易。他们每干上一小时,会围坐在小桌子前抽烟、喝水。我不想浪费时间,匆忙喝口水,又趴到铲杆上像猪拱地那样干起来。这样干过两年,我的腰直不起来了,竟然成了个小罗锅,这真是件悲催的事,因为我看上去更矮了。

令我欣慰的是,我那些上了初中的伙伴,大多没有坚持到毕业,纷纷回家当了皮匠,而这时,我已经是个成熟的老师傅了,完全有资格对他们的稚嫩表现指手画脚。他们的个子不比我高多少,我希望在这种劳动的摧残下,他们的身体也能停止生长,变成像我一样的小罗锅。如果我们这代人都是罗锅的话,我也就没什么可抱怨的了。

因为我的参与,家里的钱增长速度有所加快。这让我深感自豪,感觉自己已经长成大人,不由得装起老成来,打算练习抽烟与喝酒,可整天跟着爹,并不敢轻易尝试。如果想真正融入皮匠的队伍,不会这两样是不行的。皮匠很少单独行动,总是一伙一伙的,每一伙都有一个头儿,我们这伙的头儿是我爹。大概他觉得我应该尽快摆脱少年的模样,在一次休息时,出乎意料地递给我一根烟。我受宠若惊地接过来，叼在嘴上。爹划一根火柴，又送过来一朵小小的火焰。我忐忑不安地看他一眼，他说："看我干吗？快点上。"我在火柴燃尽之前把烟点着了，一团刺激的香气在口腔内炸开，让我无法承受，连忙吐出来，咳嗽不止，爹笑呵呵地拍我的背。因为罗锅的原因，我很忌讳别人触碰我的后背，本能地逃开。他说："别吐，咽进去。"我再吸一口，想象自己喝下一口滚烫的水，憋住嘴，做吞咽的动作，喉咙像被手指抠了一下，恶心感奔涌而来。我蹲在地上，边咳嗽边干哕。爹又说："慢一点儿，嘴别闭得那么紧，用鼻子和嘴一块儿吸气。"我又用这方法试了一下，忍受住恶心和眼泪，终于成功地从鼻子喷出两股蓝色的烟。

每当一批活儿干完，东家会请皮匠们喝酒，这是规矩。收工之后，我们慢腾腾地收拾工具，拍打粘在衣服上的兔毛，聚集在压水井边，洗手，洗脸，甚至洗头，无论怎么洗，身上都有皮子的臭味。东家的女人在厨房忙活，炒菜的香味飘满院子；东家的孩子从街上回来，推着手推车，车上有啤酒和熟食。我们把自己清理到自以为干净的程度，再次围坐在小桌前，耐心地等。不一会儿，一桌酒席摆好，有炒鸡蛋、炒蘑菇、炒蒜薹、炒豆角、凉拌西红柿、凉拌黄瓜、猪头肉、火腿肠和带鱼罐头。这是好的东家准备的标准酒席，抠门的东家，会不摆后面那三样肉菜。我们见天吃馒头和面条，对这顿酒席充满渴望，可我们都努力装出毫不在意的样子，云淡风轻地聊着天，只是眼睛会忍不住往酒席的方向瞟一下。终于落座，没有人说客气话，都太过熟悉，没必要说，面对一桌子美味佳肴，兴奋地开起玩笑，平常总被奚落的人此时会备受嘲弄，比如我。大家的笑声更是比往日欢快许多。年龄的差距与内向的性格使我一言不发。

有人怂恿我喝啤酒，我看看爹，他不理不睬，正忘情地与

174

东家对饮。我决定不再等待爹的指示，毅然端起酒杯，喝下一大口。啤酒并不好喝，有股泔水味儿。与抽烟相比，喝酒的难度几乎为零，我很快喝下一杯，感觉肚子有点儿饱，不再喝，抡起筷子狂吃菜。等吃到自认为不亏了，再喝下一杯啤酒。当我再喝第三杯时，感到头晕目眩，被吃空的盘子像漂在水上，晃晃悠悠地波动着。在把所有的菜和啤酒全部干光后，皮匠们起身离开。熟悉的院子变得陌生，大门仿佛也换了位置，我一时不知该往哪边走。我的胳膊被一只大手掐住，是爹，他的脸忽远忽近，发出的声音飘忽不定。他问："喝了几杯？"我说："三杯。"他说："三杯就成这样了？还得练。"后来他把我拎上自行车后座，让我搂紧他的腰。我问："兜子呢？"他说："你还想着兜子呢。那兜子里装着我俩的钢铲，平常由我拎着。"爹说："你还想拎兜子？要拎不住，铲到你自己的腿是小事，磕了刃可是大事。"保险起见，我们的兜子拴在别人的车子上。我不好意思搂爹的腰，只是紧紧抓住他的衣服。行至半路，我的意识变得模糊，打盹，头碰到爹的后背。爹大喊："别睡，到家再睡！"我打自己一个耳光，努力保持清醒。路两边是漆黑的玉米地，幽暗的虫鸣声绵延不绝。我想起多年前的那个傍晚，娘干完活儿，背着我回家，路两边也是玉米地，当时的玉米还没长高，站在田间的爷爷招了招手，我也招了招手。

就这样，我学会了抽烟与喝酒，谈不上喜欢，只求那种融入群体的感觉。在抽烟与喝酒时，我会忘记自己的年龄，或者把自己想象成二十二岁，因为那是男人法定结婚年龄。还有好几年，我才能到二十二岁。

爹虽然是我们的头儿，但并不意味着别人不能开他的玩笑。因为是一对父子，所以他们在开爹或者我的玩笑时，总会习惯把另一个人捎带上。爹轻易不生气，会用更脏的话笑骂回

175

去，但有一次，他被那个外号叫洋江的家伙真的惹怒了。洋江本名叫张新江，二十七岁，没爹没娘，是个光棍，他留着漂亮的中分头，衣裳花哨，有点儿洋气，所以得了个洋江的外号。他开起玩笑来最是过分，总有点儿不管不顾、拼死一搏的架势。当时他们正聊驴与马交配后生骡子的话题，到底是公驴与母马所生的骡子好，还是母驴与公马所生的骡子好，我爹与洋江争论不休。其间，洋江把目光落在我身上，说："朱强，你觉得是我说得对，还是你哥说得对？"我还没回过味儿来，爹的拳头已打在洋江的下巴上。洋江的嘴正半张着，在外力的打击下猛然闭合，刚好咬到舌尖，再张嘴，喷出一口血。

◦ **张换** ◦

张温和朱蒿本是好朋友，他们的友谊并没有延续到老。在三姐家拉皮时，有人告诉我，曾看见他们二位打架。我没有停下手里的活儿，表现出足够的好奇，而是漫不经心地问："哦，他们怎么打的？"那人一边利索地飞着刀子，一边喋喋不休地讲述她的见闻。打斗发生在集市边，可以肯定的是，他们是在集市的里面遇见的，不知道说了什么，顾忌到面子，没在人群里动手，特意拉扯到人少的地方，才开始大打出手。男人是不吵架的，总会优先选择拳脚，哪怕是两个老了的男人。朱蒿个子高，体格也壮，自然占了上风，最后把张温打倒在地。我明白她为什么要当着好几个人的面，对我说这件事。尽管她们都没笑，可看得出来，一个个心里早就乐开了花。打架的两个人，是亲家，单单说给不相干的人，没什么意思，而如果听众里有我的话，这件事就变得有趣多了。

我想起结婚之初，爹经常登门，不是来看我，而是来找朱蒿喝酒。我在堂屋的大锅里炒两个鸡蛋，作为他们的下酒菜。酒过三巡，他们开始回忆当年身为贫协主席的光辉岁月。爹辛苦地步行数里路，别无他求，就为了说这个。朱塔回来，看见他们在喝酒，打声招呼，转身出去，蹲在院子里抽烟。朱蒿喊："你跑什么，过来陪你老丈人喝酒。"朱塔说："你们喝，我不想喝。"张温一笑，说："他不想喝就算了，咱老哥俩喝。"他们接上刚刚被朱塔打断的话题，又沉浸在回忆里。炒鸡蛋已经吃完，只剩空盘，朱蒿没有吩咐我再去炒菜，在老朋友面前，依然保持着抠门儿的本色。他端起空盘，翻过来，让张温看盘底的青花印章。他说："这是'破四旧'时，我从富农家里抄来的，看，有章，算是古董了。"张温连连点头，不禁感叹："那么好的贫农协会，怎么能被撤销呢？"朱蒿附和："是啊。"天擦黑，张温告辞，摇晃着走了。朱蒿要朱塔去送送。张温说不用。朱塔本不愿送，就任他走了。

　　朱塔很少跟我说心里话，仅有的几次，都是在我爹喝完就走了之后。他躺在炕上，把被子撩开，说燥得慌。天不热，盖一床被子正合适，他却要把光着的身子晾在外面。他说："我算是知道咱家为什么老受穷了。"我问："为什么？"他说："因为你爹是贫协主席，我爹也是贫协主席，贫到一块儿去了。"我说："你想多了。"后来又有一次，他说："当初我爹让我娶你，我是不乐意的。"我说："你为什么不乐意，我哪里不好了？"他说："跟你好不好没关系，当时我正跟别人好着。"朱塔直言不讳地对我说这事，看来是真没把我当回事，让我很生气。我问："那你为什么不娶人家？"他说："我爹不让娶，嫌人家是富农。"我问："后来呢，人家嫁给谁了？"他说："嫁到邻村后，一家子搬到内蒙古去了。"

　　最让我生气的，是后来的一回。他说："想去内蒙古看看。"我问："去看什么，大草原吗？"他说："看她过得怎么样。"我说："你去吧。"他说："没路费，钱都在老头子手里攥着。"我说："我去帮你要。"于是我跑到堂屋，喊刚睡下的公公出来。我是从被窝里爬出来的，穿的有点儿少，朱塔只穿一条内裤，把我拉进里屋，说："你去找他，应该穿好衣服。"朱蒿听到动静，高声问怎么回事。每次与我爹喝酒，他都喝得不多，他的解释是，酒挺贵的，得紧着客人喝。我穿好衣服，来到堂屋，对朱蒿说："朱塔想去内蒙古，你给他点儿路费。"公公问："他去内蒙古干什么？"我说："你问他吧。"他去问朱塔，后者什么也不说，被问急了，才说出一句："必须去一次，想得慌。"公公是聪明人，马上明白儿子的意思，一巴掌打过去，说："想得慌就想得慌吧，内蒙古那么远，去一趟得花多少钱？"

　　闹过一场，朱塔呼呼大睡，我却睡不着，想着明天的日子怎么过。女人遇到这种情况，常规的做法是收拾一个包袱，跑回娘家，等男人去赔不是，再扭扭捏捏地回来。我不想那样做，回去后，爹肯定不会给我好果子吃，而且朱塔也不一定会去赔不是，他爹朱蒿倒是有可能去的。看着月亮，我想起几年前在皮组干活儿时，铲皮的洋江总会偷偷溜进女工的屋子，故作惊奇地喊一声，谁的苹果掉了？他从我脚下拿起一个苹果，对我说："你的苹果怎么掉地上了？我去给你洗洗。"旁边的人都笑，把我的脸都笑红了。这样的把戏，洋江玩了一次又一次，不知他从哪里弄到的苹果，都挺甜的。我爹是看不上洋江的，因为他家里成分高，父母有痨病。他有个姐姐，长得很漂亮，当时刚十六岁，与家里划清界限，学城里的人跑到北京去了，一直没回来。洋江一个人过，可谓无家无业，找个人家入赘当上门女婿倒是合适。如果我没有弟弟，张温肯定也会这么想。

朱蒿似乎察觉到我的难过，想对我说什么，又总是欲言又止。家里三口人，他和我单独相处的机会并不多。有天，朱塔去帮人家盖房，晚饭不回来吃，朱蒿和我吃着饭，他终于有机会说几句了。他说："你放心，朱塔是不会去内蒙古的。"我说："嗯，知道。"他又说："你是个好媳妇，他娶你，是他的福气，他怎么就不知道呢？"我低头哭了。这时我感到一只粗糙的手开始抚摸我的头发，我没动，那只手插进头发里，接触到我的头皮，很烫，像一把烙铁。我放下饭碗，想回屋好好哭一场。朱蒿把手收回去，递过一条毛巾，我擦眼泪。他说："你哭吧，哭出来就好受了。"他在我身边坐下，靠得很近。他说："我一直把你当亲闺女。"听完这话，我一头栽倒在他的怀里，他的手又插进我的头发里，更烫了。我晕头转向地哭了一会儿，猛然感到不妥。在我把头抬起的瞬间，那只手恋恋不舍地揪住了我的头发，我惊慌地大叫一声，得以挣脱。

日子别别扭扭地过着，一年之后，发生了那件事，朱塔要和我搬出来另立门户。盖房之前，朱塔向他爹要钱。我在院子里听见屋里传来巨大的拍桌子的声音，肯定是朱蒿拍的，他的手很有力气。朱塔垂着头走出屋，说老家伙不给钱。从那天起，他就正式管他爹叫老家伙了，顺带着，对我爹的称呼也变了，叫老东西。没钱就不能买砖，我们只好去打土坯。荒野里有的是土，是不要钱的。

钱一直是个问题。房子盖好后，我们一分钱都没了，粮食也不够吃。一天晚上，朱塔潜入旧家，偷了一袋麦子。我问："怎么不去朝他借，干吗要去偷呢？"他说："我宁愿去偷，也不朝他借。"第二天，朱蒿找上门来，直接推门进屋，看了一眼墙角的口袋，什么也没说，转身走了。光有吃的不够，油盐酱醋还得用钱买。我去大姐和二姐家借钱，她俩还不错，多少借给我一点儿。三姐家是不敢去的,我一去,她不但不借,肯定还要数落一顿。

挺过一年后,朱强出生。朱塔去铲皮挣钱,总算有了一点儿钱,赶紧把借大姐和二姐的钱还上。转眼又过了三年,我去三姐家拉皮,干完活儿后,工钱迟迟不给,这让朱塔十分恼火,逼着我上门讨要,我只好硬着头皮去。三姐张改说:"工钱都没给,买成皮子了,你过些天再来干吧,干完一块儿给。"我回去给朱塔一说,他马上拍了桌子。拍了桌子又能怎样,我还得去三姐家干,不干一分钱都拿不到。消了火气后,朱塔连连称赞我三姐脑子好使,她这么干,相当于用别人的钱滚自己的雪球。最后,他说:"当初我要娶她就对了。"我说:"你不是想娶内蒙古那个吗?"他说:"对啊,都是俩老玩意儿闹的。"

○ **朱强** ○

每到过年的前几天,爹会算账。我不明白有什么好算的,就那么多钱,又不会因为他的计算而增多。看那么大一个人,在方桌前正襟危坐,极其认真地做着加减乘除,我觉得有点儿好笑。不管怎么说,我是上过小学的,他只上到小学四年级,账应该由我来算,可他信不过我,坚持自己来。后来我算是想明白了,爹把算账当成了一种乐趣,他在提前享受春节的快乐。在将全年收入计算完毕之后,他得出一个数字,与去年得到的那个数字相比较,又得到一个数字,这个数字反映出我家财富增长的程度,往往是令他满意的,促使他心情愉悦起来。愉悦之余,他仍不忘来上一句:"还不够哇。"他想去东北买兔皮,自己做东家,我支持他,并希望他去东北时能带上我。活这么大，我没离开过家，去过最远的地方，是县城。

钱终于攒成一个让爹满意的数目，他让娘收拾行装，准备出发去东北。让我失望的是，他没打算带上我，与他同行的是我大姨父和二姨父。出门买皮，大多是数人搭伙，钱合到一起，买了兔皮之后，打成包，用火车托运到家，再算账，把兔皮分归各家。我三姨父虽然是个木讷而胆小的人，但在我三姨的陪同下，他们数次北上，每次都收获颇丰，买回的兔皮张子大、毛头足，眼看着走上发家之路。我爹他们本想跟三姨父搭伙，同去一趟，但被三姨婉言谢绝，看在亲戚的面子上，不吝赐教地传授了一些经验。这多少让三位连襟暗憋了一口气，他们决定摸着石头过河，蹚出一条路来。

爹把钱分成两份，一份缠在腰上，另一份装在内裤里，这方法来自三姨父传授的经验，腰带和内裤都由娘缝制完成。我上学时的书包在闲置多年后，终于又派上用场，爹把烙饼、鸡蛋、毛巾、茶缸、香烟、火柴等吃穿用品统统装在里面。单看这个鼓鼓囊囊的书包，不知情的人，还会以为一个孩子将要踏上出门求学的路途。收拾停当后，爹和大姨父、二姨父又开了两次会，对这次行程将会遇到的各种情况做了充分预估。比如，万一遭遇抢劫，该怎么办？三人中，爹是最为勇猛的，他表示自己会第一个冲上去，与歹徒展开殊死搏斗。可如果对方拿着刀呢？爹的鲁莽之举只会让自己送命，所以大姨父建议，在下火车后，买三把刀子，作防身之用，安全是第一位的。看得出来，大姨父和二姨父都有些忐忑不安，若不是我爹始终保持着高昂的斗志，他俩早就打退堂鼓了。

终于在一个雾蒙蒙的早晨，他们三人出发了，各自从家里出来，骑一辆自行车，后座上坐着儿子。他们在省道路口会合，互相查问有没有忘带什么东西。这是他们第一次出远门，显得

181

兴奋而急躁，说话的声音比平常大，嘴里吐出的哈气被雾气收纳，他们抽上烟，烟气又暂时战胜了雾气，但我始终看不清他们的脸色。三家用来买兔皮的钱都在爹的身上。大姨父虽年纪大些，但生得干瘦，由他带钱的话总让人觉得不太保险；二姨父是个经常丢三落四的马大哈，钱如果放在他那里，难免有丢失的风险；我爹外表粗壮，让人望而生畏，而且心思缜密，确实是管钱的不二人选。大姨父和二姨父伸手拍拍我爹的腰，爹像被痒到一样笑了两声。俩人又去摸爹的裆部，还没摸到，爹及时躲开，大声说："放心吧，就算我老二丢了，钱也丢不了。"

　　天气很冷，我们跺着脚，踢踏出急行军一样的脚步声。一辆去往市里的小客车从雾中钻出来，他们扔掉烟头，提起包裹，像要上台发言的人那样清了清嗓子，爹还吐出一口痰。他们钻进车里，小客车又向雾中开去。我和两个表哥冲小客车挥手，不知道他们在车里是不是也冲我们挥了挥手。

　　我们骑上车子，各自回家。两个表哥是同岁，比我大两岁，刚刚经历过从学生到皮匠的转变，我虽然年纪小，但早已是资深皮匠了。对于这命运的安排，他们很不满意，并把其中一部分罪过算到我头上。如果不是我开先河，小学毕业就做了皮匠，他们的父母也不会做出如此无情的决定。每当面对他们时，我心里总有一种莫名的歉意，好像我就是毁掉他们精彩人生的罪魁祸首。实际上，两位表哥的学习成绩并不出色，都不如我，如果说他们将来能考上大学，无异于天方夜谭，我根本不知道他们对未来的幻想从何而来。有天，俯身于铲杆之上的我直起腰来，恍然大悟，促使他们心生幻想的，难道不正是这痛苦的劳累吗？

　　家里没有电视，只有一台收音机，晚上我听广播，直到睡着。有次，收音机里的人说，人生有三苦，撑船打铁磨豆腐。

竟然没提到铲皮，让我很不服气。白天干活儿时，我提出一个问题，与撑船打铁磨豆腐相比，铲皮算不算更苦的？这是我第一次主动挑起话题，他们先是意外地愣了一下，而后一致认为这问题提得好。他们都说，铲皮当然是最苦的，之所以被忽略，完全是因为干这行的人少。关于我们的说法，只有那一句"三个臭皮匠，顶个诸葛亮"，而这句话中所指的皮匠，想必也是做皮革的皮匠，与我们做皮草的皮匠有些差距。

落入这样一个既辛苦又被人忽视的行当，难怪我的两位表哥会心生哀怨，幻想着自己的人生还有别的可能。我早就认头了，告诫自己莫要胡思乱想，心里一乱，钢铲就会不听话，铲到手脚，可不是闹着玩的。

爹走后，娘看上去比平常高兴些。有一天，她笑着对我说："你爹可能不会回来了。"我不知道她为什么要笑着说这句话，好像是开玩笑的样子，又好像不是。我心里一阵翻滚，想不到娘也有这种预感。我暂时不敢说出真实想法，故作天真地说："东北那么冷，冻也能把他冻回来。"我们只说过一次这样的话，而后心照不宣地绝口不提。家里没有爹，氛围大为改观，犹如大雾消散后的正午，万物显形，并散发出新鲜的光芒。娘的心情是愉快的，吃饭时总要讲几件听来的趣事，我想笑就笑，似乎也不像往常那样累了。

半月的时间一晃而过，他们还没有回来。我和娘似乎已经完全适应没有爹的生活，仿佛家里从来就没这个人，一直是我们母子相依为命。大姨和二姨找上门来，问："老四，你说说，他们怎么还不回来。"娘说："你们知道东北有多大吗？"她俩摇头。娘说："至少比我们河北大三倍，他们在东北收兔皮，跑来跑去的，肯定耗时间，半月不算什么。"大姨说："以前老三跟三妹夫去东北，用不了半月就回来了。"娘说："他们

183

一家，买的兔皮少，咱们三家，买的兔皮多，半月时间哪儿够？"她们点头，又胡乱说了一通话，就走了。

没想到下一个登门的，是我爷爷。那天收工时正值黄昏，等我骑车子回到家，天完全黑下来。娘回来得稍晚些，一是因为她在屋里拉皮，有电灯，天黑后也能干；二是因为她没有自行车，需步行回家。我到家后，先要生炉子，再淘米煮饭。把这几样活儿干完，我打开收音机，晚上信号不好，找台比较麻烦。在一片杂音中，我听见大门口传来脚步声，还以为是娘回来了，随即又有一声苍老的咳嗽，我连忙站起来，迎出去。

爷爷身穿一件黑色的棉猴，从夜色里钻出来。在我的记忆中，他从没走进过我家的门，而我和他的交集，也仅限于麦收和秋收两个农忙时节。到那时，他会沉默地来到我家的地里，帮忙干活儿。他和我爹娘很少搭话，仿佛是个陌生人。我从小就知道，这人是我爷爷，还记得他在小卖部给我买过糖豆。那时他还没这么老，现在他完全是个老人的样子，坐在小卖部门前的老人堆里，已没有丝毫违和感。

我说："爷爷。"他说："哦，你在家啊，你娘呢？"我说："她还没回来。"他说："那等她一会儿吧。"我把他让进屋，他坐在一张小板凳上，四下打量。土房一间，墙上的泥脱落得所剩无几，露出里面的土坯，房梁歪歪扭扭，努力地撑着草毡子。门口是砖砌的炉子，上面坐着一口黑锅，冒着热气。炉子对面是一口水缸，盖着一面黑色的木盖，以免落进灰土。本该放半仙桌的地方放着一张木板床，床上堆满锅碗瓢盆。床前是一张小方桌、三把小板凳，这是我家的饭桌。

爷爷说："这些年，你爹一直说要翻盖房，怎么没动？"我说："前年本来想翻盖，但没舍得，钱要留着买兔皮。"他说："这年头，谁都想发财，你爹走几天了？"我说："半个多月。"他说："你敢跟爷爷打个赌吗？"我说："赌什么？"他说："赌你爹回不回来。"

◦ 张换 ◦

我爹张温死于腊月二十三，他未到七十岁，谈不上太老，比那几个整日坐在小卖部门口的老人都要年轻。临死前一天，他还在兔子棚里干活儿。兔子棚是我弟弟盖的，养着几百只兔子，比较矮小，进去的人必须弯腰驼背。在我爹的万般宠爱下，那个曾让他学过驴叫的儿子终于长成一个游手好闲的人。他本叫张有，是张温起的，希望他能过上应有尽有的日子。后来张有觉得"有"这个字太过俗气，自作主张地改名为张友，意思是朋友遍天下，也不错。后来，张友确实有了很多朋友，教给他如何抽烟喝酒，如何推牌九，如何偷他爹的钱。

为让儿子走上正路，我爹曾将其托付给朱塔，请朱塔教其铲皮。可惜的是，脾气火暴的姐夫未能将小舅子改造成皮匠，反而被偷去几百块钱。一气之下，朱塔动用了拳脚，把瘦弱的张友揍得胖了一圈。我爹召集四个女儿，要求每人出点儿钱，让张友盖个兔子棚。虽然本地是皮草之乡，可很少有人养兔子，真是奇怪，既然那么需要兔子皮，为什么不自己养呢？我家的钱都在朱塔手里，他坚决不出，说被张友偷走的那几百块，就算资助他的兔子棚了。大姐、二姐和三姐虽不情愿，可架不住爹娘声泪俱下地恳求，分别出了几百块。爹用那些钱建了兔子棚，又买了兔子笼和几十只小兔子。

我爹之所以要让张友养兔子，还有个原因，那就是张友爱养狗，可以说爱狗成痴，他把对家人的感情都倾注在两条黑背身上。我爹认为儿子是喜爱动物的人，兔子比狗可爱多了，儿子应该会兢兢业业地加以饲养。可他想错了，张友对狗的喜爱是任何动物替代不了的。他对那些兔子不管不问，甚至丧心病狂地抓出几只，装进编织袋，背到野地里，放出来，让黑背去追杀，训练爱犬的捕猎技能。为保住兔子们的性命，我爹不再让张友靠近兔子棚，他一人挑起抚养兔子的重担。腊月二十二那天下大雪，他在兔子棚的门前摔了要命的一跤，当时身上还背着一筐兔子粪。

　　我得到消息时正在三姐家拉皮，有人冒雪送来消息，这消息是送给张改的。她跑进我干活儿的屋里，说："张换，咱爹不行了。"送消息的人一看我也在，说："这挺好，不用再去朱庄跑一趟了。"我放下尺板和刀子，来到院子里，盯着积雪愣神，张改在北屋洗脸、换衣服。等了好一会儿，她才出来，她本是急性子，现在倒是不急了。路上有积雪，不方便骑车子，我俩步行。来到村外，白茫茫一片，偶尔能看到灰色的野兔奔跑跳跃。放羊的人扛着长鞭，一大群羊散落在麦地里，羊头拱进雪中，啃食麦苗。与雪相比，绵羊显得不够白了。张改说："你吃过涮羊肉吗？"我摇头。她说："我在东北吃过一次，太好吃了，以前咱爹总说羊肉膻，其实一点儿也不膻。"我不记得爹说过这话，我怀疑他也没吃过羊肉，羊肉多贵啊。

　　张友带着人在院子里搭灵棚，我还以为爹已经死了，赶紧哭着跑进屋。爹躺在炕上，盖着厚被子，脸色灰白，让我想起雪地里的绵羊。他还没死，微弱的气息表明，所剩时间不多了。大姐和二姐早已赶到，埋怨我和张改来得迟了，其实只要人还未咽气，就不算迟。娘坐在炕头，盯着爹的脸，不时用手撑开他的眼皮，查看瞳仁的状态，瞳仁一旦散开，他就是死了。爹的手慢慢地从被子下面伸出来，指向我，我连忙靠近，抓住他的手。爹张嘴，发出的声音极小，我必须趴下去，把耳朵靠近，才能勉强听见。爹问："朱塔回来没有？"我说："还没有。"爹说："他要不回来，你就改嫁，洋江人还凑合。"我说："算了，爹，算了吧。"

在我说算了之后，爹的手失去力气，从我手里滑落到被子上。爹的最后一口气喷到我的耳朵上，似乎掺杂着一声叹息，想不到爹临死时还惦记着我的事，我放声大哭。张金、张玉和张改哭着扑过来，把我挤到一边。张友进来，问："咽气了吗？"娘再次撑开爹的眼皮，很有把握地说："死了。"张友随即发出男性特有的粗粝的哭声。娘下炕，请几个到场的女人制作孝衣。她拿来两沓黄纸，递给张友和张金。男人和女人各成一队，分别由张友和张金带头，哭着走到村外，跪下，点燃黄纸。火在雪地上烧出两个窟窿，就像两只死不瞑目的眼睛。

老人过世是村里的大事，人来人往，没人顾得上扫雪，雪被踩成水，水和土混在一起，又变成泥，于是爹的葬礼在一片泥泞中拉开帷幕。我们四个姐妹哭作一团，娘倒是没怎么哭，她只是问："以后那些兔子怎么办？"张友跪在灵前，身后卧着两条黑背。他倒是像模像样地哭了一阵，后来哭累了，也就不哭了。张改哭得最为响亮，与爹关系最糟糕的，明明是她。哭着哭着，她突然问我："张换，你怎么跟咱们爹说算了，你这一算了，就把咱爹说死啦。"

不知朱强怎么得到的消息，拎着装钢铲的兜子走进院子，他在灵棚下磕四个头，又走进屋里。我爹横躺在堂屋正中央，脸上盖着黄纸。我问朱强："想看你姥爷最后一眼吗？"如果他想看的话，我就把黄纸掀起来。他摇头，这孩子跟他姥爷不亲。随后朱强的两个表哥也来了，他们却表示想看。他们小时候没少在姥爷家住，自然感情深厚。张金把黄纸掀开了，爹的脸重见天日，与几个小时前相比，他变瘦了，两腮和眼窝塌陷，嘴角下垂。我不忍多看，眼望别处，泪眼中，我看见朱嵩在院子里晃了一下，没进屋，就走了。我以为自己看错了，后来问一直站在院子里的朱强："你爷爷是不是来过？"他说："是的。"

在葬礼的间隙，大姐和二姐总问我为什么朱塔他们还没回来，连封信也没有，我说不知道。我确实不知道，我没说自己心里有一种不祥的预感，而且我还盼着那种不详变成现实。河北下大雪，东北肯定也在下大雪，而且要大得多，大雪封山，车辆不能通行，他们恰好就住在某个山村里，被活活困住了。我是这样解释的，一听就是瞎编，连我自己都不信，她们就更不信了。三姐张改突然说："莫不是被人图财害命了吧。"此言一出，大姐和二姐大惊失色。

"真的吗？莫非他们仨被人捅死了？"二姐张玉问。

"我觉得很有可能，他们人生地不熟，妹夫朱塔说起话来又不会客气，很有可能跟人家打起来，一打起来，就说不好了。"三姐张改说。

一听这个，张金和张玉同时大放悲声，我只好也跟着哭。张改没哭，冷冷地看着我们，当年我去找她要工钱，曾领教过这种漠然的眼神。她说的话，我是不信的，我心里想的是，朱塔没准儿真的就不回来了，但大姐夫和二姐夫肯定会回来的，至于他们现在为何还没回来，我也不清楚。

出完殡，娘还在为兔子的事操心。她腿脚不灵便，养兔子肯定不行，其实她最该担心的，不是兔子，而是她自己。爹去世后，她要和张友一起过。张友比我小两岁，因为二流子的名声在外，一直没娶上媳妇，眼看要打一辈子光棍，脾气越发不好。我们姐妹四个经过商议，定下来，今后每家出一个人，到娘家住一个月，一来帮忙养兔子，二来照顾娘的生活。娘同意，张友也同意，就连两条黑背也汪汪叫了两声，看来它们也同意了。

办完爹的丧事，我和朱强踩着一路残雪，回到家。我心里憋闷，躺在炕上，什么也不想干，朱强忙着生炉子。我突然坐起来，打开柜子，找出朱塔的衣服。他的衣服不算多，一年四季的加起来，只有七八件。我一件件叠好，打成一个大包，然后来到院子里。朱强问："娘，你干什么？"我说："你给我把地窖子的盖子掀开。"他问："掀地窖子的盖子干什么？"我说："把你爹的衣服扔进去。"他问："你扔我爹的衣服干什么？"我说："他不回来了。"他说："那干吗不烧掉，就像你们烧姥爷的衣服的一样。"

想不到朱强会说出这样的话，这孩子跟我真是一条心。我说："不烧，万一他又回来了呢？"朱强说："娘，我希望爹不要回来了，咱俩过挺好的。"我说："你不要再说这样的话。"朱强不再说话，把地窖子的盖子掀开。我站在地窖子边上，往下看，里面黑乎乎的，突然什么东西一晃，仿佛有个人影。我连忙让朱强也看看，地窖子里是不是有个人。他看了一眼，摇头说："什么也没有。"我把包扔了下去，地窖子里传来噗的一声，我仿佛又听见谁叫了一声，似乎是朱塔的叫声，又似乎是我自己的叫声："啊——"

这声音说不上是凄惨，还是兴奋。

◦ 朱强 ◦

那天晚上，爷爷来到我家，要和我打赌，赌的是我爹到底回不回来，还没等他说出赌注，大门一响，娘回来了。爷爷起立，看上去有点儿紧张。娘看见他，表示出些许诧异，毕竟这是他十多年来的首次登门。她说："来了？"爷爷说："来了。"

她又说:"你坐吧。"爷爷坐下。娘洗脸,洗得很慢,她吩咐我说:"朱强,给你爷爷倒碗水。"她的声音落在脸盆里,有点儿闷。我倒上一碗水,放到爷爷面前。他说:"不喝不喝。"他的嘴唇分明暴起一层皮,像干裂的土地。他说:"我现在害怕喝水。"我没问为什么,他也不好再说下去。娘洗完脸,又梳头发,总算收拾停当,慢慢把梳子放在脸盆架上。她问:"你有事吗?"爷爷说:"有事,想让朱强骑车子驮我去镇上看看病。"她问:"你有什么病?"爷爷说:"解不出手来,小的。"娘说:"你不用跟我说,直接问朱强。"爷爷转脸看我,娘也看我,我一时不知所措,想了想,点点头,算是答应了。

吃饭时,娘没说话。我到底该不该答应爷爷,她不做判断,让我忐忑不安。实在忍不住,我问:"行吗?"她说:"行,有什么不行的?"她端着饭碗,用寡淡的眼神看着碗里的稀饭。第二天早起,我推着车子往外走,被她叫住,塞过来五十块钱。她说:"给他买药用。"我说:"他没钱吗?"她说:"万一没钱呢?你白跑一趟?"

爷爷的家在村子的中心地带,我很少去,对他所栖身的老房子是陌生的。那也是一座土坯房,据说是他爷爷盖的,可算是我祖宗的功绩。从外面看,房子残损破败,那老态龙钟的模样与我的爷爷有几分相像。他还没出来,我在大门口等,想喊他一声,就像别的孙子一样:"爷爷,我到了!"可我喊不出来,只是拍了拍破烂的门板。

院子里传来爷爷的声音:"朱强来了?"我答应:"嗯,来了。"他慢吞吞地走到门口,锁好门。这时我想到,他连路都走得不好,该如何跳到车子的后座上?而且我个子矮,腿短,骑在车子上,脚够不到地面。他也意识到这一问题,环顾四周,指着前面一方石墩说:"你踩到那上面。"我骑过去,右脚踩住石墩，让车子保持直立。爷爷艰难地跨到后座上，坐下来。他用的是两腿骑跨的姿势，作为一个老人，难道不是偏坐的姿势更体面些吗？但鉴于骑跨姿势具有更出色的安全稳定性，这样坐也未尝不可。

我说："你坐稳了。"他突然抱住我的腰，让我的身子晃了一下。我左脚用力蹬，右脚踹石墩，获得向前的动力。爷爷是大个子，虽说比较瘦，可也不轻，他压在后座上，让车把左右摆动。他吓得叫了起来："慢点儿，慢点儿。"在我的努力控制下，车子终于稳住。

我们行驶在村里的街道上，不可避免地遇见熟人。他们先是粗略地打声招呼，然后用惊奇的目光看我骑过去。爷爷身上有股难闻的老人味儿，再加上他紧紧环抱的手臂，让我有点儿难受，早起喝下的米粥在胃里翻滚，好不容易压下去。我想起爹骑车驮着我的情景，除了喝醉酒那次，我从未如此亲密地抱住他的腰，是因为不敢，还是不屑，我说不准。

爷爷说："你不该那么小就去铲皮，背都驼了。"那弯曲变形的后背是本人的痛点，被任何人当面指出来，我心里都会很不舒服，这次也不例外。我没搭话，把身体向上耸了耸，做出努力蹬车的样子。爷爷说："我看过你铲皮，干得还不错。"我问："什么时候去看的，我怎么不知道？"他说："偷偷看过几次，远远地看一会儿，就走。"我低头，看见他扣在我腹部的双手，黑灰色的皮肤皱皱巴巴，像枯干的树皮。他说："老有人欺负你吧？"我哼了一声，表示肯定。他说："你爹不护着你，你更不能尿。"我又哼出一声。

骑到半路，我问："赌注是什么？"他没听清："啊？"我认真地说："不是要打赌吗？赌注是什么？"他说："咱还没说好怎么赌。"我说："我赌我爹不回来了。"他说："我

191

也赌你爹不回来了。"我说："那没法赌。"他说："算我输，等看病回来，我把赌注给你。"

我拐进卫生院，跳下来，爷爷两脚撑地，并无摔倒的危险。我陪他走进诊室，人不多，很快轮到他。医生问："怎么了？"他说："解不出手来。"医生问："痛吗？"他说："痛。"医生说："前列腺炎，吃点儿消炎药吧。"病就这样看完了，我拿着医生开的药方去药房。他一把拉住我的胳膊，递过一个手绢折叠而成的小包。他说："钱。"

我在药房的柜台前，把爷爷的手绢打开，里面的钱零零碎碎。付过药费，我把药和手绢包还给他。我们出了卫生院，他看看天，说："咱爷俩去吃顿饭吧。"我说："还不到晌午，不吃了。"他又说："那去集上，我给你买件衣裳。"我说："你的钱不够，还是回去吧。"他说："那好，回去吃药。"

我把爷爷驮回村里，到达他的老房子门前时，他说："你进来，我给你一样东西。"我跟他走进去，这是我第一次走进他的家。院子小得像一只麻雀，因疏于打扫，角落里堆满枯枝败叶。门台上的青砖剥落了一层，几乎都要酥了。堂屋黑洞洞的，适应一会儿，我才看清那些快要散架的桌椅板凳。东屋的门帘搭在晾衣绳上，望过去，一座大炕占了大部分空间。炕上铺着大花被褥，由于过于陈旧，花色暗淡而深沉。墙角有煤炉，煤灰满地。爷爷爬到炕上，打开雕花的炕橱，这炕橱是屋里唯一像样的东西。他拿出一枚铜钱，交给我。这铜钱有茶杯口那么大，比我见过的所有铜钱都大，沉甸甸的。他说："传家宝，送你了。"我问："这就是你说的赌注吧？"他没回答，指着西屋说："当年你爹娘刚结婚时，就住在那间屋子里。"

我把铜钱放进兜里，掀开西屋的门帘，里面也有一座炕，上面堆满杂物，有米缸、咸菜坛子、纺车、簸箕、簸箩……我不想再看，转身说："那我走了。"当我走到院子里，听见身后传来他的声音："我，对不住——"他哽住了。我回头问："对不住谁？"他摆手说："你快走吧，把腰挺直。"我厌恶地瞪他一眼。

吃晚饭时，我把爷爷给的铜钱放在饭桌上。娘看一眼说："他给你的？"我说："嗯，他说是传家宝。"娘说："你知道这铜钱是哪儿来的吗？"我说："不是老祖宗留下来的吗？"娘说："不是，是他当贫协主席时从地主家抄来的。"我嚼着馒头，盯着那枚铜钱看，眼前浮现出爷爷年轻时的样子，他虽衣着破烂，但威风凛凛，步伐铿锵有力，身后人欢马叫，让整个村子像秋风扫落叶一样颤抖着。我的想象到此为止，再往下，再也想不出，此时爷爷衰老的面貌极大地限制着我的想象。

娘抓起铜钱，走到院子里。我看见她掀开了地窖子的盖子，把铜钱扔了进去。我说："别扔啊。"娘说："你真想要，就下去拿。"我坐着没动，虽然很想要。

地窖子是去年我和爹挖的，他先在地面上画了个圈，然后挥动锄头把地皮刨开，下面的土略微松软些，适合拿铁锨挖。我俩背靠背，用手里的铁锨啃食泥土。坑一点儿一点儿加深，我们慢慢矮下去，终于矮到头顶与地面平齐，很难再把土扔出去。爹让我踩住他的肩膀，爬上地面，再把系着井绳的水桶放到坑底。我站在坑边往下看，爹光着膀子，结实的脊背像一面摇晃的铜锣。土装满水桶，爹抖一下井绳，我奋力把水桶提上来。桶装得很满，我提得非常吃力，好在提了没几桶，天就黑了。爹让我找根杠子，横放在地窖子口，井绳一头拴在杠子上，另一头扔下去。爹抓住井绳，攀上来，他浑身是土，散发出地底深处的气味。第二天，爹决定自己留在地面，让我下去挖。他用井绳挽一个套，我一条腿伸进套里，裤裆处被勒住，两手抓住井绳。爹站在地窖子边上，说："下吧。"我两脚一蹬，身体悬空，被爹提住，他说："你真轻。"然后他两手交替放出井绳，我慢慢落到地底。

吃完饭，我拿着手电往地窖子下面照，看不到那枚铜钱，应该能看到的，那是一枚多么大的铜钱啊。如果它直立着插在土中，那我就有可能看不见。等我下到里面拿红薯时，一定能找到它。

爷爷的病情如何，娘没问，我也没说。我再次见到他，是在腊月二十三的午后，刚下过雪，我们铲皮架子支在东家的门洞里，这里不受雪的侵扰，但总有风呼啸而过。我们把大门紧紧关闭，不让风进进出出。我穿着毛衣，干得浑身冒汗，再看他们，个个头上冒着热气。突然大门被推开，风迫不及待地扑进来，我打了一个哆嗦。他们头上的热气被风吹散，并不舒服，骂骂咧咧地看向门口，只见光亮中立着一个手拄拐杖的老人，正是爷爷。

"朱强，别干了，你姥爷死了。"爷爷说。

"哦，等我铲完这张皮。"我也不知道自己的反应为何如此平淡，慢条斯理地铲着最后一张皮，铲完后，还托在手里端详了一番。我收起钢铲，对洋江说："姥爷死了，我去看看。"爹走后，我们这伙人的头儿是洋江。他说："哦，干完活儿我也去看看。"

我来到大门外，并把大门紧紧关闭，然后拍打身上的兔毛。爷爷还没走，站在一旁看着我。说实话，他的出现让我有点儿难为情。这里离我们的村庄有二里多地，爷爷踏雪而来，黑棉鞋裹着一层雪。我没问他是如何得知的消息，想也想得到，他整日驻守在村里的小卖部门前，天冷了还会坐到里面去，那里是新闻的集散地。

爷爷说："我跟你一起去。"我问："你去干什么？"他说："我跟你姥爷是老伙计。"我点头，走在前面。路上的雪很厚，不能骑车，只能步行。我们一前一后地走着，他走得很慢，我走出一段，回头，离他有段距离，停下等他。雪地里，他一身黑，真是个不和谐的存在。他停下了，冲我喊："我解个手，你等会儿。"他朝向路边，两手在腰间摸索一阵，解开了裤带。离得远，我看不见他那用来撒尿的东西。他佝偻着身子，胯下迟迟没有冒出热气，看来他的病还没好，真是麻烦，浪费我很长时间。

◦ **张换** ◦

我爹张温和我公公朱蒿这对老伙计是前后脚走的，一个是腊月二十三，另一个是腊月二十九。这当然与他们的友谊没有关系，而与那场大雪有关。事实上，在我儿子朱强出生后，他们的革命友谊戛然而止，甚至闹到大打出手的地步。这是真正的老死不相往来，直到九泉之下，他俩才再次相逢。阳间的怨恨纠葛是否会延续到阴间，我不知道，但愿他俩冰释前嫌，在漫长无尽的黄泉路上携手而行。

我有必要交代一下朱蒿的死，他死在走向村中小卖部的路上。每日吃完早饭，他都要去小卖部坐上几个小时，与其他几位老人谈天说地。雪后的路不好走，他应该老老实实地待在家里，可他耐不住寂寞，依然顽强地向那里跋涉。据目击者称，在狭窄的街上，朱蒿与一群匆忙奔赴麦地的羊群狭路相逢，他站在原地，挥舞拐杖，打即将撞上自己的羊。他漂亮地赶走十多只迎面而来的羊，对自己的战绩颇为满意，拐杖抡得更是威风，像是一位有着万夫不当之勇的猛将。见此情景，走在羊群后面的牧羊人笑着说，这老头儿学高宠挑滑车呢。后来有人分析，放羊的这句话很不吉利，在评书中，高宠连挑十一辆铁滑车，在挑第十二辆时，战马疲惫倒下，被铁滑车压死。最后朝朱蒿走来的那只羊，就是高宠的第十二辆铁滑车，落后的它急于追上羊群，低头冲来，似乎没看到前方的老人，又似乎根本没把他放在眼里，它头上的犄角与拐杖碰了一下，并没有因此而改变前进的方向，正顶在朱蒿的大腿上。朱蒿撒开拐杖，后退几步，一屁股坐在地上，身上传出咯嘣咯嘣的声音，好像什么东西在持续断裂，声音停止后，他仰面躺下。

　　首先得知消息的是朱强。围观的人们眼看着朱蒿背过气去，商量要不要去给朱塔送信，可大家都知道，朱塔还未从东北回来，那只能去找朱强了。朱强赶到现场时，朱蒿已经变成一具冰冷的尸体。他听从长辈们的建议，找人帮着把朱蒿抬到老屋里。然后长辈们再次提出建议，先去买黄纸和白布，再高搭灵棚，把葬礼有声有色地办起来。因为涉及花钱的事，朱强难做决定，跑来找我。我说："什么也不用买，直接埋了吧。"

　　我走进那所老院子，看看朱蒿的尸体。他的眼睛半睁着，我给他合上；他的衣服上有泥土，我给他擦干净。然后我对朱强说："你去买口棺材，要最便宜的，咱们没钱，得赊账。"朱强走了，我对看热闹的人说："我公公死了，需要挖个坟，请老少爷们帮帮忙，晚上我管饭，有酒。"

　　当天下午，朱强买回一口薄棺，胡同狭窄，抬进院里颇为不便，只好停在街上。我们把僵硬的朱蒿抬出去，放进棺材里。长辈们连连摇头，问我到底办不办葬礼。我说："一切从简。"他们说："你这也太简单了吧。"我说："这完全对得起他们朱家。"我是拿出了多年积攒的力气，才说出这么硬气的话。他们见我硬气起来，都软了下去，一个个摇头离开。

傍晚时分，坟挖好了。我正愁怎么把棺材运到地里去，洋江突然出现在眼前，领着几个铲皮的弟兄。他说："要不要帮忙？"我说："要。"他点点头，转身招呼大家动手。他们有备而来，带着铲皮的杠子和绳子，三两下绑好，抬起棺材，喊着号子，向村外走去。走着走着，我觉得还是有必要给朱蒿烧点儿纸的，拐进小卖部买了黄纸。

挖坟的人都回家了，只留下一个大坑，挖得不算深，但在寒冬腊月，地都冻了，挖起来肯定不容易。这坑是挨着我婆婆的坟挖的，按说应该挖到婆婆的旧棺露出来，再把新棺放下去，让两口棺紧挨着。可能是挖偏了，或者是不够深，我看不到婆婆那早已腐朽的棺材板。事到如今，就不讲究那些规矩了吧。

在洋江的指挥下，皮匠弟兄们把朱蒿的棺材放到坑里，再一起抄起铁锨埋土，我和朱强也加入进来，人多力量大，转眼间堆起一座坟头。我把黄纸点燃，让朱强跪下，磕了几个头。我作为儿媳妇，也应该跪下，但我没跪。皮匠弟兄们比那些长辈们开明，没人说什么。朱强站起来后，天完全黑了。

我们摸黑儿走回村子，来到村中仅有的一家饭店。我让朱强去叫挖坟的人来喝酒，他们扛着铁锨往村外走的时候，我都一一记下了，把名字告诉朱强，他要挨家去请。这家饭店是为皮匠们开的，外村的皮匠来铲皮，中午不愿回家吃，就来这里点一份焖饼，或者一碗面条；本村的皮匠收工回来，如果身上还有力气，或者嫌家里的饭不好吃，也会相约来这里喝酒。我让大家坐，他们互相嬉闹着坐下。洋江说："张换，你变了。"我问："变成什么样了？"他说："变厉害了。"我说："还不是被逼的？"他问："谁逼你了？"我说："你别问了。"诸位皮匠弟兄也对洋江说："你别问了。"洋江脸一红，头一低。

挖坟的人陆续赶到，都说没想到腊月二十九饭店还开着。今天仍有皮匠出工，饭店自然也会开着，到明天，大年三十，皮匠和饭店才会一起休息。人多了，一桌坐不下，再开一桌。大家热热闹闹地吃起来，好像在过年。我让朱强陪着皮匠弟兄们吃，自己则在另一桌，陪挖坟的人吃。

虽说这顿酒来自朱蒿的死亡，但并没有人谈论他，他是上辈人，又一生无所作为，实在没什么好谈论的。他们谈论最多的，是朱塔，起先还因为我在场而小心翼翼，只说些无关紧要的事，比如朱塔过人的铲皮速度、超群的酒量和蛮牛般的力气，酒过三巡，他们不再顾忌我的存在，谈论起朱塔一去不回的原因，有人说他死在东北，有人说他没有死，会在过年后回来，带着数量惊人的兔皮，一举成为村里最富有的人。我不插话，任由他们说。一直沉默地喝酒的洋江突然发言："你们说得都不对，朱塔没死，也不会回来了，他在东北落户了，明年会娶一个东北媳妇，再生一个东北儿子。"闻听此言，两桌人都沉默无语，一时间鸦雀无声。我低着头，感觉到他们投来的目光，人人都想窥探到我此刻的表情。我抬起头，相信自己是没有任何表情的。我举起杯子说："别光说话，快喝酒吧。"

朱蒿的死和朱塔的消失没有影响我和朱强过年，尽管我们身上背了点儿债，欠棺材铺三百块钱，欠饭店二百块钱，但我们还是努力把年过好。大年三十的下午，我将一棵大白菜剁碎，和朱强一起包饺子。我擀皮，他包，饺子包得不好看，稀奇古怪的造型引得我发笑，朱强也笑，他说："饺子太难包，我还是擀皮吧。"于是他来擀皮，我包，结果他擀出的饺子皮没一个是圆的，大部分呈三角的形状，我又笑，说："你擀出来的皮倒适合包馄饨。"他说："那咱们就包馄饨吧，谁规定过年必须吃饺子？"

虽然饺子馅儿里没有肉，但出人意料地好吃，朱强吃了三十个，我吃了二十个，都吃撑了。吃完饺子，别人家开始放炮，整个天地轰隆作响，忽明忽暗。朱强把收音机打开，调到最大声，有两个人在说相声，把我俩逗得哈哈大笑。奇怪，这段相声以前听过，从未觉得如此可乐。

炮声停歇后，我听见院子里的大门发出剧烈的声响，有人砸门。也许在炮声轰鸣的时候，就开始了，起先应该是敲，得不到反应，索性砸起来。朱强跑到院子里大声问："谁啊？"门外传来洋江的声音："我啊。"我也来到院子里，问："洋江，干吗？"他说："你开门就知道了。"我让朱强把大门打开，门外不止洋江一人，还有那个牧羊人，他叫朱来，是个六十来岁的老光棍。大概是同为光棍的原因，洋江和朱来关系不错，可谓忘年交。奇怪的是，在两人中间，有一只羊。

洋江说，就是这只羊把朱蒿顶死的。我端详那只羊，没什么特别的，普普通通一只公羊，头顶两只倔强的犄角，眼中流露出茫然的黑光。洋江说："朱来把这只羊送给你们。"我问："这是什么意思？"洋江说："朱蒿不能白死。"朱来一直不说话，看来他并不乐意，尽管他还有一大群羊。我说："你们把羊牵走吧，我不要。"洋江说："要吧，我好说歹说朱来才答应的，朱来，你自己说，该不该赔一只羊？"朱来说："该赔，它顶死了人，你们把它宰了吃肉吧。"他把拴羊的绳子递给我，我没接，他又递给朱强，朱强接过去。

洋江和朱来转身走了，我和朱强看着那只羊，羊也看着我们。它温顺得像一只兔子，怎么会是杀人凶手呢？朱强摸羊的头，羊不躲，任他摸。看得出来，朱强喜欢这只羊，他牵着它，来到屋里，端给它一盘饺子。羊先闻几下，对它来说，这是陌生的食物，气味比不上青草，也不算太差，它用舌头把一个饺子卷进嘴里，似乎嚼也没嚼，就咽了下去。眨眼间，羊把整盘饺子吃完了。朱强不安地看我一眼，怕我发作，训斥他不该如此浪费。

我问："朱强，你吃过羊肉吗？"他说："没吃过。"我说："我也没吃过，但你三姨吃过，在东北，她还吃过涮羊肉呢。"他说："你真要把羊宰了？"我说："你要想吃羊肉，就得宰了它。"他摇头说："我不想吃。"

羊吃下一盘饺子后，卧在地上，意犹未尽地嚼着嘴巴。朱强抚摸羊的脊背，突然问："咱们整天弄兔皮，有没有弄羊皮的？"我说："有啊，羊皮、牛皮、狗皮还有猫皮，都有弄的。"朱强说："它们太可怜了。"我说："明天你在院子里给羊弄个窝，再去地里找些干草。"他说："今晚就让它在屋里睡吧。"我说："行，让它跟咱们一块儿过年。"

◦ 朱强 ◦

大年初一的早晨，我没有像往年那样出门拜年，娘说："咱家刚死过人，就不用去拜年了。"我可以痛痛快快地睡到天亮，这是爷爷之死的唯一好处。我又想，娘这么说，是把爷爷算作一家人了，可我对他从未有过一家人的感觉。羊的叫声把我唤醒，我不愿起，在被窝里躺着。那只羊是杀害我爷爷的凶手。昨晚我看它的眼睛，有一种孱弱的光，光里呈现出我的影子。我抚摸自己的身体，和那只羊一样瘦的身体。

过年这几天，是我们难得的休息的日子。娘起来了，听声音好像在做饭，她不时说一两句话。"你冷不冷？昨晚吃了一盘饺子，应该不饿吧？你拉了，幸好你的粪是干的，要不非得臭死。"她对那只羊说话，轻松而快乐，她很少有过这样的语气。

我听见大门响，有人来了，娘在院子里说："大姐、二姐你们来啦。"我穿好衣服，来到堂屋，看见大姨和二姨分别坐在小饭桌的两侧，脸色铁青，一言不发。娘说："朱强，快给你大姨、二姨拜年。"我说："大姨、二姨，我给你们拜年了。"她们没有像往年那样客气地说"别拜了，别拜了"，而是根本没理我，任由我跪拜了两次，弄得膝盖上全是土。大姨问："屋里怎么有一只羊？"娘说："这就是把他爷爷顶死的那只羊，朱来赔给我家的。"二姨笑着说："这只羊功劳不小啊。"大姨问："应该让它吃一盘饺子。"我说："已经喂过饺子了。"

娘把热腾腾的饺子端上桌，又倒了一碟子醋，我们围坐在一起吃饺子。娘没料到大姨和二姨的突然造访，所做的早饭只是把昨晚剩下的饺子热了热，刚好是我们两个人的量，再加上两个人，就不够吃了。大姨和二姨并不客气，挥起筷子。娘只吃了一个，向我使眼色。我吃了两个后，领会到娘的意思，也就不再吃了。饺子有限，让客人先吃饱才对。大姨问："饺子太素，怎么不加点儿猪肉？"娘说："不舍得买肉。"二姨问："你拉皮的钱，还有朱强铲皮的钱，都没拿到手吗？"娘说："几百块，还不够还账的。"

饺子吃完了，大姨和二姨放下筷子，对视一眼。我把碗筷收走，又将羊牵到院子里。隔壁传来沉闷的巨响，一支二踢脚升上天，炸开，好似惊雷，空气中有股火药的味道。我回到屋里，大姨正说着，说的还是那件事，三个去东北买皮的男人为什么还没有回来？她着重讲了自己做过的几个噩梦，每个噩梦都指向同一种可能，那就是大姨父已经遭遇不测，二姨紧接着表达了同样的担忧，娘没说话。她们问："你怎么不说话？"娘反问："我该说什么？"她们说："说你怎么想的。"娘说："不要瞎想，一点儿用没有。"大姨问："老四，你是不是知道什么？"二姨说："你知道什么就快说出来，咱们亲姊妹有什么不好说的？"娘说："我什么都不知道。"大姨说："我看你什么都知道。"

接下来，二姨终于说出她们经过多日的推测而得出的结论：三个人去东北买皮，钱集中放在朱塔身上，朱塔是个爱钱的人，动了歪心，将两个姐夫杀害，藏尸荒野，自己带着钱逃之夭夭了。

听完二姨的推论，娘反驳说："就算朱塔想坑两个姐夫的钱，那他也没必要杀人，他干吗不偷偷跑掉呢？"大姨说："朱塔这人做事很绝。"娘说："做事再绝的人也不会轻易杀人。"二姨说："你至少承认朱塔确实有坑钱的心思。"娘说："我没承认。"二姨说："你就是承认了。"大姨说："不管怎么说，他们到现在还没回来，肯定是朱塔搞的鬼。"娘说："没有证据不要乱讲。"二姨说："除了他，还能有谁，这就是他的阴谋。"娘说："你看朱塔傻大黑粗的样子，像是耍阴谋的人吗？"二姨说："知人知面不知心啊。"

娘不再说话，任凭大姨和二姨喋喋不休，避免了一场争吵。到最后，她们试图做出一个决定，比如报警，或者亲自去东北寻找，可经过一番分析，发现都行不通。去报警的话，对警察说什么？说出远门的人还没回来？那警察会说，等等不就回来了？如果你再说他们可能出事了，那警察就会问，在哪里出的事，出了什么事？你说在东北，出什么事不知道。警察肯定会气恼地说，就算真的出事了，你也不该来这里报警，而应该去东北报警。也就是说，如果不想继续等待的话，只能去趟东北，可东北那么大，该去哪里寻找？最后，她们决定，这事还应该去问我三姨，因为她去过东北，知道哪里盛产兔皮，而盛产兔皮的地方，就是那三个人的目的地。

姐妹三人一起出门，前往邻村的三姨家。

我一个人留在家里，不知道该干点儿什么，想到昨晚娘交代的事——给羊做个窝，再去地里弄些干草，于是动手干起来。我找来砖头，靠墙垒成一个小窝，上面盖上一块木板，再把干柴铺在里面。我背上筐，拿着镰刀，走向田野。大年初一的上午，田野里空无一人，我找到一块荒草茂盛的地方。雪化了，枯掉的草是湿的。我割了一筐草，准备回去，迎面遇上赶着羊群的朱来。过年的缘故，朱来出门放羊的时间比平常晚了一些。羊是不过年的，天天都需要吃草，他不得不赶着它们出来。灰白的羊群滚滚而来，朱来像赶着一团乌云。他看见我，大声问："割草回去喂羊？"我点头。他说："你爷爷的死是他自找的，跟我的羊没关系，要不是看在洋江的面子上，我不会把羊赔给你家。"我问："草有点儿湿，羊能吃吗？"他说："我想了一晚上，后悔了，你把羊给我牵过来。"我说："羊吃了湿的草，会不会闹肚子？"他说："朱塔跑到东北去了，我还怕你们什么？"

我之前从未与这位老光棍打过交道。他总是穿着一件黑色的棉猴，扛着长鞭，赶着羊群，如果丢掉长鞭和羊群，他仿佛是不成立的，那破烂的棉猴使他与村里的傻子相差无几。我不再理他，闷头往前走，突然后背被猛抽了一下。想不到朱来竟会偷袭我，他的鞭子够长，隔着几米远，也能抽过来，他不该抽我的后背。前面说过，我的背有点儿驼，故此非常敏感，是整个身体最不能受侵犯部位。我愤怒地转身，盯着朱来。这老头儿对自己抽鞭子的技巧颇为得意，他朝我走了几步，又把鞭子伸过来，但没抽，而是像钓鱼那样，让牛皮做的鞭梢垂在我的眼前，这是一种轻蔑的挑衅。我一把抓住鞭梢，往怀里拽。朱来跌跌撞撞地靠过来，我挥动镰刀，把鞭子割断，长长的竹鞭上只剩一根绳头。朱来恼羞成怒，挥动竹竿打来。我低头朝他撞过去，一头顶在他的胸口，把他顶飞了。他摔在一只羊的身上，并无大碍。我用镰刀指着他说："朱来，你个老东西也想欺负我，把我惹急了，下次就不会割你的鞭子了，再割就割你的命根子。"他说："羊我不要了，你养吧，把草晒干再喂。"

回到家里，我对羊说："你说得对，不能厌。"唉，我对羊说这话干什么。刚要回屋，身后传来一个声音："你没厌，干得好。"仿佛是爷爷的声音，转身寻找，眼前只有一只羊，没有人，羊的嘴在动。

下午，娘回到家里，脸色不好看。她告诉我，三姨也不知道他们到底去了哪里，他们曾经向三姨打听盛产兔皮的地方，但三姨没说，为什么不说，三姨是这样解释的，那地方去的人多，兔皮价格涨了，买回来不划算，他们应该去找新地方。

我问："新地方在哪里？"娘说："不知道。"

◦ 张换 ◦

春天来了，天上有大雁飞过，朱塔和两个姐夫还没回来。我几乎忘了朱塔的样子，他在我的脑子里，只剩一团粗壮的影子。结婚前，我俩去镇上拍过一张合影，照片上俩人表情严肃，看上去并不愉快。在过年之前，我把那个装有几张照片的相框放在箱子底，不愿再看。地里的麦子长势良好，只是麦蒿多一些，我和朱强忙活了两天，总算拔干净了。朱强已经习惯了没有父亲的日子，看起来还很享受这样的日子，干起活儿来有种发自内心的积极性，不像以前，在朱塔的呵斥下跑东跑西，总是愁眉苦脸的样子。朱强在麦地里拔草时，发现一片菠菜，兴奋地大喊："娘，菠菜！"他从未发出过如此快活的声音。我们拔了两大把菠菜，拿回家，炒了一盘菜，煮了一锅汤，吃得很舒服。

大姐和二姐再没来找过我，难道她们也像我一样接受了失去男人的事实？如果我爹张温泉下有知，知道这件事，肯定会被气得再死一次。当年他费尽心机找到的三个乘龙快婿，如今全部人间蒸发。倒是漫不经心找下的三姐夫仍真真切切地活着，他在三姐的调教之下，已经成为出色的皮草商人。他总能找到盛产兔皮的地方，北上内蒙古，西去四川，东至山东，他过年后在短短的两个月内拉回三卡车兔皮。这些兔皮超过自家的加工能力，他把剩余的转卖给别人。三姐家的作坊规模日益壮大。在忙完地里的活儿后，我和朱强都去她家打工。没过多久，大姐和二姐也来了，也是分别带着自己的儿子。我们仨都生了儿子，全拜母亲的秘方所赐。当年三姐生了闺女，之后冒着被计划生育干事拖走打胎的风险，不屈不挠地怀了孕，终于生下一个儿子，同时被罚得家徒四壁，谁能想到，十多年后人家竟然成了东家，给那么多人发工钱。

在三姐家，我和大姐、二姐一起拉皮，她俩对我不理不睬，好像她们男人的失踪是我造成的。我回娘家看望母亲，娘告诉我，张金和张玉曾找她商量，要不要去法院起诉我。这荒唐的想法引来母亲的一顿痛骂。我也挺生气的，可更令我不安的是，她们的家庭双双陷入困境，因为去买皮的钱大多是借来的，债主整日上门讨要，让她们的日子过得水深火热。

领了工钱后，我把钱分成三份，一份给大姐，一份给二姐，另一份自己留着。我计划存点儿钱，将来朱强结婚用。她们接过钱后，问："张换，你这是什么意思？"我说："听咱娘说你们的日子挺难的，我想帮一帮。"张金说："你心里是不是有鬼？"我说："有什么鬼？"张玉说："没有鬼，你是有愧

205

吧?"我说:"有什么愧?"她们不再说什么,拿着钱扭头走了。

总之,无论我做什么,在她们眼里,都是有鬼或者有愧的表现。为了证明自己没有鬼,也没有愧,我打算真的去一趟东北。我千方百计地打听到那个女人的地址,就是结婚前曾和朱塔好过的女人。要听到这一点并不难,我问洋江就行了,他整天和朱塔在一块铲皮,什么都知道。

从春天开始,洋江总会在晚饭后跑到我家来。他教会朱强下象棋,朱强也喜欢下,吃完晚饭就盼着洋江的到来。他们从八点开始下,一直下到十点,我坐在一旁,看他们下。洋江穿得整整齐齐,头发洗得干干净净,他不像个皮匠,更不像个老光棍,倒像是在镇中学教书的老师。

洋江帮我打听清楚后,问我要干什么。我说:"去东北找朱塔。"他说:"东北那么远,你又没出过远门,连火车都没见过。"我说:"凡事都有第一次。"他说:"不如这样,我替你去吧,出远门这种事,男人总比女人强。"我说:"好,如果你找到朱塔,叫他务必回来,回来跟我离婚,然后他去哪里,我绝对不管。"他说:"张换,你真的变了。"

洋江走后,我突然想起该去朱蒿的老房子里收拾一下,过年之后,一直忙着干活儿,忘了这茬。我和朱强打开朱蒿的大门,院里长出了青草。进屋一看,空空荡荡的,什么东西都没有了。看着低矮的院墙,我什么都明白了,没想到抄了半辈子别人家的贫协主席,最后让别人抄了自己的家,抄得干干净净,连炕上的铺盖卷都没给剩下。

十天之后,洋江回来了,他没有带来朱塔的消息,而是带回几千张兔皮。他说没有找到朱塔,倒是找到很多养兔子的人,干脆做了几天收兔皮的贩子。这几千张兔皮,是洋江用全部的积蓄换来的。他做了东家,请朱强去给他铲皮,干完一茬后,又跑去东北，再次带回几千张兔皮，还有一个操着东北话的女人。朱强再也不去给洋江铲皮了，我觉得没什么，洋江眼看就要老了，也该有个女人了。那个女人比我年轻，乌黑的头发烫成卷，脸上一层脂粉，看不到皱纹，嘴唇鲜红。我老了，头发灰白，满脸皱纹。姐妹四个，我最小，但却是最显老的。

有一天，我路过村外，看见场院里铺天盖地地晾晒着兔皮。看着这些兔皮的，是洋江的女人，她坐在麦秸垛上，嗑着瓜子。我想和她说几句话，走到麦秸垛下。她好像很热情，从麦秸垛上滑下来，给我一把瓜子。我摆手说："不吃。"她说："我就爱嗑瓜子，把牙都嗑豁了，你看。"她咧开嘴，龇着牙，让我看，她的黄灿灿的门牙上有一道豁口。我问："你平常不干活儿吗，天天嗑瓜子。"她说："伺候兔子，活儿不多。"我说："你喜欢这里吗？"她说："还行。"我说："跟洋江好好过吧。"她说："肯定是要好好过的，要不然我大老远跟他跑到这里来干什么。"我说："那就好。"她说："我想给他生个儿子，我给你说，别看洋江那么大岁数了，在炕上还挺能折腾的。"我沉默一会儿，问："怀上了吗？"她说："还没。"我说："要生儿子，我有个秘方。"她说："什么秘方，快告诉我，我之前生过仨，全是闺女，那死鬼男人往死里打我，他要是不打我，我也不会跟洋江跑。"我说："晚上来我家，我告诉你。"

到晚上，那个女人果真找上门来，她不是一个人来的，是和洋江一起，洋江很不自然的样子。朱强看见他，没有像从前那样摆下棋盘，而是沉闷着去了里屋。那女人说："姐，我来找你要秘方。"我说："好，这就教你，洋江，你出去吧。"洋江问："我出去干什么？"我说："这是我们女人的事，你不能听。"他说："那我去朱强屋里坐一会儿。"

洋江刚走进里屋，朱强就跑了出来，洋江只好尴尬地回到堂屋。我说："洋江，你和朱强帮我把地窖子里的衣服拿上来吧。"洋江说："地窖子里有衣服？"我说："对，朱塔的衣服。"他们去到院子里。我站在堂屋门口，看见洋江用井绳套住朱强的身子。朱强拿着手电，下到地窖子里。

我把门关上，拿过洗脸盆和碱面，挖了两勺碱面，放到洗脸盆里，再倒上半脸盆水。我说："就这样，你坐到脸盆里，洗下面，多洗一会儿，肯定生儿子。"她半信半疑："真的吗？"我说："真的，祖传秘方。"女人脱裤子就要洗。我说："别在我家洗，这脸盆是我的。"她系上腰带，不好意思地笑笑。

我来到院子里，朱强已经从地窖子里上来，脚下是那堆衣服。朱强会抽烟，他身上是有火柴的，我让他划一根火柴，把衣服点燃。朱强说："娘，烧了可惜，不如铺到羊窝里，让羊睡得暖和点儿。"我说："羊不需要，你烧吧。"他划火柴，手有点儿抖，总算划着一根，扔到衣服上，那股弱小的火焰像一根舌头，慢慢舔着衣服。

火渐渐变大，更多的是烟，空气里充满胡椒般辛辣的味道。洋江和那女人走了。朱强手里拿着一个硕大的铜钱，我抢过铜钱，扔进火里。

第二天早起，我发现院子里那堆灰烬被人扒开了。我把灰烬清扫干净，没有发现铜钱。

朱强联合两个表哥，还有舅舅张友，组成一支铲皮的小队，他任队长。我弟弟张友终于认命，屈尊做了皮匠。有天他对我说，自己要向洋江学习，铲皮挣钱，等攒够钱，也要去东北买皮，顺便找个女人。他说得好像东北遍地都是兔皮，都是女人。

如果只看背影，谁也看不出瘦小的朱强是铲皮的老师傅。我开始为他的婚事担忧，以他的条件，肯定没有谁家的姑娘能看上他，难道他要做一辈子光棍？我不敢想象。

　　有段时间，我住在娘家，照顾娘和兔子。晚上，我和娘睡在炕上，总能听见她的叹息声。我问她叹什么气。她说："叹你命太薄。"我说："谁的命厚？"她想了想，笑了，说："你倒是把我问住了，好像谁的命都不算厚。"我说："是啊。"她又说："不管怎么讲，你的命是最薄的。"我说："怎么个薄法？"她说："人家的命是皮，你的命就是草。"我说："行了，睡吧。"

影子伙伴

○ 一 ○

下节课是政治课，老师叫崔峰。这对我们来说，是件可怕的事。几个人藏在教室门口，向教研室的方向窥探，崔峰刚一现身，他们就叫起来："来啦！来啦！"我们慌忙坐好，埋头背诵书本上的内容，明知崔峰会来，可一听到确切的消息，仍是一阵紧张，刚刚心里还盼着奇迹出现。所谓奇迹，无非是崔峰被琐事缠住，不能来上课，政治课改为自习课，或者语文课，哪怕是我最讨厌的数学课也好啊。可惜崔峰老师很是敬业，极少请假，仅有过一次，据说是去相对象，从其第二天上课时沮丧而阴沉的脸色看，应该是没被女方看中。我上初中的三年，崔峰老师一直保持着单身状态。

门口一黑，崔峰大踏步闯入教室。"起立！"班长的喊声带着颤音。我们站起来，这时仍有人在低头看书。崔峰眯着眼，抿着嘴唇，说："抬头。"大家把头抬起来，我们和崔峰互相看着。我们有三十多人，他只有一个人，他的目光从我们每个人脸上擦过。我们过于严肃紧张，像是集体悼念着什么。崔峰老师看腻人脸，昂头看天花板，看粉笔盒，看窗外的院子，还不时冷笑一声。别的班级仍在闹腾，喧哗声一阵阵涌过来，更显出我们班的寂静。崔峰走下讲台，在我们中间穿行。他在课桌上发现一块电子表，拿起来，盯着上面的数字。上课铃终于响了，他把表放回桌上。

"调得挺准，一秒不差。全都坐下吧。"崔峰老师说。

"坐下！"班长的喊声依然带着颤音。

我坐在最后一排，前面是牛来，短短一分钟，牛来的后脖颈儿泛起一层细密的汗珠，这是不好的征兆。我心想，坏了，牛来又要完蛋。果然，崔峰在讲台上再次俯瞰全班时，把目光锁定在牛来身上。他笑一下，抛出粉笔头，正打在牛来的脑门儿上。没人知道这粉笔头的射程有多远，反正覆盖全班是没问题的，牛来坐倒数第二排，又靠窗户，离得够远，都被打到了，而且没人怀疑那粉笔头的准确度，它打到谁，就是谁。中弹的牛来再次起立，崔峰要开始提问了，这是他独有的方式，先选人，再提问。这两样都有讲究，选人要选那种看起来慌里慌张、坐立难安的人，提问是连珠炮式的，一个问题接一个问题，如果三个问题都能答上来，算你过关，可以安然无恙地坐下。

"什么是责任？"崔峰问。

这问题可谓简单至极，但牛来却低着头，一句话不说，一副生无可恋的样子。

"责任产生于哪儿？"

又是一个简单的问题，可牛来还是答不出。

"为什么要做到自己对自己负责？"

这问题的答案有点儿多，牛来前两个问题都答不出，这个问题也答不出，也算是情有可原。

崔峰走下讲台，来到牛来近前，拿起桌上的课本，问："你叫什么？"

这问题如此简单，可牛来回答得磕磕巴巴："牛，牛，来。"崔峰点头念道："牛来，牛来，牛奶——你喝过牛奶吗？"

"没，没有。"

"那你回家喝去吧！"

崔峰用手中的书猛抽牛来的脸，左右开弓，几声脆响，如同爆竹。牛来的脸经过数下击打，形态改变，仿佛胖了些。挨打的人不会获得坐下的权利，继续站着，直到这堂课结束。

牛来挨打时，我感到一阵风迎面刮过来，这风来自崔峰挥动的课本。我的下半身因此而瑟瑟发抖，上半身仍努力保持挺立的姿态。我也曾被粉笔头打中，本以为凭借出色的记忆力，能圆满地说出三个问题的答案，化险为夷，只因太过紧张，在第三个问题上卡了壳。挨打之后，我不但下苦功背诵，更是努力练习如何假装镇定。我总是坐得笔直，胸有成竹地望着崔峰，脸上带笑，有点儿跃跃欲试的样子，又显得云淡风轻。于是，我再没有被崔峰点名。我曾把这一秘诀告诉牛来，怎奈牛来胆子小，根本装不像，反而越装越像是心怀鬼胎的样子。

那天放学后，我和牛来骑车子回家，他的脸还肿着。在村口，我们遇见李要，他骑在大树杈上，拿着一本书。"嗨，大学生，放学啦！"李要从树上跳下来，看见牛来的不同寻常的脸，说："又挨崔峰的打了？"牛来含泪点头。

李要把手放在牛来的肩上，说："君子报仇，十年不晚。"

"我想现在就报仇！"

"行，你俩跟我干。"

"怎么干？"

"找他对打，我这些天可不是白练的。"

◦ 二 ◦

几年之后，我参加高考，成绩不够理想，最差的是数学和英语，加起来刚够一百分，看样子只能上个师专。我把这情况告诉父母，父亲很平静，大概一时没反应过来，母亲率先发作，她怪叫着冲进我的房间，出来时拿着我的日记本。

"我让你胡写！"母亲一只手拎着日记本，另一只手冲父亲摊开。"干吗？"父亲不知道她要干什么。

"我要你的打火机！"母亲喊。

"我早就听你的戒烟了，哪里来的打火机？"父亲显得很无奈。

母亲只好跑进厨房，出来时，手里腾着一团火。

这时，牛来和李要来到我家，他们看见我母亲正蹲在地上烧火，我和父亲在一旁呆呆地站着，气氛肃穆而悲伤。他们不知道说什么，只好呆呆地看着。母亲扭头问我："还有吗？"

"有。"我转身走进屋里，从床下的箱子里掏出所有的日记本。李要跟进来，问："怎么回事？"我没搭话，抱着本子往外走，上面的一本掉在地上，我没捡，李要弯腰捡起来。

"我让你不好好学习，瞎写！"母亲跪在地上，依次拿过我堆在她身边的日记本，一本一本地点燃。我数着，一共有十一本，还少一本，应该在李要手里拿着，看他，可他手里什么也没有，只夹着一根烟。李要凑近火堆，点着烟，抽了一口，说："婶子，你别着急，杨当考不好没关系，咱们村有几个人上过高中？你看我跟牛来，去学厨师，不挺好的？"

母亲不理他，继续烧。那些本子是我多年的心血，不知母亲是怎么发现的，大概是在我的班主任往我家打来电话，把我早恋的消息告诉她之后吧。当时她不烧，隐忍到高考结束才动手，真是可怜天下父母心啊。日记本不太好烧，火燃得不够旺，还冒着很大的烟。母亲让父亲帮忙，后者不耐烦地拿来掏炉灰的铁条，很有技巧地拨弄几下，火终于燃烧得像个样子。我再也看不下去，对牛来和李要说："咱们走。"刚走出几步，我感到自己的腿肚子挨了重重一击，是父亲挥铁条打了过来，说："让你再瞎玩！"我惨叫一声，跪在地上，母亲朝父亲踢了一脚，说："我让你他娘的下死手！"

牛来和李要，我的两个好朋友，一边一个，架着我走出家门。来到李要家，屋子里还是臭烘烘的，他爷爷躺在堂屋的一张小床上，半死不活的样子。里屋是李要的房间，他俩扶我进去，把我扔到炕上。我把裤管撸上来，腿肚子上一道血印。"谁打的？"李要的爷爷不知何时起来了，站在门外，他的眼神还挺好。"自己碰的。"我龇牙咧嘴地回答。

"幸亏我捡到了，这日记本可宝贵，烧了真可惜。"李要躺在炕上，翻看我的日记本。我一看封面，知道他拿的是哪本。牛来凑过去，和李要一起看，说："这你还留着呢，嘿嘿，那时写得真不赖。"

那本日记挺小的，64开，也不厚，是我最小的一本，写于五年前。那时每到黑夜，我和牛来从家偷跑出来，钻进李要的房间，在灯下商议对付崔峰的方法。李要的爷爷问我们在干什么，我们说在学习，他又问我们学习怎么不写字，在老人家看来，闷头写字才是学习，窃窃私语那叫扯闲篇。于是我们一人拿一个本子，假装写字。那时李要还没有打败他的爷爷。老爷子把里屋让给他住，作为他的休息及学习之所，自己委身于堂屋，这多少让他有点儿感动。后来，我就真的写字了，把我们想到的方法写到本子上，我尽量写得周详，时间、地点、方法及注意事项，全都写出来，简直事无巨细。我写好一段，让他们看，他们看得高兴，同时提出意见，或指出细节上的纰漏，我虚心接受，不厌其烦地加以更正。在这本日记里，我们与崔峰老师共遭遇二十次，每次都化险为夷，甚至转败为胜。

看了好一会儿日记，他们才问："你娘为什么要烧你的日记本？"我如实相告。他们又问："你那些日记本上都写什么了？"我说："什么都写，想到什么写什么。"李要两眼一亮，说："写你搞对象的事了？"我不置可否。

他们手上拿的那本日记，是我痴迷于胡写乱写的开始，写完那个小本子，我对写字就有些上瘾，每天都要偷着写一点儿，记录脑中所想，而当时，脑子里想的全是关于女孩的事，于是写的大多也是那些内容。

牛来突然说："杨当，你将来会成为作家的，你信吗？"

"我高考只考了四百多分，本科线差五分，只能上个师专，毕业后当个初中老师还有可能。"

"四百多分就不少了，你哪门考得最多？"

"政治……"

"看来崔峰给你打下的底子真不错。"

"唉，别提了，我高中班主任也是教政治的。"

"反正现在闲着没事，咱们去找崔峰报仇吧。"

◦ 三 ◦

那一年，我们一起上初三，教政治的崔峰成了班主任。对于这种"铁腕"老师，学校总会加以重用。在我们学校，老师个个能文能武，尤其是男老师，更是将体罚学生视为教学工作的一大乐趣。课余时间，他们会交流揍我们的心得，不断重复一句话："现在的孩子不打不行啊！"这句话说得多了，几乎成为一条颠扑不破的真理，连我们都相信了。

在某堂政治课上，李要又挨了崔峰的打，他不知哪里来的勇气，一头向崔峰的胸口撞去。那一幕我久久难忘，脑中冒出评书大师单田芳的一句话，"豁出破头撞金钟"。李要的动作果断而决绝，像是抱着头破血流、同归于尽的目的，他用上全身的力气，顶住崔峰的胸口。崔峰猝不及防，身体不由自主地向后退去，撞倒三张课桌，最后他歪倒在地。李要就势趴在崔峰身上，掐住后者的脖子。崔峰的脸充血变红，眼看要被掐死，我们傻傻地看着，没人上前把李要拉开。崔峰老师两手抓住李要的胳膊，死命掰扯。我们都知道，崔峰的上肢是很有力气的，我们都曾亲眼看见他在单杠上自由翻转，还有那十多米高的大绳，他只用两手抓着，身子绕绳旋转，很快就能爬到顶。这些，就连我们中间最有力气的李要，也做不到。

　　崔峰拉开李要的胳膊，冷笑一声，下面踢出一脚，正中李要的裆部。李要一声惨叫，想向后撤，胳膊被崔峰抓着，摆脱不了。崔峰大概觉得自己躺在地上不好看，只好放弃李要的胳膊，站起来。他看着手捂裤裆蹲在地上的李要，笑了，说："算你小子有种。"

　　尽管最终被崔峰打败，可李要还是一战成名。可惜他不能继续在学校里耍威风，只能接受处分回到家里，像一个功成身退的隐士一样。因为九年义务教育的关系，学校不能将李要开除，建议他转学，可他能转到哪里去？哪个学校也不会收留因为打老师而转学的学生。李要只能在家自学，等半年后参加中考。其实以李要的体格，完全可以去打工挣钱了，这也是他爷爷的意思。但李要是个热爱学习的人，成绩不差，在我和牛来之上。在养好裆部的伤后，他和爷爷干了一仗，当然不是拳脚相向，而是绝食，两天没吃饭，迫使爷爷放弃让他去打工的想法。

　　中考过后，李要的成绩离县高中录取分数线只差一分，我差五分，牛来更别提，差一百多分。这是李要在离校半年之后考出的成绩，可以想见，假如他没有离校，考上高中不在话下。

我父母托人找关系，掏了一万五千块钱，把我送进了高中。合算下来，一分的价值是三千块。可是学校不是这么计算的，差五分以内，若想入学，一律掏一万五千块。李要的爷爷拿不出这么多钱，牛来找到他们家，让李要和他一起去学厨师。本来赤脚医生是想让牛来去上卫校的，毕业后好接他的班，但牛来不喜欢当医生，当然，至于他到底喜欢干什么，他自己并不清楚。那时河北电视台整天播放厨师技校的广告，说什么厨师是稳定而高薪的好职业，每家学校都是包教包会，毕业后推荐工作。于是牛来对赤脚医生说："我想去学厨师。"赤脚医生很不高兴，扯下脖子上的听诊器抡过去，牛来闪身躲开，说："你不让我去，我就喝乐果！"

高中生活像是坐牢，唯一的好处是能收到牛来和李要的信。课间十分钟，我跑到收发室，翻阅信件，总能找到我的名字。看来，给我写信，也是他们生活的一部分。当初离别之时，我曾认真地说过："今后你俩在一块儿，我自己一个人，得多写信，要不就疏远了。"他们点头。

我写信，详细地描述自己的生活，表达出强烈的苦闷情绪。后来有封回信，是牛来写的，他鼓励我好好学习，将来考个好大学，他还说他跟李要这辈子最多当个大厨，能不能混得好，全看我的了。除了这些废话，信中末尾的一句让我回味无穷，抄录到当天的日记中。

"杨当，你知道吗，我在练习刀工时，总会把案板上的菜想象成崔峰的身体。"

从他们的信中，我看到了另外一种生活。不用背诵单词和公式，不用面对周考、月考、期中考和期末考，他们每日上半天课，其余时间随意打发，少不了喝酒和打架，周六日自由活动，可以坐火车去别的城市。终于有一天，他们的来信中夹了张在省城女子监狱门前的合照。看来，他俩终于实现了儿时的愿望，找到了那座监狱，想必也见到了李要的母亲。

那封信是李要写的，他说："杨当，很遗憾，你没有和我们一起去。"

。四。

我、牛来和李要如此要好，一是因为住得近，二是因为年龄相仿，都生在1982年。那年"分队"，由一个生产大队分成三个，我们三家都属于三队。后来我知道，村里所谓的"分队"，就是"包产到户"，田地分给各家各户独自耕种。我们三家的地刚好挨着，白天大人下地，孩子跟着，我们仨在各自的地里干活儿，不时凑到一块儿，玩上一阵。如果我们玩得时间长了，会被各自的父母召唤。李要的父亲嗓门儿最大，脾气也最为火爆，他名叫李塔，人长得如半截黑塔一般。一听见李塔喊自己的名字，李要会打一个激灵，火速跑回自家地里，跑得慢了，难免要吃李塔一脚。李塔的脚上是有功夫的，曾一脚将李要踢出两米远。而被踢更多的，还不是李要，是李要的母亲，张换。李塔打张换，往往毫无征兆，说打就打，谁也搞不清什么由头。一看他们那边又打了起来，我父母和牛来的父母忙过去劝解，后来打得多了，也就懒得跑过去了，顶多直起腰来，冲那边喊："李塔，打两下行了！"因为常年挨打，张换总是很委屈的样子，眼睛里常常积满凄苦的泪水。李要是站在母亲一边的，企图制止父亲的殴打，却力不从心，刚一拉扯李塔的胳膊，又被一脚踢飞。

我至今忘不了那天晚上，睡梦中，隐隐听见院子的大门被拍得山响。我醒过来，又听见睡在隔壁的父母起来了，鞋在地上拖拉的声音滑到院子里，而后父亲发出一声惊呼，母亲在屋里也听到了，她"啊"了一声。我连忙爬出被窝，光着身子站在炕边，撩开门帘往外看。父亲领着两个人进屋，是张换和李要，他们满身是血。我被吓得慌忙钻回被窝，听见母亲的叫喊："啊？怎么啦？怎么啦？"张换哭起来，李要也哭起来，他们的哭声合二为一，听得我瑟瑟发抖。

"我把李塔砍了，李要吓着了，先放你家吧，我去派出所自首。"是张换的声音。在李要的哭声中，我听见一个人急匆匆地跑了出去，然后李要的哭声跟到院子里，他喊着他娘。"要，别哭，跟婶子回屋，你先洗洗。"这是我娘的声音。

李要还在抽泣，我终于敢从被窝里出来了，穿上鞋走到堂屋。父亲把李要的衣服脱了，母亲端来一脸盆水，让李要清洗身体。那些暗红的血主要集中在李要的手和脸上，让他仿佛变了一个人。我俩目光相遇，我竟然像往常那样笑了一下。我意识到这样不好，想收回笑容，可已经来不及了。没想到，满脸是血的李要也笑了一下。

那晚，我和李要睡在一个被窝里，他打着哆嗦，上下牙碰得嘣嘣响。我从炕橱里拿出冬天的被子，盖在薄被子上，他终于不再发抖，我却热得不行。我想问他到底发生了什么，可不知道该不该问。他两眼紧闭，并没有想要给我说点儿什么的意思。

天快亮时，我听见警车的声音，以往这种声音只在电视里听过。父母屋里一直亮着灯，不时传来说话声，说什么，听不清。警车一响，他们匆忙走出来，门帘挑起，母亲探头往屋里看。

"睡着了吗？"她问。

"没有。"我回答。

"我没说你。李要睡着了吗？"

219

我扭头看李要,他还是两眼紧闭,呼吸倒是平稳。"李要,李要。"我喊了他两声,他没有回应。

"那应该是睡着了。"母亲说完就闪身不见了,我听见她的脚步声蔓延到院子里。狗叫声此起彼伏,胡同里的喧哗声越来越大。过了一会儿,院子里传来嘈杂的人声,好像有一群人走进我家来,他们很快走进堂屋,紧接着,门帘又被掀起,进来一个陌生人,穿着警服,戴着大盖帽的脑袋在昏暗的晨光中像个大蘑菇。我一阵紧张,闭眼装睡,突然有人拍我的脸,说:"醒醒,嘿,醒醒,你可真行,家里出那么大事,还睡得着。"我只好睁开眼,和警察四目相对,我一下子被吓哭了。

"警察同志,不是那个小孩,是另一个。"母亲指出警察的错误。

"哦,拍错了,你不早说。"警察笑了笑,又去拍李要的脸,李要没睁眼。警察接着拍,劲儿有点儿大,像在扇耳光,李要还是没睁眼。这时,我抹着眼泪起来把衣服穿好,伸手去摇李要,想把他摇醒。这才是叫醒一个人的正确方式,警察为什么要拍脸呢?

李要怎么也醒不过来,赤脚医生挤进屋,翻开李要的眼皮,用手电照了照,得出结论:"吓掉魂儿了。"

"你是医生吗?"警察笑着问。

"是啊,村里只有一个医生,那就是我。"

"是医生就该相信科学,掉魂不科学。"

"我说掉魂是怕你们听不懂,科学谁不会,他这叫过度惊吓后遗症。"

"那你能把他弄醒吗?"

"我不行,让他娘来试试吧。"

警察想了想,同意赤脚医生的意见,转身出去了。时间不

220

长，他回来了，押着戴手铐的张换，后面还跟着三个警察。张换一进屋，看见被子下面的李要，马上扑过去，在李要的耳朵边哭起来。她的衣服换了，脸也洗过了。

李要是被张换哭醒的，他努力睁开眼，除了看见自己的母亲，还看见周围这么多人，吓得缩进被子里。警察撩开被子，把李要拖起来。李要下炕，站立不稳，跪在地上。警察问他还能不能走，他摇头。张换背起李要，走出屋，在人们的簇拥下，穿过我家的院子，来到街上。

那里停着一辆绿色的警车，警察开门，张换背着孩子低头钻进去，就在此时，李要喊起来："爹是我砍的！"

◦ 五 ◦

在我上师专的那三年间，牛来和李要同在省城的一家大饭店打工。我们再也不用靠写信联系了，时不时见上一面。那时牛来已经有了胖起来的迹象，又因为整日在后厨忙碌，少见阳光，皮肤白里透红。而李要的外表则越来越像他的父亲李塔，四肢粗壮，皮肤黝黑，好像他的时间根本没像牛来那样耗在锅灶前，而是整日在大街上顶着太阳游荡。

在一次次的喝酒聊天中我得知，牛来确实是块当厨师的材料，他的手艺得到主厨的赞赏，并打算收其为徒。而李要的精力不在烧菜上，热衷于饭店的安保问题，多次带领几个保安击退前来闹事的流氓，尽管有些流氓就是冲他来的，想领教一下这个愣头青的拳脚功夫。也正是从安保方面考虑，饭店将李要辞退。

有段时间，没有工作的李要天天来找我玩，跟我一起上课，一起去食堂吃饭。他总是问我有没有受人欺负，如果有人敢欺负我，他定会替我出头。尽管我长得很瘦，又因为看书写字时不良的坐姿，背有点儿驼，看上去是会被人欺负的样子，可事实上真没人欺负我，我不去惹别人，别人也犯不上惹我。本人最大的问题是没有女朋友，可对于这个，李要的拳头就帮不上忙了。

高中时，时间那么紧张，我能找到女朋友；到了大专，天时地利齐备，我却找不到能一起谈谈恋爱的女孩。我知道，李要来找我，并不完全出于多年的友情，他也在寻觅女人，师专院校里女生众多，我所在的中文系就更多了，他热情地打量她们，不时点评几句。

有天，李要特别真诚地说："杨当，我真羡慕你，能上大学，有那么多女同学，你知道吗？我看着她们，心里挺自卑的。"

"李要，你自卑什么，我这破学校不值一提，等一毕业，挣的不一定比你多。"

李要摇摇头，不再理我。后来我才知道，他之所以发出这样的感慨，是因为看上了中文系的系花吴莹。谁也不能否认，那是一个美好的姑娘，我也非常喜欢，可从未有勇气表白过。人家有男朋友，是播音班的，将来要做主持人的男孩，自然生得一表人才。不知什么时候，李要偷偷向吴莹说了"我喜欢你"四个字，后者听完哈哈大笑，好像刚听完一个很可乐的笑话。发完那句感慨后，李要就很少来找我了。

有一天，牛来给我打电话，请我去参加他的拜师宴，他终于要拜一位老名厨为师了。我很高兴地答应了，并向他表示祝贺。那段时间，我知道李要还没有找到新工作，住在牛来的宿舍里。我给他打电话，问他要不要给牛来包个红包，或者送个什么礼物。没想到李要很生气地说："送个屁，他根本就没让我去！"

我很诧异："你俩住一起，天天见面，他怎么能不让你去？"

"还不是因为嫌我说他不该去舔那个老头子的屁股嘛。牛来太厐了，为了拜师，天天去人家里当保姆，跟孙子似的，我说他别这么下贱，他还不乐意听，骂我不上进。"

我说了几句和稀泥的话，把李要的怒火压下去。我想要不要给牛来打个电话，把这事说一说，可又一想，还是等我们仨人坐在一起喝酒时再说比较好。

到了那天，我坐公交车过去，在大饭店门口，赫然看见李要正蹲在台阶上抽烟。他看见我，冲我招手，看得出来，他在等我。我说："你不是不来吗？"他把烟头摔在地上，用脚踩灭，说："他不让我来，我偏来，非把他的拜师宴搅黄不可。"我刚要劝他两句，告诫他别那么干，话还没说出口，就被他一把搂住，拖进大厅。

大厅里很热闹，人头攒动，穿戴一新的牛来像个新郎那样在迎客，看见我和李要进来，他的脸上明显有点儿不自然，可他还是走过来说："你们来啦，好，快进去吧！"我冲牛来的肩膀打了一拳，说："行啊牛来，要当名厨了，以后厨师技校该找你做代言了。"他嘿嘿笑着，脸红了，说："咱们仨，有一人混好了，都能跟着沾光。"李要拍拍牛来的肩膀，什么也没说，继续搂着我往里走。

宴会厅里摆了五桌，我和李要坐在摆着"朋友"桌签的桌子旁。人越来越多，李要说他大部分认识，基本都是以前的同事。我开始觉得牛来有点儿过分了，既然那些人都请，为什么单单不请李要呢？我又想到李要刚才的话，开始担心他会真的闹出事来。李要面沉似水，盯着桌子中央的白酒。

"吃完饭，陪我去趟监狱吧，看看我娘。"他说。

李要提出这样的要求，还是头一次，以往他都是一个人去，每月一次，回来后沉默一两天。我倒是挺愿意陪李要去的，如果能见到张换，就更好了，等回到家里，跟母亲一说，她的两眼肯定会放出光来，问："快说说，现在张换什么样？"在老家人眼里，坐牢的人是很不一样的，神秘的监狱生活会在他们身体上打下烙印，肯定与"外面的人"截然不同。

　　我终于看见牛来的师父，一位六十多岁的胖老头儿，穿一身蓝色的唐装，满脸是笑，不停地拱手，腕上的手串闪着黑光，应付着周围的祝贺与恭维。"就是这老家伙，成天挑我毛病，我切墩儿，他说切得不匀实，我和面，他要么说软了，要么说硬了，干了一年多，愣没让我上灶。"李要冲我发着牢骚。我不接话，尽量靠近他坐着，盘算着等他起身发难之时，就一把将他按住，或者用一根大肘子，把他的嘴堵上。

　　我以前听牛来讲过，厨师这行当江湖气很重，有点儿像那些练武术的，你师父是谁，祖师爷是谁，属于哪门哪派，个中讲究多得很。像牛来和李要这种厨师技校毕业的，只能算是无门无派的散兵游勇，今天牛来拜了师，相当于正式加入师父的门派，以后行走江湖，报出师父的名号，到哪儿都能让人高看三分。看得出来，李要是不屑于这一套的。其实我打心眼儿里也是不屑的，可不屑又能怎样，该认还得认。

　　如今所有的民间仪式都在向结婚典礼那方面靠，牛来的拜师仪式也不例外，只不过掺杂了些传统江湖的味道，更有点儿不伦不类。主持人看样子也是个厨师，可他努力模仿婚庆司仪的主持风格，先是夸赞牛来的英俊潇洒，而后又夸师父的德高望重，最后，牛来跪在师父面前行拜师礼，磕头又献茶。师父很高兴的样子，送给牛来礼物，并拿过话筒训话，嘱咐牛来要堂堂正正地做一名好厨师。

李要侧着身，望着那边，面无表情，我鼓掌时，他的手仍揣在兜里。接下来是吃饭、喝酒，牛来挨个敬酒，很快喝多了，脸红得像随时会滴出血来。他敬到我们这桌时，走路都不稳了，我连忙站起来，一手扶住他，一手递上一个红包，里面有二百块钱。他用不听使唤的舌头说："好兄弟，一辈子的好兄弟啊！"

跟我喝完，牛来一把按住李要的肩膀，李要看样子不想让他按，站起来。我担心李要会发作，大声辱骂牛来，说出那些与这场合格格不入的话，甚至动手打牛来一拳，于是警惕地转到两人旁边，随时准备把他俩拉开。李要端着酒杯，跟牛来的酒杯碰了一下，仰脖干了，牛来也把酒干了。然后李要从兜里也掏出一个红包，塞给牛来。这大大出乎我和牛来的意外，尤其是牛来，他盯着那红包，似乎胃里的酒往上撞了撞，干哕了一声，说："李要，你……"

"牛来，你是我兄弟，我是怕你受欺负。"

李要拉我离开宴席，向门外走去，我们一直走到大街上，没说话，等来一辆公交车，坐上去。一路上，李要看着窗外，我收到牛来的短信："你和李要都是我的好兄弟。"我把手机递给李要，他看一眼，苦笑一下。

我们的目的地是省城女子监狱，离市区不算远，一个小时后就到了。李要熟练地办手续，来探视的人挺多，得排队，我们静静地等着叫号。马上要见到李要的母亲张换了，我想起十多年前小时候的那次出行，内心突然激动起来。

◦ 六 ◦

小时候，我、牛来和李要天天去荒野里牵羊，羊不多，加

225

到一起，只有十只。日暮来临，羊都吃饱了，卧在地上反刍，像在喃喃自语。我们仨每人跨骑一只羊，手持柴棒，直杀得天昏地暗，月亮升起来。

李要家出事后很长一段时间，去结伴牵羊的，只有我和牛来两个人，李要的羊也暂时归我们管。因为少了李要，我们再也没有兴致玩骑羊打仗的游戏，匆匆牵上羊，先去李要的爷爷家，把李要的羊关进圈里。每次见李要，他要么坐在院子里，要么躺在炕上，神情呆滞，十一岁的孩子竟有些老态龙钟的感觉。后来，李要的奶奶承受不住丧子之痛的打击，喝了乐果，这算是李家的第二场变故，李要的爷爷依旧把罪责归到儿媳张换身上。

我听母亲说，当初案子正审的时候，曾有人给李要的爷爷出主意：既然李要承认是自己砍死了父亲李塔，作为家属，就一口咬定，是孩子干的，李要还那么小，不必承担什么法律责任，这样张换就能无罪释放，挑起抚养李要的重担。可是李要的爷爷坚决不同意，他认为自己的儿子就是张换砍死的，李要刚十一岁，怎么可能干出那种事，是张换干的，她就该偿命，至于抚养李要，这重担他也能挑。

据父亲说，在警察局，李要接受过多次审问，被要求仔细回忆那天晚上的所有细节。"到底是谁动的手，是怎么动的手？警察肯定要问清楚，他们得把张换和李要的说辞对上。"我父亲颇为知情地讲道，"可问题来了，张换说是她动的手，李要说是他动的手，俩人说的对不上。警察只好去找法医，法医说，从伤口的深度看，凶手应该是成年人，小孩砍不了那么深。于是，警察就不再相信李要的话，把他送了回来。"

宣判那天，村里很多人去了市法院。李塔经常对张换拳打脚踢，全村人有目共睹，张换在法庭上说出这一情况，我母亲第一个站出来做证。正因如此，张换没有被判死刑，而是判了无期，被送往省城的女子监狱服刑。

当天晚上，这消息迅速传遍全村，当然也传到李要的耳朵里。他应该是听爷爷说的，对于这一宣判，他爷爷很不服气，当庭哭着提出上诉，回到家后，定然也对李要哭诉了一番。

我家正吃晚饭，大门一声响，只见院子里闪出一条小黑影，跑得极快，转瞬跨进我家堂屋。来人正是李要，他的脸上露出久违的笑容，他想说点儿什么，可是因为久日不语，一时又发不出声，嘴动了半天："太，太，太好了，我娘不用死了！"

我们全家都笑了，母亲招呼李要入座，一起吃饭。李要和牛来没少在我家吃饭，这次他也没有客气，大方地落座，刚拿起筷子，又咧嘴哭了，说："爹是我砍的，他们怎么就不信呢？我娘其实不该去坐牢。"

"你娘说是她干的，你在一边看着，被吓傻了。"

"是我，是我……"

"警察都查清楚了，不是你，别哭了，快吃饭吧。"

从那天起，从前的李要又回来了。我们照旧一起去牵羊，有天来了兴致，牛来提议玩骑羊打仗的游戏，起先李要并不愿意玩，看我和牛来玩得很高兴，他终于按捺不住，骑上老羊，挥舞着柴棒加入战团。

出事之后，李要在学校里的朋友，只剩下我和牛来两个。他家的事流传甚广，而他一直坚持李塔是他本人砍死的，尽管人们都不信，却难免对他心生芥蒂，那些玩得来的，也在父母的授命下对他敬而远之了。但也有胆大的，偏要挑衅，故意找李要的茬口，打上一架，如果能将李要打败，那就可以在校园里横着走了。小学五年级那年，李要可谓身经百战，他渐渐成长为打架的好手，在同龄人里几乎找不到对手，偶然遇到几个

227

身高马大的，眼看要败下阵来，我和牛来施以援手，助他两臂之力，于是就转败为胜了。

我们迎来暑假，暂时从打打杀杀的日子里解脱出来，经历过那么多阵仗，我们都觉得自己长大了。有天，李要说："要不咱们去省城玩一圈吧。"

"去省城玩什么？"

"不玩什么，去看我娘。"

"好，那咱们怎么去？"

赤脚医生曾去过省城，知道怎么去，所以牛来也略知一二。我们应该先乘坐汽车到达市里，再从市里坐上火车，就能到省城了。

这件事断然不能让李要的爷爷知道。李要曾多次提出去省城女子监狱看望张换的要求，都被老头子冷酷地拒绝了。当然，我和牛来的父母，也是不能知晓此事的，保密很重要。我们需要每人从家里偷一百块钱，这不难，因为之前我们经常偷钱，但偷的都是小钱，一毛两毛，去买零嘴吃，第一次偷大钱，偷得胆战心惊。

清晨，我们三个人迎着朝阳出发，一口气跑到大马路上，等来一辆去市里的班车。售票员是个中年妇女，看我们仨上来，先问有没有大人跟着。我们说我们就是大人，要去省城办事。

"哈，仨小屁孩，还去省城办事，你们有钱买票吗？"

我们每人掏出一张五十元的钞票，售票员赶紧接过钱来，再分别找给我们，说："只要有钱买票，我管你们是谁，这年头，小孩都比大人强。"她这话，明显说给那几个讨价还价的大人听的。

很顺利，我们到了市里。汽车站与火车站挨着，我们跑过去，钻进售票大厅，买到三张去省城的火车票，这回售票员连问都没问。开车时间是十二点半，还有一个小时。我们的肚子饿了，看见火车站广场边上有卖包子的，每人买了俩包子，很好吃。

我们进站，挤在人群中检票，终于上了火车，都是第一次坐火车，万分新鲜，互相说着这一路见闻。火车开动，越开越快，把城里的楼房撇在后面，前面涌来大片的田野，很多像我父母那样的人在地里干活儿。我突然想到他们，心里有些不安，再看牛来，也开始沉默起来，似乎和我想的一样。只有李要保持着兴奋，说："早知道这么容易，我去年就出发了。"

火车开到省城，我们随人流走出火车站，迎面是辽阔的广场，中央树立着革命英雄的雕像。我们走到雕像下面，那些英雄有的手握钢枪，有的举着手榴弹，有的挥着大砍刀，在厮杀，在呐喊，栩栩如生，让人肃然起敬。

突然，我们发现被一群穿着西服的人包围了，他们都揣着兜，冲我们笑。"小孩，你们从哪儿来的？"为首的一个留着中分头的家伙问。

"从家来的。"李要回答。

"听口音，你们是从村里来的吧？胆儿挺肥啊，带了多少钱？"

我们仨同时被人从背后抱住，动弹不得。有人过来掏我们的兜，我们各自的几十块钱，都被掏了出来。他们拿到钱，就把我们放了。口哨响起，他们簇拥着向广场外走去。面对他们，我感到自己那些打架的经验完全不顶用，腿都被吓软了。牛来的裤子湿了，他蹲下来，抱住头，像在哭。李要站在英雄雕像的阴影中，脸涨得通红，突然发出一声呐喊，冲那帮人扑过去。

"吆喝，这小子竟然不怕死。"中分头抬起一脚，把李要踢出去两米远。李要在地上打了几个滚，又站起来，再次扑过去，这次他机智地躲开了中分头的腿，保住对方的胳膊，一口咬住。中分头发出非人的惨叫声，扇李要的脑袋，可无济于事，李要不撒嘴。旁边的人过来帮忙，想把李要拽开，却怎么也拽不开。"别拽了，再拽就把我的肉拽掉了！打他！"于是他们开始对李要拳打脚踢。这时，我的身体像着了火，咆哮着冲过去，抱住一根胳膊，闷头咬上去。牛来哭着冲上来，也咬住一根胳膊。

没用半分钟，看热闹的人就把我们团团包围了。又过了一分钟，我听见有人喊："警察来了！"没被咬住的人停手不打，突围跑了。警察挤进人群，让我们松口，我张开嘴，口中有股腥味，泪眼蒙胧中，看见李要和牛来满嘴是血。

七

我师专毕业后，想去镇中学当个老师，就像当年的崔峰那样，可家里没有门路，去不成，只能回省城打工。临行前两天，李要和牛来的饭店开张，地点在镇中学旁边，靠近省道，整日车水马龙，会是生意兴隆的感觉。我过去帮忙，充当跑堂的。饭店很小，只有十二张桌子。中午，我放过几挂鞭炮，硝烟还未散尽，几辆摩托车呼啸而至，车上端坐着几位长发飘飘的年轻人，其中一位怀抱着一副八骏图，木框镶着玻璃。他们翻身下车，大喊："要哥，要哥！"李要从里面迎出来："兄弟们都来啦！"为首的一位是个胖子，他把八骏图交给李要，嘴里说着发财的话。

"要哥今天当了老板，兄弟们能不来祝贺吗？恭喜发财，恭喜发财！"

"我不是老板，只是个厨子，我兄弟牛来才是老板。"

"我们不管，我们只认要哥！"

"好好，进来喝酒！"

这个小饭店的投资人，是牛来的父亲。此刻这位赤脚医生正用拿惯针管的手拨打算盘，计算投入的数目。我刚放完鞭炮，感觉身上落了一层灰，想进后厨洗把脸，突然听见赤脚医生的喊声："李要，这些人来干什么？"

"人家是来祝贺的，喝个酒。"

李要把八骏图放在柜台上，又去招呼那帮人。赤脚医生转身进了后厨，冲他儿子，也就是饭店的老板牛来，发起牢骚。

"第一天开张，李要就弄来一帮流氓，你看谁还敢进来吃饭。"

经过四年的厨师生涯，牛来已经把自己吃成了胖子，彻底背叛了当年那个瘦小枯干的少年形象。为了今天的开业，他特意穿一身洁白无瑕的厨师服，头戴高耸入云的厨师帽。早上的时候，赤脚医生曾教训他，不该穿厨师的衣服，应该穿西服，因为他是老板。可相对老板，牛来更喜欢做厨师。而那本应是厨师角色的李要，却是一身黑色的西服，白衬衣，打着红领带。赤脚医生摇头叹息，无奈地问我："你看他俩，到底谁是老板，谁是打工的？"

"叔，你才是老板，他俩都是打工的。"

"呵呵，还是你这念过大学的会说话。"

牛来在厨房里炒菜，我一盘接一盘地端到李要的桌子上。他们占了店内唯一的一张圆桌，李要坐在主位，俨然老大的模样，他几次拉住我的胳膊，让我也坐下。虽然我本人也爱喝酒，可并不习惯与这些长头发的年轻人喝，只好谎称厨房有事，不方便。李要摇摇头，并没有展露出不悦的样子，他向周围人介绍："这是杨当，我从小玩到大的兄弟。"长发青年们纷纷打招呼："当哥好，当哥好。"

我回到厨房，看见牛来正抽烟，他的脸上泛着一层油光。我拿起炒勺，学着牛来的样子颠了几下。不得不承认，牛来是厨房里的一把好手，有一招翻勺的绝技，看过的人都叹为观止。

"杨当，你说，我到底该不该回来？"

"既然都回来了，就别再想了。"

"当初我跟师父学艺，工资大部分都给了师父，这是规矩，李要却看不下去，去找我师父要钱，师父一生气，命令我跟李要绝交……"

"这事我知道，你都说了多少遍了。"

"你别打断，我还要再说一遍。师父的话就是命令，说什么就是什么，一般我都会听的，可那一次我没听，还顶了几句嘴。师父大怒，罚我在厨房里跪着，我跪了半天，腿都要跪废了。李要知道后，找到我师父，一酒瓶子砸在自己脑袋上，说是赔礼道歉。你说，有他这样赔礼道歉的吗？师父都被吓傻了，立马把我逐出师门。师父不认我，饭店也把我辞了。"

"你怨李要？"

"那倒没有，我只是觉得可惜，要没这档子事，我以后就是省城名厨了，你说我开个这破饭店，能干出什么名堂？"

"能干出名堂的，你厨艺那么好，李要也很能干。"

"瞎干吧。你明天走，我就不送了，去相个亲，家里介绍的。"

"行啊，长什么样？有照片吗？"

"长得还行，要是相成了，领她去省城看你。"

次日，我拎着行李来到省城，在城中村找房子住下来，过了一个月，终于在一家图书公司找到工作。这是一家制作儿童图书的公司，我是文字编辑，本来有个老编辑带着，没过几周，

232

老编辑辞职，我就成了唯一的编辑，公司里其他员工大多是插画师，给我编辑好的文字配上图片。

每天下班，我回到出租屋里，在孤独和寂寞包围中，总忍不住拿起手机，给牛来或李要打个电话。每次我都要考虑几分钟，是先打给牛来，还是李要。在我不知道的地方，他俩好像有了隔膜。可又一想，如今我与他俩的关系，还像以前那么好吗？这问题我想不清楚，反正除了他俩，我在省城没有新的朋友。

在电话里，牛来告诉我，他人生中的第一次相亲非常成功，女孩同意，他看女孩长得不错，当然也同意，下一步就该谈婚论嫁了。而李要呢，也相过几次亲，可都没成。他本人并不放在心上，一有时间，就跑到镇中学的操场上玩单杠。据牛来讲，李要玩单杠时场面很大，带着一帮长头发的小兄弟，大家轮流抓住单杠，拉几个引体向上。李要是最厉害的，经过刻苦练习，他的身体终于能在单杠上像风车那样转起来。为此，他曾专门打来电话："杨当，你还记得当年崔峰练的大回环吗？我也练成了！"

李要还告诉我，当年的精壮小伙崔峰结婚几年后养出了大肚子，不但玩不了大回环，而且连爬大绳也玩不动了。

"那他还打学生吗？"我问。

"这个好像没放下。看那些学生，一个个不学好的样子，连我都想打！"

这些年，无论我去哪里，总带着那个日记本，并不经常翻阅，把它放在行李箱里，压在那些破衣服下面。要不是我新交的女朋友来我的住处，非要给我收拾收拾，把它翻出来，问我这是什么，我都要把它给忘了。

她叫于冰，是图书公司的插画师，头发很长，披散着，遮住左脸颊上那块青田痣。如果脸上没有这块瑕疵，她也不会看上我这个驼背的青年。

我们趴在床上，一起翻看那本日记，她看得哈哈大笑，说："你们那时候太好玩了，想出这么多对付老师的方法。"她很喜欢这本日记，决定给它配图。她找来一个大本子，在上面画起来，每一种方法都让她用图画的方式表现出来，起先看得我惊心动魄，后来竟热泪盈眶。她盯着我说："你是什么人啊，看这个都能感动，我是当搞笑漫画画的。"她画了整整一本，这注定是一本不能出版的漫画，我是其唯一的读者。

◦ 八 ◦

在我高中毕业的那个夏天，李要带我和牛来去找崔峰老师算账。我的腿被父亲打伤，行动不便，李要骑车驮着我。一路上，他一直宽慰我，说："你放心，打崔峰一个人，有我和牛来就行了，没准儿牛来根本不用上，我一个人就能对付他。"

因为相对于四年前，我们的身体已经基本完成发育，都有了大人的个头儿，只是还不够壮，单薄一些。崔峰老师个子并不高，胜在身形粗壮，有把子力气。我们已经不怕他了，他算个屁啊，根本不用日记本里那些方法，直接用拳脚，就能把他打服气。

"崔峰，崔峰，你回家喝西北风去吧！"牛来一边飞快地骑车，一边念叨。以往崔峰在打人前，总会说点儿精彩的话，比如"牛来，牛来，牛奶，你回家喝牛奶去吧""李要，李要，你什么都要不成""杨当，杨当，你个烂裤裆"。毫无疑问，他骂我的话是最没水平的，但却是最狠毒的，从此让我摊上"烂裤裆"的外号。

崔峰家在五里外的村子里，我们赶到时，正是下午四点，午睡过后下地干活的人零零星星地走在街上。我们打听崔峰的住处，有人指给我们，是一处普通的平房，门没锁，院子里传来欢乐的笑声。我们把车子靠墙放好，没敲门，推门径直而入。

崔峰弯着腰，伸着双臂，协助一个孩子学走路。我们的脚步声让他回过头来，与此同时，他把孩子抱起。"老师。"没想到牛来先发出胆怯的声音。"你们谁啊？"崔峰问，他早就把我们忘了。

"我们是你的学生，我叫牛来，他俩一个叫杨当，一个叫李要。"

"牛来，杨当，李要。李要，李要，哈哈，我认识你小子，当年你是唯一一个敢还手的学生。哈哈。"

没想到崔峰热情地迎了过来，要不是抱着孩子，恐怕就要和我们一一握手了。李要愤怒地看了牛来一眼，他应该和我一样，也对牛来的表现极为不满，我们是来报仇雪恨的，不是走亲戚，你对他客气什么？

还没等李要发作，我们就被崔峰让到阴凉处的一张小方桌前坐下。他冲屋里喊："嗨，你把西瓜切了端过来，来了仨老学生。"他管我们叫老学生，这称呼仿佛有点儿老朋友的意思。李要对我使眼色，应该是在征求我的意见，要不要马上动手，等他老婆从屋里出来，那就三个打两个了，难度加大。我先看眼崔峰怀里的孩子，再回了李要一个眼色。有个孩子，怎么打？他懂我的意思，轻叹一口气。

崔峰一边逗着孩子一边说："当初教你们时，我还没对象，现在孩子都要会走路了，时间过得真快啊。你们都在干吗，还上学吗？"

"我和李要想去学厨师，杨当可能会去上师专。"说话的

235

还是牛来。

"学厨师好啊，工作稳定，工资高；上师专也好啊，将来当老师，但要做好受穷的准备，你看老师家，够穷的吧？"

我们打量崔峰的家，从所坐的角度只能看到院子和房子的外貌，看不到屋里，但从院子和房子的朴素程度来推断，屋里应该也是乏善可陈。由于主人是位老师，而非农民，院子里没有农具、柴火、化肥等乱七八糟的东西，收拾得干净整洁，墙根下种着几株花草，是月季和黄菊，绽放出一种闲情逸致。再细看如今的崔峰，眼角眉梢的杀气荡然无存，一边逗弄着怀里的宝宝，一边对我们报以微笑，就像一位归隐田园的杀手，早已忘却当年的血雨腥风。

崔峰的女人端着一盆西瓜，放在小桌上。一看就是不错的女人，生得大方而和善，配崔峰是绰绰有余的。崔峰指着李要对女人说："就是这小子，当年一脑袋把我顶出去老远。"

"原来是你呀，说起来，我们还得感谢你呢，要不是你顶了你崔老师一脑袋，伤了他的腰，他也不会去卫生院，我在卫生院上班，也就不能认识他了。"女人说。

李要笑了笑，站起来，我以为他要动手了，没想到他礼貌地说："崔老师，我们走了。"崔峰把孩子交给女人，快步走到李要面前，突然紧紧抱住了他。这是我平生第一次看人如此大张旗鼓地拥抱，惊诧莫名之外，还有些不好意思。

"后来我才听说你家的事，唉，你命苦啊，老师跟你同病相连，我爹从小就打我，我打你们，也是受他影响……"崔峰说着说着，竟然哽咽了。

回去的路上，我们一言不发。骑到一处玉米地前，李要突然翻身下车，要不是我两腿及时支住地，车子就倒了。李要冲着玉米地大喊着："啊！啊！啊！"牛来也过去大喊，我心里也憋闷得厉害，也大喊起来。我们喊了一会儿，又对着空气拳打脚踢起来，好像在与一个看不见的高手搏斗。

"这世上除了我娘，只有崔峰把我抱得那么紧。"李要挥着拳头，流着眼泪。

九

那年我和李要从省女子监狱出来，他对我说："这件事，你不要告诉牛来。"我点头答应，作为守信用的朋友，我真的一直没对牛来说。李要与牛来在省城上技校、工作那几年，他们多次结伴去看张换，但每次都是李要一个人去探视大厅，牛来在外面等。那次，我也没想到李要会让我随他一起进入探视大厅，他说这是母亲的意思——张换想见见儿子的好朋友。监狱的工作人员本不同意我进去，说只有直系亲属才可探监，李要说了一堆好话，人家终于同意让我进。

探视大厅被巨大的玻璃窗一分为二，张换在玻璃的另一侧出现了，她并没有如我想象中那样戴着手铐，两手空空地低垂着，一身蓝色的囚服，奔到窗前。几年没见，她苍老许多，头发灰白，皱纹很深。她看见我，笑了，嘴在动，看口型，像在喊我的名字。李要拿起听筒，递给我，我犹豫了一下，接过听筒，听见张换的声音。

"小当啊，你回去告诉村里人，李塔确实是我砍死的，不是李要。"

"哦。"我不知如何回答。

"你告诉我，李要真的没被人欺负吗？"

"没人欺负他，真没有。"

"还有，你知道李塔为什么老打我吗？"

237

我摇头。

"有一天，我正做饭，李塔他老子进来，抱住我就摸，我打了他一巴掌。后来我把这事告诉李塔，他不去找他老子算账，反而整天拿我出气。这事我上个月不小心给李要说了，他非要找他爷爷算账，你替我劝劝他，让他算了，他爷爷把他养这么大，也不容易。"

我点头。

李要接过我的听筒，结束了我与张换的对话。我退到李要的背后，看着这对被一块玻璃隔开的母子。

"我今天拜师了，拜师宴摆了好几桌，师父是名厨，跟他学几年，我也是名厨。"

"好，你跟师父好好学。"

"肯定好好学，师父说我天分很高，是做厨师的料。"

"那就好，那就好。"

"等你出来了，我做菜给你吃，让你尝尝我的手艺。"

"好，好。对了，你上次说找了个女朋友，大学生，叫吴莹，谈得怎么样了？"

"挺好的，她很懂事。"

"人家不嫌弃你是个厨师吧？"

"不嫌弃。她说厨师没什么不好，收入高，还顾家。"

"对，以后你得顾家。"

探视的时间转眼过去，我的眼睛有点儿模糊，胸口像被人打了一拳。上次有这种感觉，还是母亲烧日记本的时候，不过这次感觉更难受。我背过身，擦擦眼睛，想着如何写今天的日记。

在回去的公交车上，李要说："小时候，咱们来省城，到火车站就让别人抢了钱，警察让家里人来接咱们，回去的车上，你对我说：'李要，等长大了，咱们再来。'牛来也这么说了。"

"对，我还记得。当时我刚说完，后脑勺儿就挨了我爹一巴掌。他大概没听清，我说的是等长大了，到那时，他就管不了我了。"

"今天你说到做到了。"

听李要这么说，我深感惭愧。这次陪他过来看母亲，我算是被动来的，他要是不提，我肯定不会主动提起这件事。还有他说的火车上的情景，我有点儿记不清了，那个后脑勺儿挨了一巴掌的情节，是我临时编的，我只记得李要的爷爷在见到李要后，使出全身的力气，打了他一个耳光。老人的手净是骨头，在李要的脸上留下清晰的手印，等我们上了火车，他的脸还红着。爷爷是绝对不允许孙子来看母亲的，李要此次擅自行动，算是犯了他的大忌。因为老人是第一个出手的，而且力度那么大，我父亲和赤脚医生就没动手，大概是理智地考虑到，打轻了的话，被老人瞧不起，打重了的话，又怕我们的小脸承受不住。更何况，我们刚刚经历过一场斗殴，浑身是伤，没必要再雪上加霜了。

下公交车后，我和李要去我的学校，他不愿马上回饭店的宿舍。想必这时酩酊大醉的牛来正在睡觉，李要说不想见他。走在校园的林荫路上，李要问："我娘给你说什么了？"

"没说什么。"

"那到底说什么了？"

"说让我看着你，别让你学坏了。"

"我估计也就是说这些。"

这时，对面走来我的同学吴莹，她并不是一个人，身边有她的男朋友，那个播音班的男孩。我笑着说："李要，看，你女朋友来了。"李要站住，盯着那俩人慢慢走近。吴莹看见我

239

们，想打声招呼，可她看了播音班男孩一眼，没开口。李要说："吴莹，你不认识我了？"吴莹站住，问："你是谁啊？"

"我追过你，说我喜欢你，你这么快就忘了？"

"追我的人多了，别人都记住了，就没记住你。"

播音班男孩再也按捺不住，过来挡住李要，问："你哪个系的？"

"我哪个系的也不是，我是一个厨师。"

"你一个破做饭的来学校里耍什么流氓！"

"你再说一遍。"

"你来学校耍什么流氓！"

"你别省略，说全喽。"

"你一个破做饭的来学校耍什么流氓！"

李要上前一步，踹出一脚。我早就料到他会跟播音班男孩打上一架，及时抱住他，缩短了他的脚的行程，没踹到播音班男孩身上。"好了，好了。"我把李要拖走，一直拖进食堂，买了两瓶啤酒，让他喝。

"我不是看不惯他能搞上吴莹，而是他说话太难听，我一个厨师技校毕业的专业厨师，虽然现在没有工作，但怎么就成了破做饭的了？"

"李要，我知道你今天心情不好，但你别在学校闹事。"

"杨当，今天让你见笑了。"

"没事，换了我也得生气。"

"我不是说这个，我是说在监狱里。这些年，牛来混得比我好，我总把他的事当成我的事，说给我娘听。"

"这个我理解。"

"对，我觉得你能理解，你是作家嘛。"

"你在骂我吧？什么作家？"

"我想过，跟她说我上了大学，将来要当作家。可后来一想，难度太大，还是把牛来说成我比较现实。"

"虚构能力这么强，你才是作家。"

○ 十 ○

我和于冰只好了半年，她离开我的原因很简单，在一次争吵中，我没忍住，扇了她一个耳光，正打在她长有青田痣的左脸上。那一刻，我感觉自己的右手脱离身体，背叛了主人，化身为一匹暴躁的野兽。于冰的反应合乎我的想象，先是捂着左脸木然站了半天，然后大叫着冲我扑过来："你竟然打我，还打我的脸，而且打我的左脸！"我很后悔，恨不得将右手剁下来，送给她，以此谢罪。于冰在我的脸上留下两道抓痕，然后收拾东西搬走了。第二天，她没去上班，据说已经打电话辞职。她整个人从我生活里消失了，只留给我一册画满漫画的本子。

牛来带着老婆来到省城时，我脸上的抓痕还没消失。他们刚领过结婚证，来省城玩两天，计划先去商场转转，再去动物园里看看老虎和狮子，这是小夫妻的购物与旅游之旅。牛来看见我后，没注意到我脸上的伤，先问于冰怎么没有出现，我只好把分手的事情告诉他。

"这么大事，你怎么不早告诉我？"牛来用责怪的语气说。

"分手而已，又不是离婚，不是什么大事。"我假装轻松，满不在乎。

"那你脸上的伤是怎么回事？"牛来的老婆问。她叫赵慧，就是牛来第一次相亲的对象，这也是我们第一次见面。在多次的通话中，牛来已向我描述过她的样子，高个，长发，眼睛很大，鼻子高挺，嘴边有俩酒窝。见到真人后，感觉牛来说得夸张了，她并没有那样精彩，只是和相貌平庸的丈夫站在一起时，才显得风姿绰约。

"这是于冰留下的痕迹。"我捂着脸说。事情过去好几天了，可我还是忘不了她，她就像一根钉子，钉在我的胸口。在她之前，我体会过的最大的痛苦是母亲把我的日记本付之一炬，如今看来，那堆火不算什么。

他们继续追问我和于冰分手的原因，我不好意思说是因为我打了她，敷衍几句，最后归结到性格的问题。我把于冰留下的画册拿给他们看，赵慧看不明白，皱着眉头说："她有点儿变态吧。"牛来是能看明白的，越看越兴奋，说："她画得太好了！"我点头，心里又是一阵疼痛。不得不承认，于冰有成为画家的潜质。我知道自己也有成为作家的潜质，但和于冰比起来，就显得愚笨多了，于冰是那么灵透、聪慧，脑中充满绮丽的幻想。她消失之后，我才开始搜集那些赞美她的词汇。她左脸的青田痣，让她自卑，自卑又转化为敏感，而敏感正是画家不可或缺的能力。

赵慧爱说话，讲起她和牛来相亲的过程。按照流程，他们首先要看看对方的外貌，有个第一印象。他们在同一时间去同一家超市买东西，互相打量了几眼。

赵慧毫无隐讳地说，她看到牛来的第一眼是失望的。通常男女双方第一次见面不必讲话，如果满意对方的长相，回去告诉媒人，表示有继续发展的想法，再由媒人安排正式见面。赵慧坦言，当时她的想法是对媒人说不同意。

没想到，她走出超市后，被一个长得又黑又壮的男人拦住去路。她被吓了一跳，问对方想干什么。黑男人说："请你吃个饭。"她以为自己遭遇流氓，望向超市门口，求助于正站在台阶上的牛来。只见牛来慢吞吞地走过来，如窒息一般，憋得脸红脖子粗，欲言又止。

　　黑男人说："走吧，去饭店。"说完，跨上摩托车，扭头示意她坐上来。她又看向牛来，毕竟相对于黑男人来讲，她对牛来的了解还算多一点儿，起码能判定，牛来并非流氓。黑男人太过霸道，又那么咄咄逼人，她打算扭头跑掉，却不甘心表现出胆怯的样子。她希望牛来能挺身而出，一拳把这黑男人打翻在地。可牛来却事不关己地跨上摩托车，冲她点点头，加油门飞驰而去。黑男人不耐烦地说："放心吧，我不是坏人，就吃一顿饭，吃完送你走。"她把心一横，坐上摩托车的后座。黑男人飞车如风，眼看要追上牛来。她越过黑男人的肩膀，看着牛来的背影，想喊他一声，却不好意思开口。黑男人按喇叭，牛来回头，一张油腻泛光的笑脸。她闻到黑男人身上烟酒混合的气味。

　　两辆摩托车停在一个小饭馆门前，她看见招牌上写着"伙伴饭馆"四个字。牛来又冲她笑一下，就跑到饭馆里去了。黑男人领她走进饭馆，找桌子坐下。黑男人说这是他和牛来的饭馆，虽然有点儿小，但很快会做大做强的。

　　当时不是饭点，没人来吃饭，她不想跟黑男人说话，默默地盯着墙上的八骏图。不一会儿，她听见后厨传来的牛来的声音："李要，端菜！"黑男人走到后厨去，转眼端着一盘鱼出来，放到她面前。黑男人告诉她，这道菜叫松鼠鳜鱼。她也是村里长大的孩子，从没见过这道菜。那条鱼被精细地切过，又过油炸，还浇着金黄的汤汁。又听见牛来喊："李要，端菜，哦，不用啦。"她这才知道，黑男人叫李要。

　　牛来从后厨出来，端一盘西红柿，放到她面前，西红柿被雕成一朵玫瑰花的样子，下面还衬着几片绿菜叶。牛来说："你尝尝。"她吃了一口鱼，感觉很好吃，可对于那朵西红柿玫瑰花，她不知道怎么下筷子。

回去后，她告诉家人，可以。很快就有了第二次见面，按照流程，这次叫"谈话"，地点是在媒人的家里。那天她早早地到了，等了一会儿，听见院子里摩托车的马达声，来了两个人，牛来和李要。她和牛来去里屋谈话，李要坐在堂屋等。牛来话不多，显得有点儿紧张，她问他做菜的事，他的话一下子多起来，川鲁粤淮扬，几大菜系说了一通。她听得一头雾水，可感觉很有意思。

赵慧对我说上面那些话时，牛来正在厨房里忙活着。她一边说，一边在我的房间里转。我有很多书，引起她的注意，她拿起一本翻看。"杨当，我觉得你跟他俩不一样。"她认真地说。

"没什么不一样的。"

"你就是不一样。我听牛来说过，你是作家。"

"我不是作家，根本没写过像样的东西，只不过喜欢看书罢了。"

"杨当，实话告诉你，我跟牛来领证后才发现，我并不喜欢他那样的。"

"牛来是哪样的？"

"他太肉了。"

十一

几年之后，我好像真的成了一个作家。脑子里的故事那么多，我随便找几个敲进电脑里，有的发表在杂志上。遗憾的是，我始终觉得那些被烧掉的日记，才是我此生写下的最好的文字。年龄越大，我变得越虚伪，而真正的文学需要的是单纯，是一腔热血。有人认为，我始终是个不成熟的作家，因为我的故事中少不了暴力的渲染。而我觉得，那成熟起来的部分，恰恰是最垃圾的。写作没有改变我的生活，我仍是个小图书编辑，因为长时间伏案工作，我的背更驼了，头发日益稀少，有了秃顶的迹象。

身在老家的牛来和李要过得很好，经过打拼，小饭馆变成了镇上最大的饭店。我并不喜欢"打拼"这个词，可对于他俩的这些年，用"打拼"来概括最为贴切。他俩作为合作伙伴，李要负责"打"，先是征服了镇上所有的流氓，又让那些人尽量安分守己，不但维持自己生意的安定，也惠及整座小镇；牛来负责"拼"，他炒菜的手艺精湛，有口皆碑，身为老板，却不离厨房，带着几个徒弟，做大菜时，仍不辞辛苦地亲自掌勺。

赵慧给牛来生了个女儿，赤脚医生有点儿不高兴，收集到几个偏方，熬好药让牛来和赵慧喝，企图下一胎生个儿子。赵慧不想再生了，她开了家幼儿园，每天看着一大堆孩子，因此丧失了对孩子的热情，哪怕是自己的孩子。牛来和我通话时，总会谈到这方面的苦恼。为逃避生二胎，赵慧几乎终止了他们的夫妻生活。我劝牛来放弃生男孩的想法，他不听，认为在生孩子的问题上，我这个单身的人根本没有发表意见的权利。

李要也没有结婚，听他讲，女人他是不缺的，甚至有种应接不暇的烦恼。他身边的女人都是被他打跑的，这方面好像我俩有共同话题，交流后才发现，情况并不相同，甚至可以说大相径庭。我打于冰，是出于愤怒，怒火冲天后丧失了理智；而李要说，他打女人，则是因为爱，他越爱一个女人越有打她的冲动。对于他这种说法，我不理解，建议他来省城找心理医生看看。李要觉得自己没病，省城他依旧常来，只去监狱看望母亲，从未打算去看什么心理医生。

李要的爷爷是在牛来结婚那年死去的。死之前，他以孤寡老人的身份独自生活了七年。受张换之托，我曾找到一个机会，单独与李要说起他爷爷。我想说的是，虽然爷爷有错，但不能把所有的错都算到他头上，如果你要回家找他的麻烦，甚至把他暴打一顿，就不对了。首先，他是你的爷爷，这是无法更改的事实；其次，他把你养这么大，没有功劳也有苦劳。这些话还没说出口，李要就说起来。

这么多年，他一直不明白父亲为什么会动不动就打母亲，他隐约能感觉到，这里面有隐情。每次去探监，他总会有意无意地询问一下，母亲起先一再求他不要问，后来实在扛不住，只好说出实情。知晓这一切后，李要火速跑回家，问爷爷是不是真的。当时爷爷正在喝酒，李要做厨师的工资有一半是寄给他的，所以他的日子过得挺滋润，一天两顿酒。听完孙子的质问，他挥手说："你别听那个女人胡说。"见爷爷不承认，李要并不着急，坐下来，跟他一块儿喝。爷爷老了，在喝酒方面早已不是孙子的对手，很快被孙子灌醉，开始说一些不三不四的话。爷爷说："你说那事能怨我吗，你娘没事就挺着胸撅着屁股在我眼前晃，她在故意勾引我啊！"听完这话，李要把酒杯摔在地上。

李要对我说："当时真想扇他，就像崔峰扇我那样，可他毕竟是我爷爷，又养我那么多年。"

我点头，对李要的理智表示赞赏。

那天李要带着一身酒味走出家门，再没回去过。过年时，他仍住在城里。后来与牛来在镇上开饭馆，晚上住在饭馆里。饭馆做大后，他租一座二层小楼，自己住二楼，一楼空着，众兄弟可喝酒打牌。由于没了孙子的供养，爷爷的生活不比从前，终于有一天，他拄着拐杖出现在李要的小楼前。李要把自己关在二楼，不见他。爷爷非常生气，挥舞拐杖把一楼窗户的玻璃全部打碎，要不是兄弟们拦着，老头子定能杀上二楼。面对孙子的冷漠，爷爷老泪纵横，走进派出所报案，要求警察出面。警察找到李要，给他讲了赡养老人的道理。爷爷只有李塔一个儿子，如今李塔已死，赡养爷爷的义务自然落在李要的肩头。李要倒是同意警察的说法，答应每月给爷爷五百块的赡养费，钱每月由小兄弟送过去。

爷俩再见面时，已是阴阳两隔。那是冬天，李要的爷爷得了感冒，赤脚医生每日上门输液，连续输液两天后，病情好转，他去村里的小卖部买了一瓶老白干。还有一天的液要输，赤脚医生按时登门，发现老头子已经死在炕上，炕桌上有白酒和五香花生米。对于他的死，赤脚医生深感愤怒。"我一再说输头孢不能喝酒，不能喝酒，老家伙偏不听，不知道的，还以为是我给他治死的……"

李要得到消息，终于回到阔别多年的家中。他买来一具棺材，把爷爷装进去，拉到地里埋掉了，一切从简，没有葬礼。

◦ 十二 ◦

我本以为，日子就这么过下去了。每天照镜子，自己俨然一副中年人的模样，秃顶让人显老，索性剃成光头。我的头很大，剃光后走在街上，很是招摇，像个恶人。省城浩大，我总察觉到自己的渺小，寂寞形影不离，难免心烦意乱，好在我觉得这些都能忍受。

那天晚上，牛来的电话打来时，我正独自喝酒。他先是像平常那样问："干吗呢？"我说："喝酒呢。"他又问："跟谁喝？"我说："跟自己。"

他在电话那头一阵沉默，我也想不起来接下去该说什么。

我俩太过熟悉，就算冷场，也不觉得尴尬。可我隐约觉得，今天有点儿不同，牛来似乎正准备说出让我大吃一惊的话，他开口后，果然如此。

"杨当，我这边出事了。"

"什么事？"

"李要跟赵慧搞上了。"

"什么？这怎么可能？"

"大概是几个月前吧，有天下班，我回到家里，发现赵慧的脖子上有一个吻痕。我俩已经有很长时间没有夫妻生活了，那绝对不是我嗑出来的。我假装没看见，半夜里拿了赵慧的手机。解锁密码我知道，是孩子的生日。在她的手机里，我发现她跟一个叫小二黑的男人正聊得火热。我看小二黑的号码，脑袋嗡的一声，竟然是李要。"

"哦，这件事，你找他们对质了吗？"

"还没有。李要太让我寒心了，满街都是别人家的大姑娘小媳妇，他为什么偏偏要搞赵慧呢？"

"你打算怎么办？"

"眼下，我只有一条路可走，跟赵慧离婚，再与李要绝交。"

我沉默了一阵，表示支持牛来的决定。他大概还想听我声讨那对狗男女几句，但我什么也没说，我的冷淡让牛来失望地叹了口气。

"你能不能回来一趟，帮我个忙？"

"帮什么忙？去劝劝他俩？"

"没什么可劝的。捉奸要捉双，你来帮我捉。你知道我胆子小，你必须来给我壮胆。"

我不知道该不该答应牛来。我喝下一杯酒，看着空荡的房间，心里积压的烦闷突然涌了上来，我点点头。我的动作牛来

248

看不到，他焦急地追问："行吗，你只管跟在我后面拿着摄像机拍就行了。你要是缺钱的话，我可以给你，你要多少给你多少。"

"别提钱，我不要你的钱。我要是这样干了，和李要就做不成朋友了，你应该找你徒弟帮你。"

"不找他们，这事我只信任你。再说，他们谁也不敢得罪李要。你想想，你如果不答应，咱俩还能做朋友吗？"

"那你让我好好考虑考虑。"

那晚我恶狠狠地把自己灌醉了，去厕所吐了三次，恍惚中，竟然拨通了李要的电话。就算在酒醉之时，我仍保持着虚伪，没有劝他马上与赵慧一刀两断，而是用麻木的舌头说了些人生的大道理。"李要，你觉得生命中最宝贵的是什么？是朋友……"

"杨当，你喝多了吧，看把你寂寞的，回头我去省城，带你好好玩玩……"

次日，我请了几天假，坐上回乡的火车，快下车时，接到牛来的电话。他问："你考虑好没有？"我说："回来了，马上下车，你快到火车站接我。"

在火车站广场，牛来看见我，猛跑过来，紧紧拥抱。短短几天，那件事把他折磨成了一个憔悴的胖子。坐进他的车里，他趴在方向盘上，看样子要哭，我一把薅住他的后脖领子，严肃地告诉他不能哭。他被我吓住，愣把眼泪憋了回去。

经过多年发展，相比我们在镇中学上学之时，这小镇繁华热闹多了。我们路过当年的中学，平房的教室早已荡然无存，取而代之的是两座四层的教学楼。我们悄悄住进镇上最好的酒店，据牛来讲，这里是李要与赵慧偷情之地，他早已买通前台服务员，一旦那对狗男女来开房，服务员会把房间号发到他的手机上。

我和牛来住一个标间。他躺在床上，眼睛直勾勾望着天花板，不停地说话。我被他强烈的倾诉欲折磨得坐立难安，不停地踱步。我不知道自己回来是不是个错误，有一刻，我甚至想夺门而去。牛来说的都是些陈年旧事，张换杀夫后，李要几乎成为孤儿，我俩对他不离不弃，轮番请他到家里吃饭，帮他打架，甚至还离家出走，小小年纪就深入省城，差点儿被流氓打死在火车站广场。我终于听烦了，让他闭嘴。他终于停止诉说，从包里拿出一台摄像机，郑重地交到我的手中。

牛来已向赵慧请假，说要去省城参加什么厨师比武大会。不知道他怎么想出来的，"厨师比武"，让我眼前就浮现出几个厨师手拿切菜刀互砍的画面。赵慧和李要定然不会放过这么好的机会，他们肯定会迫不及待地来到这家酒店，轰轰烈烈地搞上一番。

果然，牛来的手机很快收到服务员的短信："506。"我俩马上紧张起来，不能马上出去，应该再给他们一点儿时间。一刻钟后，我俩鬼鬼祟祟地走出房间，牛来在前，我在后。能看出来，他比我还要紧张，大概腿上没了力气，像一个步履蹒跚的老者。

我上前拍拍牛来的肩膀，说："别害怕，有我呢。"

"什么是责任？"

"你说什么？"

"这是从前崔峰问我的问题——什么是责任？责任产生于哪儿？为什么要做到自己对自己负责？"

"你竟然还记得，这会儿你说这个有什么用？"

"我一紧张就会想起这三个问题，你还记得答案吗？"

"不记得了。"

"我记得,一辈子都记得。可记得又有什么用呢,我还是不懂。"

我们终于来到506门前,里面果然有动静。牛来趴在门上听着,我拍拍他的肩膀,示意他撞门。牛来后退几步,蓄势发力,撞到门上,他重达二百斤的身体竟没有把门撞开。不知是因为撞疼了,还是紧张的原因,他通红的脸上流淌着泪水。牛来再次后退,发力的那一瞬间,突然转身奔跑,边跑边发出凄惨的号哭。他两条腿不听使唤,自己把自己绊倒,肥胖的身体重重地摔在地毯上。我愣在门前,手里的摄像机已经打开,拍下了牛来摔倒的画面。门开了,光着膀子的李要看见我,好像什么都明白了,他对我笑了一下。我指指牛来,也笑了一下。

十三

牛来开着车,我坐在副驾驶位置上,后排没有人,铺着一条毛毯。四月,漫天飞絮,跟下雪一样。阳光穿透玻璃,让我们觉得热。牛来开启车窗,饱含杨絮的春风不容分说地涌进来。我不喜欢杨絮,回头看,果然不出所料,毛毯上沾了不少白毛,崭新的外观受到严重影响。我提议关上车窗,这辆车属于牛来,由他掌控,他认为窗户还是开着好。我命令道:"关上,开空调。"牛来抱怨着日益高涨的油价,关上车窗,启动空调。蛰伏一整年的空调制冷系统苏醒过来,打哈欠般释放出一股霉味,这股气味弥漫在车厢里,经久不散。为跑味儿,我又把车窗打开。

女子监狱离市区不远,车厢内还没完全冷却,我们就到了。对于这地方,我们的朋友李要更熟悉,只是他今天来不了,他死了,早在一年前入土为安。今天是他的母亲张换出狱的日子,我和牛来从昨天就聚在一起，商量着怎样对张换讲述李要的死。

"你是作家，你来讲吧，委婉一些，注意她的感受。"牛来说。

我点头同意，心里其实挺为难的，无论怎样委婉，也无法改变李要死亡的事实。我彻夜无眠，回忆李要的音容笑貌，仿佛看见他就站在床前。我坐起来，想问他一句：我到底该怎么说？他没有回答，点点头，消失在黑暗中。

我们办好手续，站在一扇铁门前等张换。过来一会儿，铁门开了，张换走出来，我和牛来迎上去，接过她的包裹。她看我们一眼，笑着点点头，我们也点头，然后引领她走向停车场。张换走路的姿势很不自然，腿和手臂做着标准的机械运动。如果在大街上看到一个人这样走路，我肯定会笑。我们走到牛来的汽车前，我说："姨，上车吧。"她回答："是！"声音大得吓人一跳，而且是标准的普通话。

车开起来，我和张换一起坐在后排。我把毯子给她，让她盖，她赶紧接过来，盖在自己的腿上，然后说了声谢谢。空调把车厢里的温度降到适宜，但我还是觉得热，脑袋冒出汗。张换看着车窗外的街景，突然大喊一声："报告，能不能把窗户打开？"这喊声吓到了牛来，他一脚刹车，让车停在路中央，后面响起一片咒骂的喇叭声。我把车窗玻璃降下来，降到底，杨絮如飞雪般飘进车厢，有一些落在我们的头上。张换可以清晰地观看街景。牛来不断抬头，眼睛瞟着内后视镜，观察着我和张换。张换把手伸到窗外，好像要抓什么东西。

牛来把车开到省医院的停车场，张换问："报告，这是什么地方？"

"姨，咱们出来了，说话前不用再喊报告了。"

"哦，对，对，这是哪里？"

"医院，你得住院。"

"不，不，不去医院，回家吧。"

这次张换保外就医，是因为她得了尿毒症。我和牛来的计划是，安排她住进省医院，找专家诊治，这样一则可以解决她出来后的归宿问题，二则也算替李要尽了一份孝心。问题是张换不肯听从我们的安排，死活不下车，坚持回家。看来，我有必要把李要的死告诉她了。牛来冲我使眼色，让我快点儿开口。

"姨，李要他……"

"我知道，我知道。"

"你都知道了？"

"知道，李要忙事业，顾不上来接我。"

"姨，你还认识我吗？"

"认识，你不是杨当吗？三年前听李要讲，你是个作家，后来不写了，跟他一起干饭店。"

"姨，那我是谁？"牛来转头问张换。

"你看着眼熟，想不起来了。哦，你是牛来吧？李要也说过，你厨艺非常好，没你这个大厨，饭店的生意不会那么红火。对了，我儿媳妇赵慧怎么没来，小要不来接我，她应该来接。"

"姨，赵慧是你儿媳妇？"牛来问。

"对，你怎么会不知道？一年前吧，小要告诉我，他结婚了，媳妇叫赵慧，是个幼儿园老师。后来，他俩来看我，赵慧长得挺好，配得上小要。"

"他俩还来看过你？"

"对，看过一次，后来俩人谁也不来——工作太忙了吧。"

虽然牛来和赵慧早已离婚，但能肯定的是，当时张换看见的赵慧，从法律上讲，还是牛来的媳妇。

牛来的脸又因为憋气而变红了。"姨，直接给你说吧，李

253

要死了，跳楼死的，五楼。"他喘着粗气，说出这句话。

我突然怒火中烧，打开车门，转身把牛来从座位上扯到外面，一脚踹在他那凸起的小肚子上。牛来被我踹倒在地，并没有起身反抗，似乎在等我的第二脚。我刚想再踹他一脚，身子被人抱住，动弹不得。

"小当，你不要打人，会被关禁闭的。"

"姨，李要的死怨这个胖子，也怨我！"

"到底怎么回事？你们说啊。"

牛来从车里拿出那台摄像机，他竟然带着这东西，他把那天由我拍摄的画面让张换看。先是屁滚尿流的牛来，而后是赤裸着上身的李要，他对着镜头笑了一下，转回身，抡起一把椅子，把窗玻璃砸得粉碎。在赵慧的尖叫声中，李要爬上窗台。画面一阵剧烈抖动，响起我的喊声："李要，你别——"李要扭头说："不好意思，我得走了。"

图书在版编目（ＣＩＰ）数据

皮与草之歌 / 张敦著 . -- 石家庄 : 河北教育出版社 , 2024.9. -- （燕赵秀林丛书：文学）. -- ISBN 978-7-5545-8854-3

Ⅰ . I247.7

中国国家版本馆 CIP 数据核字第 20240PY360 号

燕赵秀林丛书·文学

皮与草之歌

PI YU CAO ZHI GE

作　　者　张　敦
出 版 人　董素山　汪雅瑛
责任编辑　张　畅　温彦敏
装帧设计　李关栋
出版发行　河北出版传媒集团
　　　　　河北教育出版社 http://www.hbep.com
　　　　　（石家庄市联盟路 705 号，050061）
印　　制　石家庄名伦印刷有限公司
开　　本　787 mm×1092 mm　1/16
印　　张　16.25
字　　数　190 千字
版　　次　2024 年 9 月第 1 版
印　　次　2024 年 9 月第 1 次印刷
书　　号　ISBN 978-7-5545-8854-3
定　　价　88.00 元

版权所有，翻印必究